KB267844

사마쌍협

邪魔雙俠

사마쌍협 9

월인 新무협 판타지 소설

초판 1쇄 찍은 날 § 2003년 9월 9일
초판 1쇄 펴낸 날 § 2003년 9월 20일

지은이 § 월인
펴낸이 § 서경석

편집장 § 문혜영
편집책임 § 장상수
편집 § 박영주 · 유경화
마케팅 § 정필 · 강양원 · 이선구 · 김규진 · 홍현경

펴낸곳 § 도서출판 청어람
등록번호 § 제1081-1-89호
등록일자 § 1999. 5. 31
어람번호 § 제2-0254호

주소 § 경기도 부천시 원미구 심곡1동 350-1 남성B/D 3F (우) 420-011
전화 § 032-656-4452 팩스 § 032-656-4453
http://www.chungeoram.com
E-mail § eoram99@chol.com

ⓒ 월인, 2002

값 8,000원

ISBN 89-5505-818-7 04810
ISBN 89-5505-507-2 (SET)

월인 新무협 판타지 9

사마쌍협

邪魔雙俠

해후(邂逅)

도서출판 청어람

목
차

9 해후(邂逅)

◆ 제67장

완상금

현상금

"봉인과 함께 여래승의 금제를 푼다고?"

전서구를 통해 날아온 밀지를 읽은 중년인이 의아스런 목소리로 중얼거렸다. 작은 밀지에 깨알 같은 기호로 쓰여진 내용은 해독 과정에서 뭔가 착각하지 않았나 싶을 정도로 뜻밖의 내용이었다.

봉인을 푼다는 것은 가장 기다린 내용이기도 했고, 머지않아 그렇게 될 것이라 짐작하고 있었다. 그러나 여래승의 금제를 푼다는 말은 정말 뜻밖이었다.

고개를 갸웃거린 중년인은 다시 한 번 밀지의 내용들을 꼼꼼히 읽어나갔다. 그러나 그 내용은 처음 해독한 것과 다를 바가 없었다.

더 이상 밀지의 내용을 의심할 필요를 못 느낀 중년인은 신형을 움직여 창밖으로 손을 내밀었다.

푸스스―

중년인의 손가락이 가볍게 움직이자 밀지가 순식간에 재가 되어 흩날렸다. 공력을 운기한 것 같지도 않았고, 종이가 재로 되기 위한 중간 과정인 연기도 보이지 않았지만 밀지는 그렇게 한 줌 재로 허공에 흩어졌다.

그렇게 밀지를 순식간에 재로 날리고 뒷짐진 채 창밖을 바라보는 중년인의 몸에서 누구도 함부로 거역할 수 없는 무거운 기운이 자연스럽게 흘러나왔다. 깊은 생각에 잠긴 채 때때로 흘러나오는 형형한 눈빛과 낮게 가라앉은 호흡은 중년인의 무공이 일대종사의 수준임을 나타내 주었다.

"역시 야율사한 그놈은 철두철미하군!"

생각에 잠겼던 중년인은 보일 듯 말 듯 고개를 끄덕였다. 야율사한이 여래승의 금제를 푸는 의도가 이젠 짐작이 갔기 때문이다.

"사형의 원수는 이 사제가 꼭 갚아주겠소. 누구보다도 내게 다정했던 사형이었는데 그런 새파란 애송이에게 당할 줄이야……."

사형의 복수를 다짐하는 중년인의 눈에 짙은 그리움이 흘러내렸다. 그리고 뒤이어 무쇠라도 녹일 듯한 안광이 뻗어 나왔다.

"그동안 기련산 깊은 곳에서 인력이나 보충하며 지내왔지만 이젠 봉인이 풀렸소. 내가 움직일 수 있는 모든 인원을 동원하더라도 사형의 복수만은 철저히 해주겠소."

서천맹의 주작당주 권오극(圈午克)은 창가에서 몸을 움직여 비천용문 문주가 앉는 태사의에 몸을 묻었다. 그리곤 손잡이에 있는 용 머리를 옆으로 돌렸다.

"부르셨습니까, 문주님?"

한 중년인이 유령처럼 권오극 앞에 나타났다.

"맹의 본단에서 연락이 왔다!"

권오극이 앞에 선 형추인(衡推引)에게 말하자 형추인의 표정에 긴장감이 흘렀다.

"어떤 내용이었는지……?"

"봉인을 푼다는 내용이었다."

권오극이 약간은 흥분된 목소리로 답했다.

"드, 드디어……."

형추인이 떨리는 목소리와 함께 감개무량한 표정을 지었다. 처음 나타나 권오극 앞에 시립해 있을 때는 한 자루 칼처럼 냉철한 모습이었지만 봉인이 풀린다는 말을 듣는 순간 형추인의 눈에 참을 수 없는 듯한 열기가 일렁거렸다. 그만큼 기다림의 시간이 길었다는 반증이었다.

"정말 오랜 기다림이었습니다, 당주님!"

형추인이 잠시 들끓었던 열기를 가라앉히고 조용히 말했다.

"말을 조심하거라. 이곳에 있을 때는 비천용문 문주이다. 습관이 되면 아랫것들 앞에서도 그 호칭이 튀어나올 수가 있다."

권오극이 잠시 눈살을 찌푸리며 형추인을 나무랐다.

"명심하겠습니다, 문주님!"

형추인이 급히 고개를 숙였다.

"지금 즉시 기련산의 유령곡(幽靈谷)에 전서구를 날려라. 건곤대(乾坤隊)의 모든 인원을 최대한 은밀하고 신속하게 이곳 비천용문으로 잠입시켜라!"

"건곤대 전원을 말씀입니까?"

봉인이 풀렸다는 소리에 들뜬 표정을 짓던 형추인이 건곤대를 움직인다는 명령에 흠칫하는 표정으로 권오극을 쳐다보았다. 봉인이 풀렸다고 해도 건곤대는 함부로 움직일 수가 있는 인원이 아니었기 때문이다.

"그렇다! 건곤대 전원을 단 한 명도 남기지 말고 각기 다른 길을 통해서 이곳으로 잠입시켜라."

권오극이 단호한 표정으로 말했다.

"건곤대는 봉인이 풀리더라도 태상맹주님의 재가가 있어야⋯⋯."

형추인은 여전히 굳은 표정으로 말했다. 최후의 보루가 되어야 할 곳들의 인원을 움직이는 일은 신중에 신중을 기해야 한다. 만약 잘못되면 엄중한 문책과 함께 목숨도 위태로울 수 있다. 그리고 지금 주작당주 권오극이 건곤대를 움직이려는 것은 어느 정도 사감이 개입된 것이었다.

백호당주가 천마성주의 제자란 놈에게 어이없이 당하고 나서 주작당주는 며칠 밤낮 피를 토하듯 절규하다가 이제 겨우 냉정을 되찾은 모습이었다. 그러나 봉인이 풀리자마자 대뜸 건곤대를 움직인다는 결정은 복수심의 발로인 것 같았다. 그것이 형추인을 더 더욱 신중하게 만드는 이유였다.

"봉인이 풀린 이상 사후 재가도 가능하다."

형추인의 내심을 읽은 권오극이 짧게 답했다.

"하지만⋯⋯."

"나에게 맹주님이나 태상맹주님보다 더 큰 정을 베풀어주신 분이 셋째 사형이시다. 모든 방법을 동원해서라도 최우선적으로 사형의 복수를 한다. 그것에 따르는 책임은 모두 내가 진다."

권오극이 한기 가득한 눈빛을 쏘아내며 형추인을 쳐다보자 형추인이 더 이상 토를 달지 못하고 입을 다물었다.

"비천용문과 건곤대의 모든 힘을 다 쏟아 부어서라도 애송이 놈을 처단한다. 알겠느냐?"

"존명!"

형추인이 허리를 깊이 숙였다.

"여래불 호법께 권오극이 면담을 청합니다."

잠시 후 권오극의 목소리가 비천용문의 비밀스런 지하 석실 앞에서 조심스럽게 울렸다.

주작당주이자 비천용문의 문주란 신분의 권오극이 이런 조심스런 태도를 취하는 것은 그가 마주하려는 사람이 자신의 사부인 태상맹주 가마릅의 일곱 호법 중 한 사람이기 때문이었다. 또한 예측을 불허하는 무공과 더 더욱 예측을 불허하는 성격의 소유자였기에 권오극은 무척이나 조심스런 표정을 지었다.

"들어오시게."

권오극의 조심스런 표정과 달리 석실 안에서는 의외로 인자한 목소리가 흘러나왔다. 그러나 권오극은 그 목소리와 상관없이 최대한 긴장을 유지하며 석문을 열고 어둠침침한 석실 안으로 들어갔다.

"어쩐 일이시오, 당주? 이 귀신을 다 보러 오다니? 껄껄껄!"

인자한 목소리와 달리 요기가 흘러넘치는 눈빛을 한 가사 차림의 승려가 어두운 석실 한가운데에 정좌하고 있었다. 석실 벽 곳곳에 여러 개의 유등이 걸려 있었지만 어둠을 즐기기라도 하는 듯 요승은 단 한 개의 유등만 켜놓고 있었다. 그것도 권오극의 목소리가 들리자 불을 당긴 것이다.

햇빛이 전혀 들어오지 않는 깜깜한 석실에 단 한 개만 켜놓은 유등 불빛은 요승의 눈빛을 더욱 음산하게 빛나게 했다.

"봉인이 풀렸습니다."

잠시 요승의 음산한 기운에 대항하여 공력을 끌어올리던 권오극이 낮은 음성으로 말했다.

"호오— 그렇소? 그럼 바야흐로 대업의 순간이 도래한 것인가?"

요승의 눈빛이 번쩍 빛났다.

"그건 더 두고 봐야 알겠지만 봉인과 함께 여래불 호법님의 금제도 풀렸다는 기쁜 소식입니다."

권오극은 요승의 표정을 유심히 살피며 말했다.

야율사한이 이 괴물에게 전하라는 밀지의 내용이 어떤 것일지는 대강 짐작이 갔다. 그 철저한 놈은 자신의 앞날에 조금이라도 걸림돌이 될 만한 요소는 미리 제거하려 할 것이다. 이 위험하기 짝이 없는 인간의 금제까지 풀면서…….

이 요승의 금제를 푼 일이 나중에 어떤 상황으로 귀결될지 모르지만 지금은 자신의 목적과도 일치하니 권오극은 밀지를 받자마자 이곳으로 온 것이다.

"노납의 금제가 함께 풀렸다고?"

권오극의 말이 믿어지지 않는 듯 잠시 어지러운 눈빛을 하던 요승이 진위를 파악하려는 듯 권오극의 눈을 바라보았다.

"이젠 원하는 곳 어디든 가셔도 됩니다."

권오극은 야율사한이 요승에게 직접 전하라는 밀지를 건네주며 가볍게 고개를 끄덕였다.

"껄껄! 기쁜 일이로고. 껄껄껄……."

밀지를 읽고 망연한 표정으로 벽을 응시하던 요승이 웃음을 터뜨렸다. 눈빛과 달리 여전히 인자하기 짝이 없는 웃음소리였다. 누구든 요승의 온몸에서 피어오르는 요기와 눈빛을 보지 않고 목소리만 들어서는 득도한 고승으로 착각할 정도였다.

"실로 오랜 기다림이었소. 태상맹주님의 존체를 뵙지 못하고 죽나 싶었는데, 죽기 전에 다시 볼 수 있다니 십 년은 젊어진 것 같구려. 껄껄껄!"

다시 한 번 너털웃음을 터뜨린 요승이 허리를 쭉 폈다.

"언제 떠나시겠습니까?"

"내 설법을 들으려고 기다리는 중생들을 하루라도 빨리 만나보고 싶으니 내일 아침 바로 떠나겠소. 껄껄!"

"그럼 최대한 편히 가실 수 있게 준비하겠습니다."

권오극이 정중히 답했다.

"고맙소, 문주! 내 그동안 문주의 보살핌에 보답하는 셈치고 문주가 처치하려고 하는 놈을 한번 만나보겠소. 잘하면 팔다리 한두 개쯤은 부러뜨려 놓을 수 있을지 모르지요. 껄껄!"

"정마협의 제자라는 애송이 놈을 말하는지요?"

권오극은 대강 짐작하고 있던 바를 질문했다.

"그렇다오."

"그러실 필요까지는 없습니다. 그놈은 저희들만으로도 충분합니다."

권오극이 안광을 빛내며 요승을 쳐다보았다.

"껄껄! 야율사한, 그 아이가 내 금제를 풀어주겠다는 것은 그 일을 하라는 뜻이라오. 천마성주의 제자쯤 된다면 노납이 나서도 부끄러운 일이 아닐 것이오. 어서 환단이나 주시오.”

요승이 권오극에게 손을 내밀었다.

약간은 야윈 듯 뼈마디가 드러나는 요승의 손끝이 가늘게 떨리고 있었다. 수십 년간의 금제가 바야흐로 풀린단 사실이 어쩔 수 없이 요승의 가슴을 뛰게 하고 있는 모양이었다.

“여기 있습니다.”

권오극이 품속에서 목갑 하나를 꺼내어 요승에게 내밀었다.

요승의 수십 년 금제를 깨끗하게 풀어줄 환단이 담긴 목갑이었다.

“사십 년간의 족쇄가 이것으로 풀리는 모양이군. 껄껄껄!”

신속히 목갑을 연 요승이 태연한 척 목갑 속의 환단을 내려다보았지만 온몸 가득 풍겨 나오는 음산한 기운은 좁은 석실을 무너뜨릴 것처럼 증폭되었다.

“그럼 내일 아침 떠나실 수 있도록 만반의 준비를 해놓겠습니다.”

요승의 몸에서 풍겨 나오는 어지러운 기운에 공력을 돋우어 대항하던 권오극이 긴 숨을 내쉬며 석실을 빠져나왔다.

“흑밀전주(黑密殿主) 추산미가 문주님을 뵙습니다.”

“어서 오시오, 추 전주. 요즘 많이 수척해지셨군요.”

숙소로 돌아온 주작당주 권오극은 자신을 향해 고개를 숙인 추산미를 바라보며 안쓰런 표정을 지었다. 자신의 사형인 백호당주가 죽은 후 눈에 띄게 수척해진 추산미를 볼 때마다 사형에 대한 그리움과 함께 끓어오르는 분노를 삭여야 했다. 두 사람 사이의 깊은 내막까지는 알 수가 없지만 추산미는 이십여 년 전부터 사형을 위해서라면 물불을 가리지 않는 여인이었다. 그런 추산미에게서 권오극은 사형의 그림자를 의식하고 있었다.

"문주님께서도 잘 지내셨는지요? 그런데 이제껏 못 보던 법승이 있던데……?"

인사말을 주고받던 추산미가 고개를 돌리며 긴장된 눈빛을 했다. 이 곳으로 오는 도중 스치듯이 마주쳤지만 처음 보는 법승의 몸에서 피어오르던 스산한 기운과 함께 잠깐 마주친 어지러운 눈빛은 순간적으로 자신이 나락으로 떨어진 것 같은 착각이 들게 했다.

"오다가 마주친 모양이구려?"

권오극이 보일 듯 말 듯한 미소를 지었다.

"본 문 내에 그런 사람이 있었다는 것은 뜻밖이군요. 보통 법승은 아닌 것 같은데. 서장에서 온 법승인가요?"

추산미가 언뜻 법승의 눈빛에서 보여진 이질적인 색감을 떠올리며 조심스럽게 물었다.

"서장이라……. 그렇지요."

권오극이 천천히 고개를 끄덕였다.

"이젠 금제도 풀렸으니 비밀일 것도 없지요. 추 전주가 말한 대로 그 법승은 서장에서 온 사람이지요. 그것도 아주 오래전에 태상맹주님과 같이……."

"태상맹주님과 같이 온 사람이란 말인가요?"

권오극의 말에 추산미가 깜짝 놀라며 소리를 높였다.

태상맹주 가마릅이야말로 서천맹의 뿌리가 아닌가? 그 뿌리에서 줄기가 생기고 가지가 생겨 지금은 온 세상을 뒤흔들 정도가 된 것이다. 그런데 그 태상맹주와 서장에서부터 같이 온 사람이라니…….

"이제까지 그런 얘기는 한 번도 들어본 적이 없는 것 같은데……."

"그럴 것이오. 그 사람은 이제껏 존재해도 존재하지 않는 사람이었으니까요."

권오극의 설명이 이어졌다.

"그 법승의 이름은 치르텐이라 하고 태상맹주님의 수족이었소. 어쩌면 첫째 사형인 맹주님보다 더 신임받을 수도 있는 사람이었지만 진언종(眞言宗)의 교리에 너무 심취하여 스스로를 여래불이라 생각하며 극단적인 행동들을 많이 했지요. 태상맹주님께서 치밀하고 준비성이 강하여 이긴 후에 싸움을 시도하시는 분인 반면 그분은 급진적이고 배타적인 면이 강하며 싸운 후에 이기는 쪽을 택하는 성격이시지요. 특히 사십여 년 전 유성검문과의 충돌 시 정체를 드러내서 구파일방의 의심을 사게 되는 씻을 수 없는 실수를 했지요. 그날 이후 사부님께서 금제를 가하여 기련산에 가두셨소."

"그런데 왜 이곳에……?"

"무척 위험한 사람이라 내가 이곳으로 오며 부득이 같이 왔소. 그러나 이젠 금제가 풀렸소."

"금제가 풀렸다면?"

"예전처럼 마음대로 행동할 수가 있다는 말이지요. 후후!"

권오극이 의미심장한 미소를 지었다. 야율사한, 그 어린 놈이 잘하는 짓인지는 몰라도 그 요승이 풀려났다면 조만간 세상 곳곳에 한바탕 회오리가 일어날 것이다.

"한바탕 회오리바람을 일으키겠다……?"

권오극이 혼잣말처럼 중얼거렸다.

"무슨 말인가요?"

가라앉은 목소리로 중얼거리는 권오극을 보며 추산미가 눈빛을 반

짝였다. 그녀 역시 무언가 예사롭지 않은 분위기를 감지한 모양이었
다.

"아, 아무것도 아니오. 그런데 추 전주께서 직접 이곳까지 오신 이유
는 무엇이오?"

권오극이 정색을 하며 추산미를 바라보았다. 수척한 얼굴에 뭔가 비
장한 빛이 비치는 것으로 보아 인사차 들른 것은 결코 아닌 것 같았다.

"인원을 좀 빌려주세요."

추산미가 단도직입적으로 말했다.

"인원이라면……? 부릴 수 있는 수하들을 말함인가요?"

"그래요."

"얼마나 필요하신지요?"

"문주님께서 하시는 일에 차질이 없는 한도 내에서 최대한 많을수록
좋아요. 그리고 은자도 융통해 주십시오. 그것 역시 최대한 많은 금액
으로."

추산미의 얼굴에 죽음을 맞이하는 사람 같은 비장한 기운이 흘렀다.

"이유를 알 수 없을까요?"

권오극은 그런 추산미의 표정을 보고 내심 혀를 차며 물었다.

여자의 한이 무섭다는 말은 이런 여자에게서 생겨났을 것이란 생각
이 절로 들게 하는 표정이었다.

"제 손으로 당주님의 복수를 하고 싶어요."

"당주님이라면 사형인 백호당주님을 말씀하시는지요?"

"……."

"그건 이미 총단에서도 충분히 지시한 일이고, 나 또한 직접 응징을
가할 것입니다."

권오극이 확고한 목소리로 답했다.

"짐작하고 있었어요. 하지만 전 제 방식대로 복수할 생각입니다. 총단이나 문주님의 계획과 조금도 상충되는 일이 없을 테니 부탁을 들어주십시오!"

추산미의 눈빛이 뱀의 눈처럼 지독한 한기를 내뿜었다.

"힘써보겠소."

잠시 추산미를 바라보던 권오극이 천천히 고개를 끄덕였다.

*　　　*　　　*

"자세히 알아보았소?"

자운엽이 긴장한 목소리로 용사명의 부하 한 사람에게 질문을 던졌다.

"우선 들어가시지요. 생각보다 상황이 심각합니다."

용사명의 부하 선민동(宣閔東)이 무거운 표정으로 방문을 열었다.

"두 개의 살수 조직과 맹호방(猛虎幇), 또 감숙의 모든 곡마단에 선금이 건네졌다 합니다. 그리고 겨울이 되어 돈벌이할 건수를 찾고 있던 약초꾼들과 땅꾼들에게도 용모파기와 선금이 주어졌다 합니다. 통상 사람을 찾는 일엔 선금을 주는 법이 없지요. 그런데 이번에는 선금부터 주고 용모파기에 있는 사람을 찾아달라고 하니 모두들 눈이 번쩍 뜨이는데다 찾아주는 사람에게 돌아갈 상금의 액수 또한 엄청나다 합니다. 그러니 많은 사람들이 혈안이 되어 설치고 있는 모양입니다. 심지어는 이제껏 대를 이어 내려오던 가업마저 팽개치고 이 일에 뛰어드는 사람도 있다고 합니다."

선민동이 숨도 쉬지 않고 자신이 알아온 바를 단번에 말했다.

이제 어느 정도 자운엽이 하는 일을 알고 있던 그들이었기에 지금의 상황이 무척 다급하다는 것을 스스로도 인식하고 있었다.

"용모파기를 뿌리는 자들은 어떤 자들이오?"

자운엽은 날카로운 눈빛으로 선민동을 쳐다보았다.

"용모파기를 뿌리고 선금을 주는 자들은 모두 무사들이었습니다. 보통 대여섯 명씩 몰려다니는데 내가 본 것만으로도 스무 명이 넘었습니다. 이곳뿐만 아니라 곳곳에서 그만한 숫자들이 돌아다닌다면 무사들의 인원만으로도 엄청날 것 같습니다."

선민동은 빠르게 설명하고 자운엽의 표정을 살폈다.

"수고 많았소. 미행 같은 건 없었겠지요?"

"물론이지요. 나도 용모파기를 얻고 다른 사람들과 똑같이 혈안이 된 것처럼 행동했습니다."

선민동은 설수연의 용모가 그려진 화선지 한 장을 내려놓고 밖으로 나갔다.

"어, 어떻게 해요, 공자님?"

양예청이 파랗게 질린 표정으로 자운엽의 얼굴을 쳐다보았다.

지금껏 숱한 노력으로 설수연을 찾으려는 사람들의 관심을 다른 쪽으로 쏠리게 하고, 또 설수연이 숨어 있다고 짐작되는 곳의 범위를 좁혀놓았는데 상황은 그 모든 것을 수포로 돌아가게 만들 가능성이 높았다. 또한 설수연에게는 그 어떤 순간보다 더 큰 위험이 닥칠 것 같았다.

"너무 걱정 마시오, 양 소저. 양 소저 생각대로라면 아가씨는 얼굴을 가리고 있을 것이니 놈들이 뿌린 용모파기는 별 쓸모가 없을 것이오.

또한 아가씨가 있을 것이라 짐작되는 곳으로 달려간 용 대협 일행에게서 머칠 내로 소식이 올 것이오. 그 즉시 우리가 먼저 달려가 아가씨를 구하면 되오.”

자운엽은 양예청을 안심시키며 밖으로 나왔다. 그리고는 길게 숨을 들이마셨다. 차가운 바깥바람이 폐부를 가득 채웠지만 초조한 마음은 조금도 진정되지 않았다.

‘추산미의 소행인가?’

자운엽은 선민동이 가져온 설수연의 용모파기를 보며 내심 중얼거렸다. 야율사한이라면 결코 이렇게 극단적으로 일을 벌이진 않을 것이다. 그자라면 무서운 심계로 곳곳에 함정을 파놓고 은밀한 방법으로 일을 처리할 것이다.

‘역시 이렇게 발작적으로 움직일 사람은 추산미뿐이겠지.’

자운엽의 눈빛이 차갑게 가라앉았다.

예전부터 두려움을 느끼고 있던 설수범이 나타났으니 추산미는 점점 위기감을 느낄 것이다. 그리고 지금쯤은 그녀도 설수범이 천마성주 정마협의 제자란 걸 알고 있을지도 모른다. 그걸 알았다면 위기감 정도가 아니라 아마 혼이 달아날 지경일 것이다.

믿고 있었던 채전까지 죽어버린 상황에서 그녀는 이런 극단적인 방법을 쓰고 있는 것이리라.

“하지만 이렇게 많은 인원과 자금을 뿌리려면 보통의 위치로는 되지 않을 것인데… 비천용문 내에서의 그녀 정체가 의심스럽군.”

낮게 중얼거린 자운엽은 뜻밖의 변수에 마음이 한없이 무거워져 옴을 느꼈다.

무공을 연마하는 사람들에게 가장 큰 힘을 발휘하는 것은 절세비급이나 보검, 내공을 급격히 높일 수 있는 영약 등이겠지만 대다수의 평범한 사람들에게 있어서 가장 큰 힘을 발휘하는 것은 돈이다. 오죽하면 돈은 귀신도 부린다 했겠는가?

비록 설수연이 얼굴을 가리고 있으리라 짐작되고, 그래서 용모파기에 의한 수색은 큰 소득이 없겠지만 귀신마저 부릴 수 있는 막강한 힘을 가진 돈은 그것에 혈안이 된 사람들을 내몰아 곳곳을 들쑤시게 만들 것이고 어떤 예측 못할 일을 발생시킬지 모른다. 그건 어쩌면 수백 마리의 사냥개들을 푼 것보다 더 무서울 것이다.

'이젠 하늘에 맡기는 수밖에 없다.'

자운엽은 질끈 입술을 깨물었다.

그동안 풍가장을 무너뜨리고 설수범의 이름을 갑자기 퍼져 나가게 만들었다. 숨어 있는 설수연은 오빠의 이름을 몽매에도 기다렸겠지만 그녀라면 오히려 경각심을 느끼고 더 꼭꼭 숨어 있을 것이다. 그런 예측대로 계속 숨어 있다면 그녀를 찾을 가능성이 높아진다. 그러나 이런 상황에서는 그것도 자신할 수 없게 되었다.

"설상일과 설상희가 누구 때문에 목숨이 붙어 있는지도 모르고 날뛰는 악독한 사갈이야, 당신은……."

자운엽의 목소리가 얼음장처럼 차가워졌다.

"내 인생에 있어서 제일 처음으로, 그리고 제일 지독한 고통을 맛보게 해준 인간들을 아직 가만두고 있는 이유를 당신이 알 순 없겠지."

차갑게 흘러나오는 자운엽의 목소리에 지나가던 바람마저 싸늘하게 얼어붙어 땅바닥으로 곤두박질쳤다.

"당신같이 멍청한 여자에게 해를 당할 사람은 결코 아니지만, 만에 하나 그런 일이 생기면 당신이 낳은 자식들부터 가장 고통스럽고, 가장

처참하게 죽을 것이다. 당신 눈앞에서 아주 천천히……."

우두둑—

자운엽의 손에 잡힌 바위 한쪽이 두부처럼 으스러지며 먼지가 되어 허공으로 흩날렸다.

◆ 제68장

추억록(追憶錄)

추애록(追愛錄)

여러 겹으로 접힌 종이가 조심스럽게 펼쳐지고 있었다.

온통 붕대가 감긴 손으로 아주 작은 모양이 되게 여러 겹 접힌 종이를 펼치는 데는 보통 사람들보다 몇 배나 더 많은 시간이 걸렸다. 그러나 붕대를 감은 두 손은 최대한 빠르게 움직이며 종이를 펼쳤다

팔랑—

꼬깃꼬깃 접혔던 종이가 완전히 펼쳐지자 붕대여인은 움직임을 멈추고 뚫어질 듯 종이 위에 시선을 고정시켰다.

종이 위에는 한 여인의 얼굴이 그려져 있었다.

거친 붓 놀림으로 서둘러 그린 듯했지만 호수같이 깊은 눈동자와 함께 온화한 미소가 자연스럽게 떠올라 있는 여인의 용모는 남자라면 누구나 한 번쯤 자신도 모르게 탄성을 터뜨리게 할 정도였다.

"후우—"

잠시 동안 뚫어질 듯 종이 위로 시선을 던지고 있던 붕대여인은 어깨를 크게 움직이며 긴 한숨을 내쉬었다. 동시에 붕대로 거의 가려지고 겨우 앞을 볼 수 있을 정도로만 드러난 두 눈에서도 긴장의 빛이 흘러나왔다.

사르르—

잠시 더 바닥에 펼쳐진 종이를 쳐다보던 여인은 황급히 손을 움직여 처음의 모습대로 종이를 여러 번 접어 소매 속으로 감추었다. 그리고는 갑갑함을 느꼈는지 손을 들어 붕대를 조금 밀어 올렸다.

작은 틈만 내놓은 채 여인의 얼굴 대부분을 가리고 있던 붕대가 밀려 올라가자 한 쌍의 봉목이 어둠마저 밀어낼 듯 환히 드러났다.

붕대로 가리기에는 너무나 아름다운 가을 호수처럼 맑고 깊은 봉목이었다.

호수를 가득 담은 두 눈동자가 잠시 일렁거리자 온 방 안이 호수의 물결로 가득 차는 듯했다.

시선을 돌려 뭔가를 찾던 여인은 팔을 뻗어 탁자 아래에 있는 지필묵을 꺼냈다.

작은 붓으로 깨알 같은 글자를 적어 내려간 여인은 그 내용을 주의 깊게 읽어본 후 가늘게 말아 작은 대롱 속에 넣었다. 그리고 품속에서 뭔가를 끄집어냈다.

반짝—

붕대가 감긴 여인의 손바닥에서 작은 금덩이가 빛을 발하고 있었다.

언젠가 버섯을 잘못 먹고 토사곽란을 일으키던 우괴가 여인에게 전해주라고 맡기고 간 그 금덩이였다.

여인은 쪽지를 넣은 대롱 속에 금덩이도 같이 넣어 대롱의 뚜껑을 닫았다.

*　　　　*　　　　*

"공자님!"

양예청은 비명처럼 소리를 지르며 아픈 발가락도 아랑곳 않고 자운엽의 숙소로 달려왔다.

"무슨 일이오, 양 소저?"

자운엽이 와락 문을 열고 양예청을 쳐다보았다.

"용사명 아저씨 일행 중 한 사람에게서 연락이 왔어요."

양예청이 발갛게 상기된 얼굴로 자운엽에게 서찰을 전했다.

"어디 봅시다."

서둘러 서찰을 받은 자운엽은 미리 정해놓은 약속에 따라 복잡한 기호로 적힌 글들을 읽어 나갔다.

설수연이 있을 것으로 짐작되는 일곱 지역으로 용사명의 부하를 보냈고, 그곳에서 은밀히 의가를 수색해 나가던 한 사람이 조건에 맞는 환자를 찾은 모양이었다.

'거의 맞는 것 같군!'

서찰의 내용을 꼼꼼히 읽어 내려가던 자운엽은 자신이 짐작하고 있던 것과 일치하는 환자의 모습을 서찰에서 읽어내고 안광을 빛냈다.

일곱 곳으로 나누어 보낸 사람들에게 최대한 은밀하게 행동할 것을 지시하며 환자가 아닌 멀쩡한 사람이 환자로 변장했다면 어떤 모습일까 하는 것을 염두에 두고 조사를 하게 했다. 많은 의가들 중 얼굴에 붕대를 감고 있는 젊은 여인이 또 있지 말란 법은 없었다. 그러나 환자가 아닌 멀쩡한 사람으로서 환자로 위장하고 있다면 뭔가 다른 점이 있을 것이다. 그것을 집중적으로 알아보게 했고, 방금 도착한 서찰에 적혀 있는 여인의 모습은 그 조건들을 모두 충족시켰다.

그런 조건이 맞는 여자 환자를 찾으면 설수연과 자운엽 자신만이 아는 일들 중 한 가지를 적은 밀지를 전하라 했으니, 그녀가 설수연이라면 자신이 찾고 있다는 것을 알고 웬만한 위험이 닥치기 전에는 움직이지 않고 자신을 기다릴 것이다.

이젠 달려갈 일만 남았다.

자운엽은 전신의 세포가 하나도 남김없이 일어나는 듯한 느낌을 받았다.

"서둘러야겠소."

"아가씨가 있는 곳을 알아냈나요?"

양예청이 두 눈을 동그랗게 뜨고 고함을 쳤다.

"아마도 그런 것 같소."

자운엽이 얼른 몸을 일으켰다.

"그런데 전, 전 어떡하지요? 이런 일에는 도움도 못 되고 너무 많은 것을 알고 있는데……."

자운엽을 따라 벼락같이 몸을 일으킨 양예청이 걱정스런 눈빛으로 자운엽을 바라보았다.

"반나절만 같이 동행합시다. 생각해 둔 곳이 있소. 조금 불편하긴 하겠지만 안전할 것이오. 아가씨를 구하고 나면 데리러 가겠소."

자운엽이 양예청의 팔을 잡고 바람처럼 밖으로 나갔다.

*　　　*　　　*

"거참!"

피계익(皮溪溺)은 입맛을 다셨다.

요즘 들어 영 살아가는 맛이 없어진 것이다.

"쩝!"

다시 한 번 입맛을 다신 피계익은 옆에 있는 궤짝의 뚜껑을 열었다.

얼마 전 이 궤짝은 은자들로 가득 차기 일보 직전까지 갔었다. 그러
나 요 며칠 사이 은자들이 서서히 줄어들기 시작했고 며칠만 더 지난
다면 바닥이 드러날 것이다.

쾅—

쑥 줄어든 궤짝의 뚜껑을 거칠게 닫은 피계익은 심술 가득한 표정을
지으며 창밖 한곳을 쳐다보며 눈을 흘겼다.

"망할 계집!"

급기야 욕지거리를 내뱉은 피계익은 등받이에 팔을 걸치고 비스듬
히 드러누워 뒤틀린 심사를 달래려고 애썼다.

그러나 아무리 심호흡을 하고 반야심경의 첫 구절을 읊조려 보아도
텅 비어가는 돈 궤짝이 눈에 아른거려 속 쓰림의 고통은 커져만 갔다.

돈이야 넉넉하게 모아놓았다.

큰 욕심 부리지 않는다면 죽을 때까지 다 쓰지도 못할 만큼 충분했
다.

그러나 지금 이 순간 피계익의 뇌리 속에는 눈앞의 돈 궤짝이 텅 비
어간다는 조바심으로 다른 것은 아무것도 눈에 들어오지 않았다.

평소대로 나갔다면 오늘쯤에 이 돈 궤짝은 은자로 가득 차서 약장
아래에 있는 비밀 창고에 보관되고 새로운 궤짝을 만들어 이곳에 놓았

을 것이다.

그런데 요 며칠은 들어오는 돈보다 나가는 돈이 더 많았다.

"망할 계집!"

다시 한 번 욕지거리를 내뱉은 피계익은 '어떻게 하면 저 계집에게 다시 약 처방을 받을 수 있을까?' 하는 궁리만 하고 있었다.

장기 요양 환자로 투숙해 있던 계집이니 아프다고 드러누워 있는 것은 당연한 일이다. 그러나 피계익은 그것을 도저히 용납할 수가 없었다.

이제껏 이런 일은 한 번도 없었다. 환자의 증세를 적은 장부를 갖다주면 언제나 적절한 처방전을 만들어주었고, 그것은 만성적인 중환자가 아니면 즉시 효력을 나타내어 자신을 돌팔이에서 하루아침에 명의로 만들어주었다. 그때부터 피계익은 가득가득 차는 돈 궤짝을 바꾸기에 바빴다.

정말 살맛나는 세상이었고, 그 어떤 때보다 반야심경의 첫 구절을 자주 암송했다.

그런데 며칠 전부터 자신의 돈줄이 갑자기 병이 심해졌는지 방구석에 드러누워 두문불출하며 모든 것을 거부했다. 음식 또한 겨우 입에 대는 둥 마는 둥 하며 도로 물렸다.

결국 피계익은 반야심경 첫 구절의 암송을 등한시하기 시작했다.

"혹시 꾀병이 아닐까?"

피계익은 사람을 시켜 계집을 끌어내 꾀병이 아닌지 확인해 볼까 하는 생각도 해보았지만 이내 고개를 저었다. 얼마 전에 들렀던 못생긴 노인네가 언제 다시 찾아올지 모르는 일이다.

탁자 위에 있는 분재의 나뭇잎을 날려 기둥 깊숙이 박는 노인네라면 자신의 목숨쯤이야 파리 목숨보다 쉽게 취할 것이다. 그런 괴물이 금덩이까지 건네주는 계집이니 함부로 대했다가는 목이 몇 개라도 모자랄 일이다.

"어이구구—"

다시 한 번 오만상을 찌푸린 피계익은 몸을 일으켜 밖으로 나갔다. 그새 혹시라도 앓아 누웠던 계집의 병이 나을지, 아니면 조금 차도라도 보였으면 하는 간절한 바람을 안고…….

"의원님, 이것 좀 보십시오!"

"무엇이냐?"

문밖으로 나온 피계익은 물지게를 지고 들어오는 하인 놈이 불쑥 내민 종이 한 장을 펼쳤다. 펼치자마자 정신이 번쩍 들게 하는 미인의 얼굴이 눈에 들어왔다.

"어떤 놈이 그렸는지 정말 잘 그렸군!"

피계익은 여러 사람의 손을 거쳤는지 아무렇게나 구겨진 종이 위에 그려진 여인의 얼굴을 이리저리 살펴보며 감탄사를 흘렸다. 종이는 구겨지고 곳곳이 찢어졌지만 그 위에 그려진 여인의 용모는 전혀 빛을 잃지 않고 자신을 쳐다보고 있었다.

"그런데 네놈은 이걸 어디서 구했느냐?"

피계익은 눈 사이를 좁히며 하인 놈을 쳐다보았다.

서른이 넘었지만 아직 계집의 손목이나 한번 잡아보았는지 의심이 가는 놈이었다. 물론 이놈이 그렇게 살아가는 데는 자신의 역할이 크기도 했다. 한 달 동안 뼈 빠지게 일해보았자 싸구려 술집에서 술 한잔 제대로 마실 만큼의 보수를 준 적 없으니 여자인들 가까이 할 수가 있었으랴? 그런 놈이 이런 여인의 그림을 손에 들고 다닌다는 것은 납득이 안 가는 일이었다.

"그 그림 속의 여자를 잡아주거나 어디 있는지 알려주는 사람에게는 한평생 호강할 만한 금액의 은자를 준답니다."

하인 놈은 머지않아 자신이 그 여인을 잡을 수 있을 것 같다는 기대감 가득한 눈빛을 하며 피계익의 손에 들린 용모파기를 돌려받으려는 듯 손을 뻗었다.

"무, 무어라? 평생 호강할 만한 금액의 은자?"

종이 위에 그려진 여인의 얼굴을 한 번 보고 하인에게 돌려주려던 피계익은 평생 호강할 만한 은자라는 소리에 종이를 찢어질 듯 와락 잡아당겼다. 그리고 여인의 용모 옆에 빽빽이 쓰여진 내용들을 읽어 내려갔다.

"이건 내가 좀 더 자세히 살펴볼 것이니 넌 그만 하던 일이나 계속하거라."

피계익은 뚱하니 쳐다보는 하인에게 눈을 부라리고는 용모파기를 들고 방으로 들어갔다.

"거참! 어떤 놈인지 만금을 걸고 찾을 만하군! 그림으로 이 정도라면 실물은 어떨지 짐작이 가는구만!"

평생을 호강할 만한 금액이라는 말에 후닥닥 용모파기를 들고 들어왔지만 쉽게 만날 수 있는 용모의 여인이 아니었기에, 그리고 이제껏 한 번도 본 기억이 없는 용모의 여인이었기에 피계익은 심드렁하니 그림 속 여인의 얼굴을 쳐다보며 맥 빠진 소리로 중얼거렸다.

"그래도 혹시 모르지, 앞으로 내게 약 지으러 오는 사람들 중에 이 여인을 아는 사람이 있을지."

피계익은 한 가닥 가능성마저 저버리지 않고 설수연의 용모파기를 곱게 접어서 탁자 속에 보관했다.

"끄응! 이러다 정말 화병나서 죽겠군!"

조금 후 피계익은 환자들의 방이 있는 아래채에서 온 얼굴과 손에 붕대를 감은 여인이 밖으로 나오는 것을 보고는 오만상을 찌푸리며 중얼거렸다. 지금까지는 그녀를 볼 때마다 환자가 아니라 복덩이가 굴러 들어왔다고 수백 번도 더 중얼거렸지만 여인이 약을 짓지 못하는 요 며칠 동안 손바닥 뒤집듯 고마움이 원망으로 바뀐 것이다.

"며칠만 더 기다려 보고 안 되면 내가 직접 지어야겠다."

피계익은 그렇게 결심을 굳혔다.

약이야 자신도 지을 수 있지만 약효가 다르면 아픈 사람들은 그것을 금방 느낄 것이고 예전과 같은 돌팔이의 신뢰도를 회복하는 것은 시간 문제다. 자연히 환자들은 인근 마을의 조씨 노인이 지어주는 약을 더 선호할 것이다. 아직까지는 꼭 필요한 약초를 못 구했다고 환자들에게 기다리라 했지만 언제까지 그럴 순 없는 일이다.

"젠장! 약을 짓지 못해도 뒷간 갈 힘은 있는 모양이군!"

심술 가득한 얼굴로 붕대여인이 방으로 들어가는 모습을 바라보던 피계익은 뭔가 이상하다는 듯 고개를 갸웃거렸다.

"오늘따라 걸음걸이가 왜 저 모양인가?"

피계익은 붕대여인 걸음걸이를 보며 혀를 찼다. 그간 보아온 계집의 걸음걸이는 구름을 밟듯 사뿐했다. 그러나 지금 본 걸음걸이는 전혀 달라 보였다. 아파서 그런 것이라 볼 수도 있었지만 달라도 너무 달랐다.

"가, 가만!"

눈살을 찌푸리던 피계익은 뭔가 생각난 듯 얼른 방으로 들어갔다.

"걸음걸이는 구름을 밟는 듯 사뿐하고……."

조금 전 하인 놈에게서 뺏어놓은 용모파기를 펼친 피계익은 그림 옆으로 빼곡이 쓰여진 글자들을 읽어 나갔다.

"설마?"

용모파기에 적힌 내용들을 몇 번이고 읽던 피계익은 고개를 갸웃거리다가 천천히 안광을 빛냈다.

"그러고 보니… 저 계집의 평소 걸음걸이가 이 문구와 꼭 같지 않은가? 평소에는 몰랐지만 오늘 엉거주춤 걷는 모습을 보니 확연히 드러나는 것 같군."

차르륵!

피계익은 용모파기를 활짝 펼쳐 다시 한 번 모든 내용을 하나하나 꼼꼼히 읽어 내려갔다.

"얼굴을 가리고 있고 말하는 것을 들은 적이 없으니 목소리와 용모는 모르겠지만, 그 외 다른 것들은 왠지 저 계집의 아프기 전 모습과 비슷한 것 같은데……!"

피계익은 갑자기 심장이 요동 치는 것을 느끼고 심호흡한 후 거듭 용모파기 속의 내용을 읽어보았다.

"뭐야, 이거? 읽을수록 너무 흡사하지 않은가?"

피계익은 두근거리는 심장 때문에 손끝까지 가늘게 떨며 용모파기 속 여인의 모습을 뚫어지게 쳐다보았다.

"왠지 처음부터 이상한 계집이었다. 아무리 이름 모를 병에 걸렸다지만 환자치고는 너무 깨끗했다. 그동안은 예쁜 짓만 골라서 했기에 오히려 그 모습이 당연하다고 생각했는데… 뭔가 있는 계집이다. 그리고 요 며칠 두문불출하는 것도 이상하고…….”

일단 한 번 의심의 물꼬가 트이자 피계익의 머리 속에는 온통 붕대여인에 대한 의심과 평생 호강할 수 있을 만큼의 은자로 가득 찼다.

“설마가 사람 잡는다고 하지 않던가? 그리고 밑져야 본전이고…….”

피계익은 꿀꺽 침을 삼킨 후 벽에 걸어놓았던 겉옷을 거칠게 잡아챘다.

*   *   *

“저, 저런 미친놈을 보았나!”

한 마리 흑마가 자신들 머리 위로 훌쩍 뛰어넘어 가는 것을 본 사내 두 명이 혼비백산한 표정으로 고함을 질렀다.

좁은 소롯길을 질풍처럼 달려오는 흑마를 보고 얼이 빠진 채 피할 생각도 못하며 그 자리에 얼어붙은 사이 흑마는 그냥 자신들의 머리 위를 훌쩍 뛰어넘어 질풍 같은 속도 그대로 시야에서 멀어져 갔다.

“사람들도 참! 말이 달려오면 나처럼 얼른 옆으로 피하지 않고 멀뚱히 쳐다보며 서 있기는 왜 서 있는 것인가?”

세 사람 중 유일하게 길옆에 처박혀 있던 사내 하나가 회심의 미소를 지으며 반쯤 혼이 나간 표정의 동료들을 보고 소리를 질렀다.

“일할 때는 굼뜨기 한량없는 놈이 먹을 때와 도망칠 때는 번개가 따로 없다니까.”

길 한복판에서 얼어붙어 꼼짝도 못한 자신들의 행동에 대한 창피함을 희석시키기라도 하려는 듯 한 사내가 고함을 질렀다.

"그러게나 말일세. 잽싸게 길옆으로 처박히는 모습이 생쥐가 따로 없더구만."

같이 얼어붙었던 사내 하나도 맞장구를 치며 자신들보다는 생존 능력이 훨씬 뛰어난 동료를 보고 비아냥거림을 쏟았다.

"하하! 사람들도 참! 사내가 돼갖고 놀라서 꼼짝 못했다면 부끄러운 줄 알고 가만이나 있을 것이지, 괜한 투정은……. 그나저나 정말 멋진 말이더구만. 자네들 키가 도토리만하긴 하지만 사람 머리 위를 가볍게 뛰어넘어 질풍같이 사라지는 모습은 한 마리 매와 같던걸……."

길옆에 잽싸게 처박혔던 사내는 흑마가 사라져 간 방향을 쳐다보며 입맛을 다셨다.

하루 벌어 하루를 살아가는 자신들로선 평생 그런 말을 타보기는커녕 바람처럼 질주하는 모습을 이렇게 한 번 구경하는 것만으로도 횡재했다는 표정이었다.

"그러게 말일세! 난 처음 흑붕(黑鵬) 한 마리가 갑자기 눈앞으로 날아드는 줄 알았네."

얼어붙었던 사내 하나도 자신들 머리 위를 가볍게 뛰어넘어 저 멀리 사라진 흑마의 모습에는 찬사를 아끼지 않았다.

"그런 말 한 마리 가격이 얼마나 될까?"

한 사내의 질문에 길옆으로 처박혔던 사내가 주름살 가득한 미소를 흘린 후 입을 열었다.

"아마도 우리 셋 합친 것보다 비쌀걸……."

*　　　*　　　*

"확실한 거요?"

검은 무복 차림의 사내들 몇 명이 날카로운 눈빛으로 피계익에게 질문했다.

"확실합니다! 몹쓸 병에 걸렸다고 글로써 의사 소통을 하며 온 얼굴과 손발에 붕대를 감았지만 병이 든 사람이라면 붕대가 그렇게 깨끗할 수가 없습니다. 때때로 더럽힌 적도 있습니다만 진물이 흘러 더러워진 것과 일부러 그렇게 한 것은 차이가 있습니다. 내가 의원이라 그건 잘 압니다."

피계익은 칼을 차고 있는 사내들 앞에서 잔뜩 겁을 먹으면서도 손짓 발짓 하며 열심히 설명을 했다.

"그렇게 잘 알면서 왜 이제껏 환자로 놔두었소?"

사내 하나가 눈살을 찌푸리며 거듭 물었다.

의원이라면서 도저히 의원답지 않은 탐욕스런 눈빛과 방정맞은 행동은 도저히 신뢰하기 힘들었던 것이다.

"나야 뭐 약 값, 방 값 꼬박꼬박 내는데 마다할 리가 없지요. 그리고 처음에는 이것저것 생각해 보지도 않았지요. 오늘 문득 의심을 하며 생각해 보니 이상한 점이 홍수처럼 쏟아져 나오는 것입지요."

피계익은 마음이 급하다는 듯 자신이 의심하는 바를 최대한 부풀리며 상세하게 설명했다.

이런 일확천금의 기회가 아니라면 다른 사람들이 그런 의심을 하더라도 자신만은 절대 아니라고 우기며 그녀를 자신의 집에 묶어두려 하겠지만 일확천금의 꿈은 부족하기 짝이 없는 피계익의 상상력마저 초인적인 수준으로 탈바꿈시켰다.

"냄새가 나는군!"

저만치 의자에 앉아 유심히 대화를 듣고 있던 청의사내 하나가 천천히 신형을 일으키며 말했다.

"아닙니다. 그 계집 몸에서는 그런 종류의 환자에게서 나는 특유의 냄새가 전혀 나지 않았습니다."

피계익은 뭔가 다시 생각났다는 듯 쉴 새 없이 주절거렸다.

"아직 노인장 집에 있소?"

인상을 찌푸리며 피계익의 말을 자른 청의사내가 칼을 들며 물었다.

"물론입니다. 며칠 전부터는 아프다며 아예 방밖으로 나오지도 않고 틀어박혀 있습니다. 집을 나서면서도 방에 있는 것을 확인했습니다. 그리고 아이들에게 일거수일투족을 감시시켜 두었습니다."

"너희들은 나를 따라간다!"

짤막하게 외친 청의사내가 손짓을 하자 다른 몇 명의 사내들이 신속하게 무기를 들고 앞으로 나왔다.

"그런데 상금은……?"

부하들을 부르며 청의사내가 자신을 따라올 준비를 하자 피계익은 청의사내의 품을 쳐다보며 입술을 빨았다. 이쯤 됐으면 돈 냄새라도 맡게 해줘야 움직이겠다는 표정이었다.

팔랑!

사내가 품속에서 전표 한 장을 꺼내 피계익의 코앞에다 내밀었다.

"의원! 당신 집에 있는 그 계집이 우리가 찾는 계집이 확실하고, 우리가 잡게 되면 이건 당신 것이오."

사내는 자신도 모르게 엉거주춤 양손을 내미는 피계익의 눈앞에서 전표를 거칠게 회수하여 품속으로 도로 넣고는 안에 있는 다른 사내들을 불렀다.

"신빙성있는 정보가 들어왔다. 너희들은 만일의 사태에 대비해 미리 정해진 대로 포위망을 형성하라. 그리고 전서구를 준비해 두어라."

"알겠습니다!"

사내들이 분주히 움직였다.

＊　　　＊　　　＊

"여깁니다!"

한 사내가 낮은 목소리와 함께 턱짓을 하자 뒤에서 따라오던 사내가 고개를 끄덕이고는 조심스럽게 대문을 열고 안으로 들어섰다. 안내를 하는 사내나 안내를 받는 사내 둘 다 지극히 조심스럽게 움직이는 모습에서 뭔가 은밀하게 일을 처리하고 있는 듯했다.

"저쪽 방입니다."

다시 한 번 뒤쪽에 선 사내가 낮은 목소리가 방향을 일러주자 앞에 선 사내는 표홀하게 뒤쪽 사내가 가리킨 방 쪽으로 걸음을 옮겼다.

방문 앞에 도착한 사내는 문고리를 잡고 툭! 하며 문을 두드렸다. 문을 열기 전에 최소한의 인기척을 내려는 모양이었다.

사르륵—

바깥의 인기척을 느낀 듯 방 안에서 옷자락이 스치는 소리가 났다.

삐이걱—

문고리를 잡은 손이 천천히 문을 열었고, 낡은 방문이 높은 울음을 토하며 열려졌다.

방문이 열리자 방 안에서 온 얼굴에 붕대를 감은 여인이 주춤주춤

구석으로 신형을 옮기며 방문을 연 사내의 얼굴을 쳐다보았다.

"으음!"

붕대여인의 모습을 짧은 순간 뚫어질 듯 쳐다본 사내가 신음을 흘리고는 등을 돌렸다. 붕대여인은 등을 돌리고 걸음을 옮기는 사내의 어깨에서 생기가 모두 빠져나가는 듯한 느낌을 받았다.

"공자?"

뒤에 따라오던 사내가 초조한 눈빛으로 사내의 표정을 살폈다.

"아니오."

방문을 닫고 등을 돌려 걸어오던 사내가 마치 온몸의 기운이 다 빠져나간 듯한 목소리와 함께 고개를 가로저었다.

"이, 이런!"

길을 안내했던 사내 역시 허탈한 표정으로 할 말을 잃었다.

와창창—

그 순간 의가의 대문이 벼락같이 열리며 피계익과 몇몇 사내들이 들이닥쳤다. 무공을 모르는 몸으로 사내들의 손에 반쯤 끌려오다시피 한 피계익은 전신이 땀으로 젖어 있었지만 탐욕스런 눈빛만큼은 조금도 빛을 잃지 않았다.

"웬 놈이냐?"

몰려온 사내들이 급히 붕대여인의 방을 포위했고, 청의사내는 자운엽과 용사명의 부하를 보고 고함을 쳤다.

"우린 현상금 사냥꾼이오."

사내들의 눈빛을 보며 빠르게 사태를 파악한 자운엽이 사내들을 향해 설수연의 용모파기를 내보이며 답했다. 그리고는 유심히 그들의 표정을 살폈다. 사내들의 정체에 대한 자운엽의 짐작은 피계익에 의해서 확인되었다.

"내, 내가 먼저 신고했으니 너희들은 자격이 없는 것이다! 그러니 어서 어서 내 집에서 나가라!"

거품 물고 날뛰는 피계익을 제지하며 청의사내가 손짓하자 붕대여인의 방을 포위한 다른 사내들이 방문을 걷어차며 방 안으로 쇄도해 들었다.

"아악—"

방 안에서 날카로운 비명 소리가 들리며 붕대로 온 얼굴을 가린 여인이 끌려 나왔다.

"왜, 왜 이러는 거예요? 아악—"

끌려 나오는 여인이 발버둥 치며 고함을 질렀다. 이제껏 벙어리로 알고 있던 여인에게서 터져 나오는 날카로운 목소리에 피계익은 잠시 혼란을 겪었다.

"붕대를 벗겨라!"

자운엽과 용사명의 부하를 은밀히 경계하며 청의사내가 고함을 치자 여인의 팔을 붙든 사내 하나가 우악스럽게 붕대를 벗겨냈다.

순간 피계익의 눈이 찢어질 듯 커졌다.

"아니, 넌……? 아랫마을에 사는 묘향이란 계집이 아니냐?"

잠시 동안 얼이 빠진 채 붕대가 벗겨진 여인을 쳐다보던 피계익이 경악성을 내질렀다. 자신의 눈앞에 얼굴을 드러낸 여인은 얼마 전에도 병든 제 어미의 약을 타간 아랫마을에 사는 아이였다.

"이, 이게 어떻게 된 일이냐? 네년이 어떻게 이곳에……?"

피계익은 묘향이란 여인과 청의사내를 번갈아 바라보며 입을 딱 벌렸다. 그리고 사태를 파악한 듯 거품을 문 피계익이 발작적으로 고함을 질렀다.

"이 계집은 아닌데… 계집이 바뀌었다……!"

번쩍—

피계익의 발악을 들은 자운엽의 눈빛이 짧은 순간 섬광을 내뿜었다.

"네년이, 네년이 어찌 이곳에, 아니, 누구와… 누가 널 바꾸었느냐……?"

피계익은 거품을 물고 횡설수설하며 묘향이란 여인의 어깨를 잡아 흔들었다.

차앙—

"비켜라, 영감쟁이!"

사태를 지켜보던 청의사내가 검을 뽑아 들고 묘향이란 여인의 목에 갖다 대었다. 시퍼렇게 벼리어진 검날이 여인의 목에서 섬뜩한 빛을 발했다.

"아랫마을에 사는 계집이 맞느냐?"

청의사내가 얼음장 같은 목소리로 질문하자 목에 닿은 칼을 보고 기겁을 한 여인이 입은 열지 못하고 고개만 연신 끄덕였다.

"어찌 된 일인지 하나도 남김없이 말해라. 안 그러면 이 자리에서 죽어 버리겠다."

청의사내가 칼을 거두며 묘향이란 여인에게 고함을 질렀다. 그러나 공포에 질린 여인은 아무 말도 하지 못하고 덜덜 떨기만 했다.

"이봐! 물 한 잔 갖다 줘!"

공포에 질린 눈으로 입을 열지 못하는 여인을 본 청의사내가 우르르 몰려 나와 있는 의원 집 식솔 하나를 보고 소리를 질렀다. 청의사내의 눈짓을 받은 하인 하나가 급히 뛰어들어 가 물을 가져왔고, 여인은 물을 한 잔 마시고 조금 안정을 찾은 듯 숨을 깊게 들이마셨다.

"최대한 상세히 말해라. 안 그러면 네 가족까지 몰살시키겠다."

여인을 진정시킨 청의사내가 다시 다그쳤다.

"며, 며칠 전 이 방 환자가 자기 대신 얼마 동안만 여기 있어주면 금을 주겠다고 해서……."

여인이 울먹이는 소리로 간신히 몇 마디 내뱉었다.

"네, 네년이 그 계집을 어찌 알고……?"

기가 막힌 표정을 한 피계익이 고함을 질렀다. 거의 손끝에 잡힌 일확천금의 꿈이 수포로 돌아가고 말았으니 제정신이 아니었다.

"시끄러워 못살겠군!"

퍽—

"끄으윽—"

나지막하게 소리를 지른 청의사내의 발이 피계익의 복부에 쑤셔 박히자 길길이 날뛰던 피계익이 거품을 물고 바닥에 쓰러졌다.

"치워라!"

청의사내가 고함을 치자 파랗게 질린 의가 하인들이 피계익을 끌고 신속히 사라졌다.

"아까 노인이 했던 질문에 답해라! 네년이 그 계집을 어찌 알았느냐?"

청의사내가 차가운 눈으로 여인을 쳐다보자 여인이 부들부들 떨며 다시 입을 열었다.

"그 환자를 안 지는 몇 달 되었어요. 어느 날 저녁 어머니 약을 타가는 저에게 쪽지 하나를 건네줘서 알게 되었어요."

"그래서?"

"그 쪽지에는 자기 부탁을 들어주면 그때마다 심부름 값을 주겠다고 적혀 있었어요. 그리고 실제로 부탁을 들어줄 때마다 어김없이 심부름 값을 주었어요. 이해가 안 가는 것들을 조사해 달라는 때가 많았지만 그 쪽지에 쓰인 부탁을 들어주고 받은 심부름 값으로 제 어머니 약 값을 댈 수가 있었어요. 그래서 그동안……."

여인은 다시 울먹이기 시작했다.

"그건 됐다. 그럼 언제부터 네년이 이 방에서 그 계집을 대신했느냐?"

"나흘 전 그 환자가 다시 부탁을 했어요. 이제껏 해주던 심부름과는 다른 부탁이라 거절하려 했지만 대가가 금덩어리였어요. 그것이면 어머님 일 년 약 값은……."

'나흘……."

자운엽은 격탕되는 심정으로 여인의 말을 속으로 되뇌었다. 그러나 표정은 오히려 정반대로 바꾸며 느물거렸다.

"배가 많이 아팠는데 속시원하군. 이젠 다시 내게도 기회가 있는 것인가?"

자운엽은 의욕이 생긴다는 표정으로 등을 돌렸다.

"잠깐!"

청의사내가 등을 돌려 걸어가는 자운엽과 용사명의 부하를 불러 세웠다.

"왜 그러시오?"

"네놈들은 어떻게 여기까지 오게 됐나?"

청의사내의 눈이 가늘어졌다.

"얘기하려면 아주 긴데… 차근차근 듣고 싶소?"

자운엽이 빙긋 미소를 지으며 말했다.

"그럴… 필요까지는 없다. 대신 계집을 잡거나 소재를 파악하면 우리가 있는 곳에 연락해 주길 바란다."

"그건 내 맘 아니오?"

자운엽은 별로 그럴 생각이 없다는 표정으로 사내를 쳐다보았다.

"나한테 잡아오면 약속한 금액에 은자 백 냥을 더 쳐주겠다."

사내의 표정이 진지해졌다. 아마도 자신이 맡은 지역에서 설수연을 잡는다면 그보다 더 큰 이득이 돌아오는 모양이었다.

"그럽시다. 있는 곳이 어디요?"

"강 건너 마을 용화객잔(龍華客棧)이다."

"잘 알겠소."

자운엽은 고개를 끄덕이며 용사명의 부하와 함께 등을 돌렸다.

"이 계집은 죽여 버릴까요?"

실망한 표정으로 눈을 굴리던 사내 하나가 칼을 빼 들며 낮게 으르렁거리자 서둘러 걸어나오던 자운엽의 걸음걸이가 느려졌다. 그리고 팔뚝에 감겨져 있던 수운검의 끝이 천천히 풀려 나왔다.

"내버려 둬! 도망친 계집이 너무 영리한 것이다."

스윽—

자운엽의 팔뚝에서 혓바닥을 내밀고 있던 수운검이 슬그머니 혀를 집어넣었다.

"어쩐지 공자님이 준 서찰을 은밀히 전해주었는데도 아무런 반응이 없더라니……. 조심하느라 그런 줄 알고 주변에서 감시만 했는데 간발의 차이로 사람이 바뀌었군요……."

의가를 빠져나와 고갯마루 갈림길에 선 용사명의 부하가 무슨 이런
일이 다 있느냐는 표정으로 말했다. 차라리 그녀가 자운엽이 찾는 사
람이 아니었다면 그러려니 하겠지만, 상황으로 보아 나흘 전에 이곳을
빠져나간 여인이 자운엽이 찾는 사람이란 것을 확신할 수 있었다. 그
것이 확실하다는 생각이 들었기에 그만큼 더 안타까웠다.

"무슨 이런……."

사내는 자신의 일인 양 거듭 한숨을 내쉬며 몇 번이나 탄식을 터뜨
렸다. 그러다 자운엽의 얼굴에 떠오른 짙은 안타까움의 기색을 보고는
얼른 입을 다물었다.

"헛수고만 한 셈이 되었군요."

한동안 침묵을 지키고 있던 사내가 복잡한 표정으로 생각에 잠긴 자
운엽을 보고 조심스럽게 말했다.

"그런 것만은 아니오. 이번에는 길이 어긋났지만 그동안의 내 짐작
이 정확히 맞았다는 것을 확인했소. 그렇다면 앞으로도 어떻게 움직일
지 예측이 가능하오."

자운엽은 애써 담담한 표정을 지으며 답했다.

"그럼 이젠 어쩌실 생각입니까?"

사내도 담담한 표정을 지으며 자운엽을 쳐다보았다.

"어떻게 하든 놈들보다 한발 앞서야지요."

자운엽은 길게 숨을 들이키며 다시 시작한다는 표정으로 답했다.

"제가 도울 일은……?"

사내는 표정을 다잡으며 물었다.

"돌아가서 여기 적힌 대로 한 가지 일만 더 해주시오."

자운엽은 품에서 봉서를 꺼내 사내에게 건넸다. 이곳에서 설수연을

만났을 경우 다시 한 번 혼란을 주기 위해 준비된 계획이었다. 또한 그것은 설수연을 못 만났을 경우에도 똑같은 효력을 발휘할 것이었다.

"그동안 수고 많으셨소. 용 대협을 만나거든 고맙다고 전해주시오. 그리고 마지막 일이 끝나면 이걸로 술이나 한잔하시오."

자운엽은 다시 품속으로 손을 넣어 전표 한 장을 꺼내 사내에게 내밀었다.

"그러실 필요 없습니다. 우린 총채주님의 명령을 받고 하는 일입니다."

사내가 손사래를 쳤다.

"누구 고집이 더 셀 것 같소?"

자운엽이 더 이상 토 달지 말라는 표정으로 사내에게 전표를 내밀자 사내가 씨익 웃으며 전표를 챙겼다.

"그럼."

가볍게 고개를 끄덕인 자운엽이 흑룡의 등 위로 올라 고삐를 흔들었다.

두두두—

어스름을 가르는 흑룡의 발굽 소리와 함께 자운엽의 모습이 바람처럼 멀어져 갔다.

"아름답군!"

자운엽의 모습이 사라져 간 고갯마루의 노을을 한참 동안 바라보던 사내가 나직하게 중얼거리며 갈림길로 사라졌다.

"당신의 영리함이 이젠 부담으로 다가오는군요."

모닥불 앞에서 지도를 펼쳐 놓고 뚫어질 듯 응시하던 자운엽이 나직하게 중얼거렸다. 이틀 동안 흑룡을 타고 달려와 의가의 문고리를 잡았을 때 그 벅찼던 심정이 아직도 고스란히 가슴에 남아 있었다.

그 여인이 설수연이 아닐 수도 있단 생각도 했지만 문고리를 잡고 문을 열던 그 순간은 심장이 터질 것 같았다. 닫혀 있던 문이 다 열릴 때까지의 짧은 순간이 이제껏 살아온 시간보다 더 길게 느껴졌다.

그러나 문이 열리고 붕대 사이로 드러난 여인의 눈을 봤을 때 온몸의 힘이 다 빠져나가며 그 자리에 주저앉고 싶었다.

천 년의 세월이 더 지난다고 해도 결코 잊을 수 없는 눈빛!

그 눈빛이 아니었다.

"휴—"

긴 한숨을 내쉬며 마음을 진정시킨 자운엽은 다시 지도 위로 시선을 던졌다.

"내일 안에 따라잡을 수 있을까?"

툭—

자운엽은 곧게 자란 나뭇가지 하나를 꺾어 의가가 있던 곳에서 감숙 섭가가 있는 곳까지 이어 보았다.

"나흘이라……?"

설수연을 대신했던 여인의 말을 떠올리며 자운엽은 생각을 정리했다.

거의 완벽하게 숨어 있던 은신처까지 버리고 움직였다면 그녀 역시 상황의 심각성을 인식했다는 말이다. 그렇다면 최대한 빠르게 큰공자가 있는 곳으로 직진하려 할 것이다. 정반대로 움직일 가능성도 배제할 수 없지만 상황의 심각성을 인식하고, 어느 방향으로 가든 똑같은 위험이 도사리고 있음을 판단했다면 최대한 큰공자와 가까운 쪽으로

움직일 것이다. 결정적인 순간에 언제나 과감하게 행동하던 그녀라면
틀림없이 그렇게 움직일 것이다.

지도를 덮은 자운엽은 많이 지친 모습으로 휴식 취하고 있는 흑룡을
올려다보았다.

"이젠 모든 것이 네 녀석 다리에 달렸다. 내일 하루만 더 달려다오."

자운엽은 흑룡의 가슴 어림을 부드럽게 쓰다듬었다.

"한 시진만 더 쉬자. 그리고 다시 달리자꾸나!"

자운엽은 그 자리에서 가부좌를 틀고 태음토납경의 호흡 속으로 빠
져들었다.

*   *   *

"나흘……? 허허!"

"그렇습니다. 나흘 전에 의가에서 빠져나갔다고 합니다, 방주!"

맹호방의 방주 오달상(吳達尙)은 부하의 보고를 받으며 허탈한 웃음
을 터뜨렸다. 보고의 내용상 의가에 있었던 계집이 현상금 걸린 계집
이 확실하단 생각이 들었고, 보통 영리한 계집이 아니라는 생각도 아울
러 들었다.

붕대를 감고 숨어 지낸 행동에 기가 막혔고, 다른 여자를 통해 주변
의 모든 상황을 파악하고, 그 여자를 자신과 바꿔치기하며 한발 앞서
빠져나간 영악스러움이 혀를 내두르게 했다.

"우리 맹호방이 한 단계 더 도약할 만한 포상금이 눈앞에서 사라져
버렸군. 쯧쯧!"

오달상이 혀를 찼다. 그리고는 버럭 소리를 질렀다.

“지도를 가져와라!”

“알겠습니다, 방주!”

명령을 받은 사내가 쏜살같이 달려가 문짝만한 지도를 가져와 탁자 위에 펼쳤다.

“나흘이면 이 정도 거리가 되겠군.”

오달상은 의가가 있던 마을을 중심으로 동그라미 하나를 그렸다. 그리고 그 동그라미를 중심으로 몇 개의 동그라미를 더 그렸다.

“아슬아슬하게 놓치긴 했지만 우리 구역에서 은신처가 발견된 것은 큰 행운이다. 계집의 몸으로 나흘 동안 쉬지 않고 달려도 제일 안에 있는 이 동그라미를 벗어날 순 없다. 이 동그라미에서부터 포위망을 펼쳐 안으로 조여 들어간다. 그리고 이 외곽 동그라미는 요소요소에 인원을 숨겨라. 삼 척 단 구의 어린아이와 이빨이 다 빠진 노인만 빼고는 남녀를 구별하지 말고 모두 조사 대상에 포함시켜라. 그런 식으로 숨어 있고, 가만히 앉아서도 바깥 사정을 훤히 읽고 있던 영리한 계집이라면 어떤 수법으로 빠져나갈지 모른다. 지금 즉시 각 지역에 전서구를 날려 인원을 재배치시켜라.”

오달상이 손가락 마디를 우두둑 꺾으며 고함을 질렀다.

“잘 알겠습니다, 방주님!”

사내들이 분분히 흩어졌다.

*   *   *

“멈춰라!”

이른 아침부터 숲 속의 오솔길에서 칼을 빼 든 사내들 몇 명이 질풍처럼 달려오는 흑마 앞을 막아서며 고함을 질렀다.

파르르—

흑립을 눌러쓴 자운엽이 전혀 속도를 늦추지 않고 섬전처럼 수운검을 뿌리자 수백 마리의 나비가 한꺼번에 사내들을 향해 날아들었다. 대경한 사내들이 신형을 멈추며 급급히 칼을 휘둘렀지만 나비의 날갯짓 속에서 튀어나온 수운검의 끝은 동시에 모든 사내들의 목을 갈랐다.

"크윽!"

"큭!"

두두두—

달려나가는 속도를 조금도 줄이지 않은 흑룡의 모습은 사내들의 비명 소리를 뒤로한 채 착각인 듯 사라져 버렸다.

"크윽—"

"웬 놈이냐?"

파르르—

"크윽!"

이제껏 길목마다 앞을 막으며 뛰쳐나오던 자들과 달리 은밀하게 숨어 있던 사내들을 발견한 자운엽은 바위 모퉁이를 도는 순간 몸을 날려 사내들을 제압했다. 그리고 사내들의 품속을 뒤졌다.

"예상한 대로군!"

사내들의 품속에서 심지가 달린 신호탄을 발견한 자운엽은 그것을 옆에 있던 화살촉에 끼우고는 불을 붙였다.

핑—

한껏 당긴 시위가 심지에 불이 붙은 신호탄을 허공 높이 쏘아 올렸다.

$$* \qquad * \qquad *$$

"아이고, 이놈아! 장가갈 때가 다 된 사내놈이 늙은이 하나를 못 업어서 이 고생을 시키느냐?"

한 청년의 어깨에 온몸을 의지한 노인이 다 죽어가는 표정으로 고함지르며 산길을 내려오고 있었다. 손자의 부축을 받고 다리를 절뚝거리며 조심스럽게 걸어 내려오는 노인의 모습이 무척이나 위태로워 보였다.

두 사람이 함께 걷기에는 비좁은 돌 비탈길이었고, 남자치고는 약간 체격이 작은 손자는 힘에 부친 듯 고개를 숙이고 발 앞에 펼쳐진 비탈길에만 온 신경을 집중하고 있었다. 자칫 잘못해서 발이라도 헛디디면 청년은 물론이고 노인까지 같이 넘어져 두 사람 모두 낭패를 당할 수 있는 상황이기에 노인의 팔을 어깨에 걸친 청년은 한시도 고개를 들지 못하고 조심하며 걸음을 옮기고 있었다.

"어딜 가시오?"

양쪽으로 절벽을 이루어 지나갈 수 있는 길이라곤 이곳밖에 없는 지점에서 사내 한 명이 숲 속에서 나와 노손 앞을 가로막았다.

"아이구, 젊은이! 정말 잘 만났네. 내, 다리를 다쳐 손자 놈 어깨에 얹혀 요 아랫마을 의원 댁에 가는 길인데… 평소에 글공부만 하던 놈이라 뼈만 남은 이 늙은이 하나도 제대로 못 업는구면. 내 수고비는 톡톡히 쳐줄 테니 아랫마을 의원 댁까지만 업어다 주게."

노인이 우는 목소리로 애원을 했다.

"일없소, 노인장! 난 바쁜 사람이니 손자하고 조심해서 가보시오!"

사내가 인상을 쓰며 자신이 걸어나왔던 숲 쪽으로 걸음을 옮겼다.

"아이고, 젊은이! 사람이 어찌 그리 매정한가? 자네는 부모도 없는가? 그러지 말고……."

"지금은 바빠서 안 된다니까 그러시오!"

노인이 다시 한 번 애원하며 자신에게로 몸을 돌리자 사내는 행여 노인의 손에 소맷자락이라도 잡힐까 저어하며 얼른 멀어져 갔다.

"무슨 일이냐?"

두런거리는 말소리에 잠이 깬 듯 부스스한 얼굴의 사내가 조금 전 노손을 막아선 사내가 나왔던 숲 속에서 걸어나왔다. 아까 사내보다 덩치는 더 작았지만 날렵한 몸매에 날카로운 눈빛을 한 사내는 녹록치 않은 기도를 지니고 있었다.

"다리를 다친 산동네 노인이 손자와 의원을 찾아가는 모양입니다. 나보고 좀 업어다 달라는 걸 쫓아버렸습니다. 오늘따라 기다리는 계집은 안 오고 다 죽어가는 노인에 사내놈들만 지나다니는군요."

사내는 재수없단 표정으로 길바닥에 침을 퉤 하고 뱉었다.

"쫓아버려……?"

부하의 말을 들은 사내의 인상이 구겨졌다.

"손자란 놈의 얼굴은 자세히 보았나?"

"아닙니다. 그런데 그건 왜……?"

노손을 쫓아버린 사내가 의구심 어린 눈빛으로 자신의 상관을 쳐다보았다.

"멍청한 놈 같으니라고! 이빨 빠진 노인과 삼척동자만 빼고 모두 조사해 보라는 명령을 듣지 못했……."

사내가 호통을 치다가 얼른 시선을 돌렸다. 자세한 명령은 자신만

받았고 옆에 있는 부하는 지나가는 여자를 유심히 살피라는 정도로만 알고 있었던 것이다.

하루 종일 기다려 봐야 사람 하나 만나기 힘든 곳이라 잠시 방심하고 낮잠을 즐기는 사이 근무 태만의 상황이 발생하려 하고 있었다.

"거기 노인장! 잠시 멈추시오!"

고함을 지른 사내가 칼을 챙겨 달려가자 그 부하도 함께 달려갔다.

"왜, 왜 그러시오?"

등을 돌린 노인이 칼 든 사내들을 보고 겁먹은 얼굴로 물었다. 그와 함께 헐렁한 옷을 입고 노인을 부축하던 손자도 신형이 굳어지며 소매 속에서 한 자루 단검이 아무도 모르게 미끄러져 내렸다.

파아앙—

사내들이 두 노손에게 거의 접근했을 때 저 뒤쪽 산등성이 위로 신호탄 하나가 폭발음을 내며 솟아올라 하얀 연기를 꽃송이처럼 허공 중에 흩뿌렸다.

"시, 신호다! 드디어 잡았다!"

상관 사내가 고함을 쳤고, 거의 동시에 다른 사내도 급히 등을 돌리고 오던 길을 되돌아 미친 듯이 달려갔다.

"고마워요, 할아버지!"

길목을 지키고 있던 두 사내가 시야에서 사라지자 도저히 사내의 목소리라곤 생각할 수 없는 맑고 고운 목소리로 감사의 말을 전한 손자가 노인의 손에 노리개 하나를 쥐어주고는 신속히 몸을 날렸다.

"허어— 무슨 사연이 있는 처자이기에……."

경공을 펼쳐 사라진 여인의 뒷모습을 한참 쳐다본 노인이 안타까운 눈빛으로 혀를 차며 갑자기 다리가 다 나은 듯 멀쩡하게 걸음을 옮겼다.

'벌써 세 번째다! 그것 때문에 두 번은 결정적인 위기를 넘겼다!'

쾌속하게 몸을 날리던 여인은 잠시 숨을 고르며 조금 전에 뒤에서 폭음과 함께 피어오르던 신호탄의 연기를 바라보았다. 먼저의 두 번은 소리는 들리지 않고 까마득히 연기만 보였다. 그래도 그것 때문에 외길에서 앞을 가로막고 있던 사내들이 쏜살같이 달려갔고 조금 전처럼 위기를 모면했다. 그러나 조금 전의 것은 소리까지 들릴 정도로 가까웠다.

그것이 터지자마자 지키고 있던 자들이 모두 몰려가는 것으로 봐서 자신을 쫓는 자들이 터뜨리는 것이 분명한 것 같았지만 오히려 그것이 자신을 도와주고 있다는 생각이 들었다.

'하늘이 도왔다!'

내심 하늘에 감사를 드린 여인은 가슴을 쓸었다.

조금 전에 길목을 지키던 자들은 비록 둘뿐이었지만 한 사내의 기도가 남달랐다. 또, 그전에는 여러 명의 사내들이 지키고 있어 난감하기 짝이 없었다. 오늘 중으로 이곳을 빠져나가 마을로 숨어들지 못한다면 내일은 더 힘들어질 것이기에 필사적으로 그곳을 빠져나와야 했다. 그런 와중에 터진 신호탄은 하늘이 자신을 돕고 있다는 생각마저 들게 했다.

잠시 연기를 바라보던 여인은 눈앞에 펼쳐진 들판을 바라보며 상황을 살폈다. 노인의 말에 따르면 이 들판을 건너고 작은 개울을 따라 십 리쯤 내려가면 우각촌(牛角村)이란 큰 마을이 나타난다고 했다.

쫓기는 사람은 오히려 인간들 속에 숨는 것이 훨씬 안전하다. 앞서 지나온 산동네 마을은 너무 작았기에 낯선 사람이 숨어든다면 단번에 발각이 될 것이지만 우각촌에서는 하루 정도 숨어서 지친 몸을 추스를 수가 있을 것이다. 그렇게 하려면 이 들판을 건너 밤 안으로 우각촌에 도착해야 한다.

'뭔가 느낌이 안 좋아.'

그런 생각과 함께 들판을 바라보던 여인은 안광을 빛내며 내심 중얼거렸다.

추수가 끝난 들판은 을씨년스러운 바람 소리만이 정적을 일깨울 뿐 인적은 전혀 느껴지지 않았다. 그러나 저 멀리 들판 끝에 맞닿은 숲이 어쩐지 마음에 걸렸다. 그곳에서라면 이 들판을 지나는 토끼 한 마리라도 감시가 가능할 것 같았다.

누군가 그곳 숲 속에 숨어 있다면 그들의 이목을 속이고 추수가 끝난 이 황량한 들판을 통과하기란 불가능했다.

'밤이 될 때까지 기다려야겠다!'

마음을 정한 여인은 수풀 깊숙이 몸을 숨겼다.

잠시 지친 다리를 뻗고 호흡을 가다듬은 여인은 들판 끝의 어둠과 함께 자신이 지나온 뒤쪽에도 경계를 게을리 하지 않았다.

조금 전 뒤쪽에서 터졌던 신호탄으로 인해 또 한 번 위기를 모면했지만 자신을 향해 점점 가까워지는 신호는 계속해서 신경을 쓰이게 했다. 그것이 만약 놓친 자신의 흔적을 다시 발견하고 쏜 신호탄이라면? 그리고 자신의 예측대로 저 앞쪽 숲 속에 어떤 자들이 숨어 있다면?

그렇다면 자신은 이곳에서 꼼짝없이 갇힌 꼴이 되는 것이다.

여인은 시선을 돌려 들판의 끝을 따라가 보았다.

들판을 건너지 않고 앞쪽에 있는 소롯길을 따라 마을로 내려가는 일은 힘들어 보였다. 굳이 들판을 포기하고 숲을 이용하려면 오던 길을 되돌아 반나절은 더 숲 속 길을 우회해야 할 것 같았다.

그러기엔 너무 늦었고, 이제 기력도 다 떨어졌다. 오늘 밤 안으로 마을에 숨어들어 음식을 구하고 단 몇 시진이라도 잠을 자지 못한다면 지친 육신을 더 이상 가눌 수가 없을 것 같았다.

여인은 무의식적으로 등 뒤의 소나무에 등을 기대다 황급히 상체를 세웠다. 등을 기대는 순간 잠이 쏟아져 왔고, 그것은 태산의 무게로 온몸을 짓눌러 왔다.

툭―

여인은 마지막 남은 환단 한 알을 입에 털어 넣었다.

지칠 대로 지친 육신에 얼마만큼 기력을 회복시켜 줄지 몰랐지만 지금 이 순간 그것만이 유일하게 기력을 돋울 수 있는 방법이었다.

환단을 억지로 삼키던 여인은 어느 순간 화들짝 놀라 고개를 돌렸다.

자신이 달려왔던 길 뒤쪽에서 미약하나마 말발굽 소리가 들려왔다.

어스름이 내리는 이 시간 질풍처럼 달려오는 말발굽 소리라면……?

여인은 신속히 몸을 일으켰다.

이젠 밤까지 기다릴 수 없다. 저 들판 끝 음영이 드리워진 숲 속에 아무도 없기를 바라며 들판을 가로지를 수밖에 없다.

휘익―

몸을 일으킨 여인은 비조처럼 앞으로 쏘아져 나갔다.

스스슥―

여인의 신형이 들판 중간쯤에 이르는 순간 이제껏 여인의 신경을 거슬리게 했던 숲 속에서 몇몇 인영이 신속하게 쏘아져 나왔다. 그리고 그 뒤를 따라 수십 명의 사내들이 그물을 펼치듯 사방으로 흩어져 순식간에 여인을 둘러쌌다.

"흐흐! 누구든 이곳을 지나지 않고는 다른 마을로 갈 수가 없지. 헐렁한 옷으로 몸매를 감추었지만 계집이 틀림없군! 이제 포상금은 우리 것인가? 흐흐흐……."

장검을 품에 안은 갈의무복의 중년인이 음침한 웃음을 터뜨렸다.

스륵—

순식간에 사방으로 포위당한 여인이 소매 속에 숨겨두었던 단검을 꺼내 들었다. 여인의 소매 속에 숨을 정도로 작고 폭이 좁은 단검은 사방을 포위한 많은 사내들을 상대하기엔 너무도 연약해 보였다.

"신호탄을 터뜨려라! 영악한 계집이라 했으니 무슨 수를 쓸지 모른다. 그리고 너희들은 개미새끼 한 마리 빠져나가지 못하게 포위망을 형성하라."

엄청난 포상금을 놓칠 수 없다는 듯 갈의중년인이 고함을 치자 사내 하나가 신속히 신호탄을 쏘아 올렸다.

파앙—

여인을 위기에서 두 번이나 구한 것과 똑같은 신호탄이 허공에 터져 올랐다.

두두두—

그 신호탄 소리가 울림과 동시에 점점 가까워지던 말발굽 소리가 급격히 빠르고 크게 들려왔다.

마음이 급해진 여인은 앞으로 쏘아가려는 듯 단검을 고쳐 잡고 거의 고갈된 진기를 끌어올렸다.

파아앙—

"크아악!"

여인의 발끝이 막 땅을 박차려는 순간 한줄기 폭음이 울리며 처절한 비명 소리가 들려왔다.

"뭐, 뭐냐?"

비명은 한줄기였지만 포위망을 형성하며 몇 겹으로 뻥 둘러싼 부하들 여럿이 한꺼번에 무너지는 것을 본 갈의중년인이 소리를 질렀다.

"크악—"

"으흑—"

다시 몇 줄기 비명성이 울리며 한쪽 포위망이 완전히 무너지고 질주를 멈춘 흑마가 천천히 다가왔다.

휘이잉—

다섯 자루도 넘는 검을 등에 꽂은 흑립의 사내가 마상에서 손에 든 검을 빛살처럼 휘둘렀다.

파아앙—

사내가 휘두른 검에서 시퍼런 기운이 뿜어져 나와 어스름이 깔리기 시작하는 들판에 벼락처럼 떨어져 내렸다.

"크아악!"

엄청난 기운으로 떨어진 벼락은 여인 앞을 가로막은 사내들을 한꺼번에 날려 버리며 시커먼 구덩이를 만들었다.

요행히 벼락에 맞지 않은 사내들도 자신의 동료들을 한꺼번에 날려 버린 무지막지한 기운에 놀라 분분히 흩어졌다.

뚜벅—

뚜벅—

흑립 사이로 비수 같은 눈빛을 쏘아내고 있는 사내를 태운 흑마가 마침내 여인에게로 다가왔다.

"말에 오르십시오, 수연 아가씨!"

흑룡을 타고 천천히 다가온 자운엽이 말 위에서 설수연을 향해 손을 내밀었다.

"운엽… 자운엽……."

설수연이 망연한 표정으로 자운엽을 쳐다보았다.

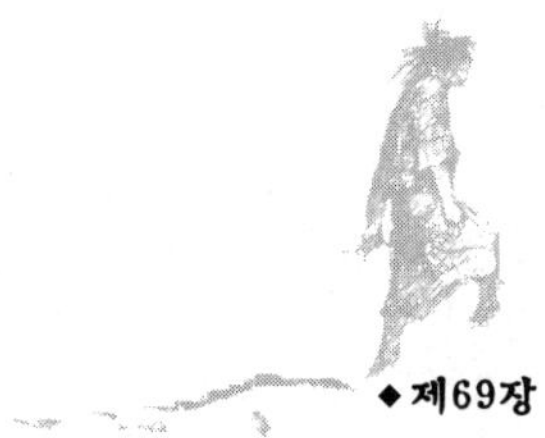

◆ 제69장

꿈

꿈

"와아—"

어둑해진 들녘으로 수많은 인영들이 날아 내렸다.

신호탄과 함께 몇 차례 울려 퍼진 폭음을 듣고 인근에서 매복하고 있던 인영들과 흑룡을 타고 치달리는 자운엽을 추격하던 인영들이 이곳 들판으로 집결하고 있는 것이다.

길게 이어져 있던 산들이 칼로 자른 듯 동강이 나며 작은 냇물을 따라 들판이 형성된 이곳은 산을 끼고 도망치는 사람을 잡기에는 가장 적합한 곳이었다.

사람인 이상 언제까지나 산속에서 버틸 수 없을 것이고, 산을 빠져 나와 우각촌으로 숨어들자면 이곳을 거치지 않을 수 없었다. 그런 지형을 읽은 맹호방의 방주 오달상 인원들은 이곳에다 가장 많은 인원을 투입하고 기다렸던 것이다.

"말에 오르십시오, 아가씨!"

새까맣게 사방을 둘러싸는 사람들을 보며 긴장한 표정을 짓는 설수연을 향해 자운엽은 재차 손을 내밀었다. 그러나 그녀는 선뜻 말에 오를 생각을 하지 않고 주변의 상황을 살폈다. 자신이 말에 오름으로 해서 자운엽의 운신에 방해가 되는 것을 걱정한 때문이었다.

어둠 때문에, 그리고 계속해서 모여드는 인원들이기에 그 숫자가 얼마나 될지는 정확히 식별하기 힘들었지만 자신을 앞에 앉히고 칼을 휘둘러 그 모두를 막는다는 것은 불가능해 보였다.

"괜찮습니다, 아가씨. 칼은 많이 있습니다. 절 믿고 어서 오르십시오."

설수연의 마음을 읽은 자운엽이 다시 한 번 재촉하자 걱정스런 눈빛으로 자운엽을 올려다본 설수연이 손을 내밀었다.

천라지망 속에서 온 세상을 다 잃은 듯한 상실감과 함께 빠져나가던 작은 손이 다시 잡혀왔다. 필사적으로 도망치며 지친 기색이 완연했지만 온기를 잃지 않은 작고 보드라운 손이었다.

이제 다시는 이 손을 놓치지 않을 것이다!

조심스레 설수연을 끌어 올려 앞에 앉힌 자운엽은 검을 쥔 손에 불끈 힘을 주었다.

우우웅—

이미 한 번의 벽력을 뻗어낸 검이 힘에 부친 듯한 울음을 터뜨리며 다시 붉게 달아올랐다.

두두두—

자운엽이 슬쩍 고삐를 흔들자 흑룡이 힘껏 땅을 박차며 달리기 시작했다. 주인의 마음을 알기라도 한 듯 처음부터 전속력으로 달리기 시작하는 흑룡은 순식간에 저만치 멀어졌다.

"막아라!"

들판을 가로질러 질풍처럼 달려나가는 흑룡을 보고 대경한 막지충(莫知充)이 고함을 질렀다. 주변으로 철통같은 포위망을 형성했지만 눈 깜짝할 사이에 멀어지는 흑룡의 속도는 시위를 떠난 화살처럼 그 포위망마저도 훌쩍 뛰어넘을 것 같은 우려를 안겨주었다.

"와아!"

잠시 주춤하던 사내들이 자신들 사이를 빠져나간 흑룡의 뒤를 따르고, 앞에서 길게 늘어서 있던 사내들은 급급히 흑룡의 진로를 막아서며 칼을 휘둘러왔다.

휘익―

앞을 막아오는 사내들을 보며 자운엽이 검을 휘둘렀다.

콰아앙―

검신을 붉게 물들이고 있던 검에서 다시 벽력의 기운이 뻗어져 나오며 막아서던 사내들 앞으로 떨어졌다. 순간적으로 어두운 들판이 환하게 밝아지며 흑룡을 막아선 여러 명의 사내들이 한꺼번에 허공으로 솟아오르며 삼 장 가까이 날아가 바닥에 나뒹굴었다. 이미 절명한 그들의 몸에서는 매캐한 연기와 함께 살을 태우는 노린내가 물씬 풍겨져 나왔다.

무섭게 떨어진 벽력과 함께 포위망의 한 축이 출렁 흔들리며 급격히 옅어졌다. 저 상태로 흑마가 한 번만 더 도약하면 아예 포위망을 뛰어넘어 버릴 것 같았다. 그리고 막대한 현상금도 그 사이로 빠져나가 버릴 것이다.

"어서 막아라! 물러서면 모두 목을 베겠다!"

자신들에게도 좀 전과 같은 무시무시한 기운이 떨어지지 않을까 공포감에 질린 얼굴로 주춤거리는 사내들을 향해 막지충은 고함을 지르며 필사적으로 흑룡을 쫓았다.

막지충의 고함 소리에 주춤거리던 사내들이 다시 앞을 막았고, 옆을 지키던 사내들도 모두 앞으로 쇄도해 들었다.

콰아앙—

다시 한 번 붉게 물든 검이 휘둘러지자 정면에 있던 사내들이 급급히 옆으로 흩어졌다. 놓치면 목을 베겠다는 막지충의 말이 무섭기는 했지만 온 들판을 훤하게 밝히며 떨어져 내리는 벼락은 훨씬 더 무서웠다.

다행히 이번에는 벼락이 떨어져 내리지 않았다. 자운엽의 내력을 이기지 못한 검이 폭발을 일으키며 터져 나간 때문이었다.

"크으윽!"

"아악!"

벼락은 때리지 않았지만 결과는 별반 달라질 게 없었다.

벼락을 피해 급급히 양쪽으로 물러서던 사내들은 터져 나오는 검편(劍片)에 온몸이 관통당하며 그 자리에서 쓰러졌다. 즉사한 사람은 몇 안 되었지만 바닥에 뒹구는 인원들은 오히려 벼락에 당했던 것보다 더 많았다.

"계속해서 앞을 막아라!"

다시 흩어지려는 부하들을 본 막지충이 악을 썼다.

아무리 무시무시한 검기를 내뿜었지만 상대는 한 사람이었다. 그리고 앞에 계집까지 태우고 있었다. 그걸 감안해 한꺼번에 달려들면 잡을 수가 있을 것이다.

챙―

자운엽의 등 뒤에 꽂혀 있던 검이 하나 더 뽑아졌다.

"여우 같은 놈!"

막지충은 욕지거리를 내뱉었다.

저놈의 등에 검이 여러 자루 꽂혀 있는 이유를 알 것 같았다.

수리검이 아닌 이상 검은 두 개 이상은 필요없다. 그럼에도 불구하고 여러 개의 검을 등 뒤에 꽂고 있는 모습이 이상했는데 내력을 이기지 못하는 검을 수시로 바꾸기 위한 모양이었다.

'뭇매에는 장사가 없다!'

막지충은 질끈 입술을 깨물었다.

주인의 내력을 이기지 못해 검이 터져 나가는 모습은 난생처음 보았다. 그만큼 저놈이 고수라는 증거이기도 했지만, 또 그만큼 내력의 소모도 심할 것이다. 많은 인원으로 쉴 새 없이 달려든다면 결국 놈도 지쳐 쓰러질 것이다.

다시 앞이 가로막히자 자운엽은 말머리를 돌렸다.

한 번에 질풍처럼 포위망을 빠져나가고자 했지만 워낙 겹겹이 둘러싼 인원들에 다시 앞이 막혀 버렸다.

이놈들의 집요함으로 봐서는 이곳을 빠져나가더라도 끝까지 쫓아올 놈들이었다. 아예 이곳에서 몰살을 시키든지 결판을 내는 것이 나을 듯싶었다.

말머리를 돌린 자운엽이 천천히 막지충을 향해 다가왔다.

"포위망을 풀고 돌아간다면 살려주지!"

흑립 사이로 드러난 자운엽의 눈에서 한광이 뻗어 나왔다.

"미친 놈! 누가 할 소리를 지껄이는지 모르겠군. 사냥감을 포기하고 곱게 물러간다면 목숨은 붙여주겠다. 흐흐흐!"

막지충이 장검을 뽑아 들고 설수연을 쳐다보며 음소를 흘렸다. 방심하는 사이 자칫 놓칠 뻔했던 사냥감을 다시 잡게 되었다는 안도감과 함께 계집의 생명만 유지시켜 잡아오면 된다는 명령이 막지충의 얼굴에 떠오른 음소를 더욱 짙게 만들었다.

"사냥감이라고……?"

막지충의 얼굴에 떠오른 음소를 묵묵히 지켜보던 자운엽이 메마른 목소리로 중얼거렸다.

사냥감이 되어 천라지망 속에서 쫓길 때의 그 처절함은 겪어보지 않은 사람은 결코 알지 못할 것이다.

베어도 베어도 끊임없이 나타나는 적들…….

죽음의 그림자는 한 발 한 발 다가오는데 기운은 점점 빠져나가고, 그걸 즐기며 느긋하게 쫓아오는 자들의 입술에 물린 미소는 악마의 그것이었다.

불로 지지는 듯한 목마름에 차가운 눈을 퍼 올려 입속으로 쑤셔 넣으며 그걸 녹일 새도 없이 목구멍 속으로 삼켰다. 기침이 터져 나왔지만 이를 악물고 그 소리마저 죽여야 했다.

그런 기막힌 상황 속에서도 버젓이 해는 뜨고, 별빛은 영롱하게 온 누리를 비추었다.

그때의 그 처참한 기분을 네놈들이 이 여인에게 안겨주었단 말이지?

뿌드득—

낮게 이빨을 간 자운엽이 입술을 움직였다.

"네놈의 입술에 물린 미소는 그때 나를 쫓던 놈들의 미소와 같군!"

꽉 다문 자운엽의 이빨 사이로 겨울밤의 추위보다 더 차가운 음성이 새어 나왔다.

"무슨 헛소리냐, 이놈! 두 가지 중 하나를 선택해라. 계집을 넘겨주고 사라지던지, 아니면 계집을 뺏기고 목이 잘리……."

휘익—

막지충의 말이 끝나기도 전에 자운엽의 검이 섬전처럼 휘둘러졌다.

아직도 입술을 움직이는 막지충의 목이 피를 뿌리며 허공으로 떠올랐다.

"한 놈도 남김없이 모조리 베어주겠다."

두두두!

온 들판을 얼릴 듯한 목소리와 함께 흑룡의 말발굽 소리가 울려 퍼지며 자운엽의 검이 섬광을 뿜었다.

콰아앙—

아까보다 훨씬 더 강렬한 빛이 사방을 비추며 포위했던 무리들이 통구이가 되어 낙엽처럼 사방으로 흩어졌다.

콰아앙—

다시 한 개의 검이 똑같은 모양으로 터져 나갔다.

검이 휘둘러지던 때와 마찬가지로 가까이에 있던 사내들이 복부와 얼굴을 감싸며 바닥으로 무너졌다.

두두두—

콰아앙—

네 개의 검이 폭발하고, 또 한 개의 검을 뽑는 자운엽의 손을 설수연이 급하게 붙잡았다.

"그만, 이젠 그만 해! 제발!"

설수연이 애원하며 자운엽의 팔을 더욱 강하게 끌어당겼다.

"제발!"

설수연이 다시 한 번 애원을 하자 자운엽의 숨결이 조금씩 낮아지기 시작했다.

따각―

뽑아 든 검을 아래로 내린 자운엽이 천천히 고삐를 당기며 그 자리에 섰다.

우르르―

넓은 들판을 종횡무진 가로지르는 흑룡이 자신들 쪽으로 진로를 잡는 걸 보고 죽음을 의식했던 사내들이 급급히 옆으로 흩어졌다. 만약 한 번만 더 저 흑마가 질주했으면 자신들은 앞서 당한 동료들처럼 몇 장을 날아가 새까맣게 탄 시체로 변했을 것이다. 삶과 죽음은 한 걸음 차이라는 것을 그들은 오늘처럼 뼈저리게 실감한 적이 없었다.

"맹호방 사람들이라고 들었다. 여기 있는 당신 동료들과 맹호방 전원을 쓸어버려도 좋은가?"

빠르게 냉정을 되찾은 자운엽이 남아 있는 자들 중 제일 연장자로 보이는 사내를 쳐다보며 차갑게 질문을 던졌다.

"기, 기회를 주시오!"

사내가 덜덜 떨리는 턱을 억지로 고정시키며 겨우 말을 내뱉었다.

이건 상대가 되고 안 되고의 문제가 아니었다. 일방적인 살육이었고, 저 괴물이 맹호방으로 찾아온다면 맹호방의 전체 인원이 몰살당하는 것은 시간상의 문제일 뿐이었다. 이제껏 엄청난 현상금에 너나 할 것 없이 눈이 뒤집혀 있었지만 지금은 오히려 자신들이 사냥감이었다.

"부, 부하들을 모두 데리고 여길 떠나겠소. 그러니… 시간을, 시간을 좀 주시오!"

사내가 주변을 돌아보며 겨우 말을 끝내자 모두들 등을 돌리며 슬금 슬금 달리기 시작했다.

"일각!"

자운엽이 짤막하게 소리쳤다.

"아, 알겠소!"

급하게 대답한 사내가 미친 듯이 손을 흔들자 눈치를 보며 도망가던 무리들의 속도가 두 배는 더 빨라졌다.

"일각 후에도 눈에 띄는 사람이 있다면 맹호방으로 찾아가겠다!"

멈칫하던 사내의 속도도 몇 배는 더 빨라졌다.

*　　　　*　　　　*

따각—

따각—

설수연과 자운엽을 태운 흑룡이 달빛 아래에서 들판 옆으로 이어진 좁은 길을 따라 천천히 걸음을 옮겼다.

맹호방 인원들이 썰물처럼 모두 빠져나간 들판이지만 또 다른 사냥 꾼들이 있을지 몰랐기에 자운엽은 최대한 경계하며 천천히 흑룡을 몰 았다.

격렬하게 분노했던 감정이 가라앉고 소롯길을 따라 내려오기 시작 하자 품에 안긴 설수연의 체취가 꿈결인 듯 아련하게 느껴져 왔다.

그렇게 멀고 험한 가시밭길을 헤쳐 와서 만났고, 그 여인을 품에 안 고 있지만 모든 것이 현실이 아닌 듯 아련하기만 했다. 잠을 깨고 나면 다시 외롭고 차가운 현실로 되돌아가 버릴 것만 같았다.

이게 꿈이라면 영원히 깨지 않기를…….

"지금… 어디로 가?"

꿈결 속에서 설수연의 목소리가 가늘게 흘러나왔다.

피곤에 지친 목소리가 금방이라도 끊어질 듯 힘들게 느껴졌다.

"강으로 갑니다, 아가씨."

"강? 거긴 왜……?"

"처음 무공을 익히며 언젠가 대호가 되어 아가씨를 등에 태우고 강을 건너주겠다고 다짐했었습니다. 그래서 강으로 갑니다."

"……."

"만나면 할 말이 참 많을 것 같았는데… 잠이 쏟아져서 아무 말도 못하겠어. 며칠 동안… 한 시진도… 제대로 못 잔 것 같아."

설수연의 목소리가 다시 끊어질 듯 이어졌다.

"한숨 푹 주무십시오, 아가씨. 이젠 시간이 많습니다."

자운엽이 상체를 움직여 설수연의 몸을 감쌌다.

살을 에는 듯한 겨울밤의 추위가 저만치 물러가며 솜이불이라도 덮은 듯 포근한 잠이 밀려왔다.

"그래, 그동안의 얘기는 앞으로 많이 하기로 해……."

"그렇게 하지요, 아가씨."

자운엽이 고개를 끄덕이며 나직하게 속삭였다.

"깨어났을 때도… 이랬으면 좋겠어."

"어떻게 말입니까?"

"지금처럼… 꼭 이렇게……."

설수연의 전신에서 천천히 힘이 빠져나갔다.

나풀—

밤이 깊어가며 달빛을 가리기 시작한 먹구름이 마침내 눈송이 하나를 날려 보냈다.

소록—

소록—

점점 짙어지던 눈송이가 밤하늘을 가득 채우며 메마른 대지 위에 하나둘 날개를 접었다.

새벽이 되고 희뿌옇게 먼동이 터왔지만 쉼없이 내리는 눈은 온 누리를 뒤덮으며 순백의 세상을 만들어 나갔다.

바람 한 점 없이 소복소복 쌓인 눈은 마치 솜이불을 펼친 듯 온 산과 들을 포근하게 감쌌다.

오후 늦게야 먹구름이 걷혀지며 눈도 멎었다.

먹구름이 걷혀진 저녁 하늘 모서리에서 한줄기 별빛이 설원 위를 가로질렀다.

또 한 번의 밤이 깊어가며 제자리를 모두 찾은 별들은 금방이라도 쏟아져 내릴 듯이 낮은 겨울 하늘 위에서 영롱한 광채를 뿌렸다.

흐트러지지 않는 순행을 계속하며 영원의 비밀을 속삭이던 별들도 새벽이 되자 태양의 광휘에 밀려 새벽 하늘 뒤편으로 하나둘 멀어져 갔다.

휘잉—

한줄기 바람이 지나가고 눈 덮인 나뭇가지 사이로 햇살이 스며들어 잠든 여인의 얼굴 위에 내려앉았다.

한순간도 눈길을 돌리지 않고 여인의 얼굴을 바라보고 있던 사내가 천천히 손을 움직여 백옥같이 하얀 여인의 얼굴 위에 그늘을 만들어주었다.

파르르—

여인의 긴 속눈썹이 어느 순간 작은 떨림을 일으켰다.

"으음—"

그 어떤 비단금침에서보다 더 편한 잠을 잔 듯 여인의 장미꽃 입술 사이에서 나른한 한숨이 새어 나왔다.

"운엽……."

긴 잠에서 깨어난 설수연이 꿈결 같은 눈빛으로 자운엽을 쳐다보다가 문득 몸을 일으켰다.

"날이 밝았구나. 내가… 내가 밤새도록 잔 거야?"

온통 하얗게 변한 세상을 화들짝 놀란 눈으로 응시하던 설수연이 믿어지지 않는다는 목소리로 밀했다.

"꼬박 하루 반을 주무셨습니다, 아가씨."

자운엽이 편안한 미소를 지으며 답했다.

"하루 반……?"

자운엽의 말에 깜짝 놀란 설수연이 두 눈을 커다랗게 뜨고 자운엽의 표정을 살폈다. 두 번의 밤을 지새우고 이제야 잠이 깼다는 말이 도저히 믿어지지가 않았다.

"정말… 이구나. 세상에! 어떻게……?"

자운엽의 눈에서 그 말이 사실임을 확인한 설수연이 허둥거리며 자운엽과 흑룡을 번갈아 쳐다보았다.

"그럼 이틀 밤을 이렇게……? 미안해! 내가 괜한 말을 했나 봐."

소롯길을 조금 벗어난 소나무 아래에서 잠들기 전과 똑같은 모습으로 서 있는 자운엽과 흑룡을 바라보는 설수연의 눈에서 당황스러움과 함께 안타까운 빛이 흘러나왔다.

자신은 태어나서 가장 편안한 잠을 잤지만 깨어났을 때도 꼭 이렇게 있고 싶다는 한마디에 이 사내는… 이젠 태산처럼 느껴지는 이 사내는 두 번의 밤을 지새며 이렇게 자신을 안고 있었을 것이다.

가슴이 아려왔다.

"집을 떠나온 후로 하루 두 시진 이상을 잠든 적이 없었어. 그나마도 몇 번이나 깨었다 잠들곤 했는데……. 그래서 이번에도 한두 시진만 자고 나면 깨어날 줄 알았어……."

설수연이 황망한 표정으로 서둘러 흑룡의 등에서 내려섰다.

"미안해! 나 때문에 너까지 고생이 심했겠구나."

푸르륵―

등에서 내린 설수연이 부드러운 손길로 목을 쓰다듬어 주자 흑룡이 고개를 끄덕이며 투레질을 했다.

"그 녀석도 이틀 동안 행복한 표정을 지으며 코가 땅에 닿을 정도로 고개를 빠뜨리고 잤습니다. 그러니 너무 미안해하실 필요 없습니다, 아가씨. 그리고 저 역시 한없이 행복한 시간이었습니다."

자운엽도 말에서 내리며 빙긋 미소를 짓자 설수연의 볼이 발갛게 물들었다.

"내가 어떻게 그렇게 죽은 듯이 잠이 들었는지 이해가 안 가……."

홍조를 띤 얼굴로 말끝을 흐리던 설수연이 순간 화들짝 고개를 들고 자운엽을 쳐다보았다.

"이틀 동안이나 여기 있었다면… 나를 쫓던 자들은?"

설수연이 놀란 표정으로 사방을 두리번거렸다.

이제껏 단 한시도 경계를 늦출 수 없을 정도로 집요하게 자신을 추적하던 자들이었다. 그런 자들이라면 이틀 동안 이 자리에 꼼짝 않고 있던 자신들을 그대로 둘 리 없었다.

오랜 쫓김의 시간 동안 자신도 모르게 몸에 밴 긴장의 기운이 설수연의 온몸에서 흘러나왔다.

설수연의 어깨 위로 무거운 긴장이 얹혀지는 것을 본 자운엽이 설수연의 등 뒤에서 천천히 손을 뻗어 그녀의 어깨를 감쌌다.

"걱정하실 필요 없습니다, 아가씨. 제 사부님은 강호의 뭇 고수들이 눈에 불을 켜고 찾으려 했지만 아무도 찾지 못한 분입니다. 그분의 절기를 하나도 남김없이 훔쳐 두었지요. 사부님께서 이곳에 오시지 않는 이상 세상 누구도 우리를 찾을 순 없습니다."

자운엽의 손이 설수연의 어깨에 내려앉은 긴장을 모두 흩어버리며 따뜻한 온기를 전했다.

"진법……? 진법이구나!"

여러 개의 칼이 주변을 빙 둘러 이상한 각도로 꽂혀 있는 것을 지켜보던 설수연이 두 눈 가득 이채를 발하며 소리쳤다.

"사부님만큼 완벽하지는 못해도 놈들의 접근을 막는 데는 전혀 부족함이 없습니다. 그러니 아무 걱정 마십시오."

자운엽의 말이 끝나자 작은 한숨을 내쉰 설수연이 고개를 돌려 어깨 위에 올려져 있는 자운엽의 손을 쳐다보았다.

자운엽의 품에서 벗어나자마자 온몸으로 스며들던 한기와 긴장이 어깨 위에서 전해지는 온기에 말끔히 사라지는 것을 느낀 설수연은 천천히 손을 들어 올려 자운엽의 손을 잡아갔다.

"내가 지난 이틀 동안 어떻게 그런 깊고 편한 잠을 잘 수 있었는지 이젠… 알겠어."

여전히 등을 돌린 채 조용히 말한 설수연이 자운엽의 손을 이끌어 자신의 볼에 갖다 댔다.

차가운 눈바람에 내내 시달렸던 자운엽의 손등이 설수연의 볼에서 전해진 열기로 따뜻하게 녹아들었다.

"정말 고마워……."

촉촉이 젖은 설수연의 입김이 자운엽의 손등을 감쌌다.

"다시 그리워지는군요."

조심조심 자운엽의 손등에 볼을 부비던 설수연의 움직임이 자운엽의 목소리에 멈추어졌다.

"이틀 밤낮을 단 한 순간도 눈을 떼지 않고 아가씨 얼굴만 쳐다보고 있었지만 이렇게 등을 돌리고 있으니 다시 그리움이 쌓이는군요."

자운엽의 말을 들은 설수연의 어깨가 가늘게 떨렸다.

이틀 밤과 하루 온종일 이 사내는 자신의 얼굴을 쳐다보고 있었을 것이다. 잠에서 깨어 문득 눈을 떴을 때 못 박힌 듯 자신을 쳐다보고 있던 눈빛에서도 그걸 느낄 수가 있었다.

어깨가 점점 더 떨려왔고, 그 떨림이 걷잡을 수 없게 되었을 때 심호흡을 한 설수연은 자운엽의 손을 놓고 천천히 등을 돌렸다. 그리고 조심스럽게 자운엽의 시선을 마주쳐 갔다.

"아가씨의 그 눈빛… 단 한 순간도 잊은 적이 없었습니다."

"운엽……."

설수연의 아름다운 봉목이 사르르 감겨졌다.

탁—

탁—

모닥불이 타오르며 토끼 고기가 먹음직스럽게 익혀지고 있었다.

들판을 지나 산 아래에 있는 계곡 한쪽에서 설수연과 마주 앉은 자운엽은 부지런히 고기를 굽고 있었다.

"몇 마리 더 잡을 걸 그랬나 봅니다."

자운엽이 작은 막대기로 부지런히 모닥불을 헤집으며 말했다.

이미 한 마리를 먼저 구워 나누어 먹었지만 간에 기별도 안 가는 것 같았다.

"창자가 끊어질 듯한 허기는 면했어. 조금만 더 먹고 나면 괜찮을 거 같아."

설수연이 살포시 미소를 지으며 고기를 꿴 나뭇가지를 돌렸다.

치이익—

고기에서 흘러내린 기름 한 방울이 모닥불 위로 떨어지며 물씬 연기가 피어올랐다.

허공으로 올라가는 연기를 본 설수연이 얼른 자운엽을 쳐다보았다.

"신경 쓰지 마십시오, 아가씨. 이 근방에도 진을 설치했으니 아무도 이 연기를 볼 수 없고, 누구도 우릴 찾을 수 없습니다."

자운엽이 설수연을 안심시켰다.

"어떤 사람이야, 사부님은……?"

안도의 표정이 된 설수연이 나뭇가지 한 개를 더 모닥불 위에 얹어 놓으며 물었다.

"어렸을 때 죽음과도 같은 지독한 병에 걸려 외모는 보통 사람들과 다르게 변했지만 한없이 따뜻하신 분입니다. 그리고 무척 박학하신 분이기도 하고요."

자운엽의 얼굴에 문득 그리움 한 조각이 비쳤다.

"궁금해, 어떤 분인지……."

그리움이 피어오르는 자운엽의 얼굴을 쳐다보며 설수연이 조용히 말했다.

"언젠가 뵙도록 해드리겠습니다. 아가씨를 보고 나면 저에 대한 사부님의 평가가 달라지실 겁니다."

자운엽이 설수연을 쳐다보며 미소 짓자 설수연이 홍조 띤 얼굴로 얼른 토끼 고기에 시선을 돌렸다.

"이젠 다 익었나 봐."

설수연이 토끼 고기를 들고 다리 하나를 찢어 자운엽에게 내밀었다.

"전 이제 괜찮습니다. 그건 아가씨 다 드십시오."

"그럼 이것만 먹어."

토끼 고기를 든 설수연의 손이 멈추지 않고 자운엽에게로 다가갔다.

"알겠습니다. 이것만 먹겠습니다."

토끼 고기를 받아 든 자운엽의 손이 자신도 모르게 입으로 끌려갔다.

"아직도 뭘 잘 훔쳐?"

"무슨……?"

"아까 사부님의 절기를 하나도 빠뜨림없이 훔쳤다고 했던 것 같은데?"

"그런 말을 했지만 제가 언제 뭘 또 훔친……."

의아한 표정으로 말을 하던 자운엽이 '일기'라는 단어를 떠올리며 얼른 설수연을 쳐다보았다.

짧은 순간 두 사람의 시선이 마주쳤고, 동시에 미소가 번져 갔다.

"후후!"

“푸후—”

설수연이 입을 가리고 웃음을 터뜨렸다. 입을 가린 손에 의해 그녀의 웃음이 반쪽이 되었지만 온 세상이 그녀를 따라 같이 웃는 것처럼 느껴졌다.

“이것 하나 더 먹어.”

설수연이 토끼 다리 하나를 더 찢어 자운엽에게 내밀었다.

“전 정말 됐습니다. 이젠 아가씨 다 드십시오.”

자운엽이 손사래를 쳤다.

“이건 기름이 많아서 난 좀 그래. 그렇다고 버릴 순 없잖아?”

설수연이 눈빛으로 재촉하며 자운엽에게 고기를 내밀었다.

“그럼 이것 한 조각만 더 먹겠습니다.”

자운엽이 다시 토끼 다리 한 개를 입으로 가져갔다.

“그런데 어떻게 이곳으로 달려왔어? 그러고 보니… 그 신호탄도……?”

설수연이 눈을 좀 더 크게 뜨며 자운엽을 쳐다보았다.

“고민을 좀 했더니 아가씨 움직임이 보이더군요. 그래서 쫓아왔습니다.”

“어떤 고민을 했기에 그게 보인단 말이야? 무슨 말인지 알아듣지를 못하겠어.”

설수연이 살짝 눈을 흘기며 고기 한 점을 더 뜯었다.

“이건 좀 설익은 것 같은데 맛을 좀 봐줘.”

설수연이 손에 든 고기를 유심히 살피며 자운엽에게 내밀었다.

“잘 익은 것 같은데요?”

자운엽이 살짝 한 점 뜯어 물며 말했다.

"그쪽 말고 반대쪽… 거긴 덜 익은 것 같아."

"이쪽도 괜찮습니다, 아가씨."

자운엽이 반대쪽도 이빨을 갖다 대보고는 설수연에게 내밀었다.

"푸후… 이쪽 저쪽 침 다 발라놓았으면서 나보고 어떻게 먹으라고 그래?"

설수연이 살짝 미소를 지으며 갈비뼈 하나를 입으로 가져갔다.

"그럭저럭 제가 다 먹는군요."

자운엽이 손에 든 고기를 내려다보며 중얼거렸다.

"허기는 면했으니 됐어. 푸짐한 성찬은 마을에 가서 먹게 해줘."

남은 한 마리의 토끼 고기를 자운엽이 거의 다 먹었을 때 설수연은 아래쪽에 있는 개울물에 깨끗이 손을 씻은 후 찰랑거리는 개울물을 두 손 가득 떠올렸다.

양손 가득 개울물을 담은 설수연이 조심스럽게 자운엽에게로 다가왔다.

"반씩 나눠 마시기로 해. 고기 먹고 찬물 많이 마시면 배탈나니까……."

애잔한 눈길로 자운엽을 쳐다보며 설수연은 곱게 모은 양손을 자운엽의 얼굴을 향해 내밀었다.

"어서……."

한동안 미동도 않고 설수연의 섬섬옥수를 쳐다보던 자운엽이 다시 한 번 재촉받고는 백옥 같은 손끝을 향해 입술을 가져갔다.

◆제70장

낙개

날개

　“지독한 놈 같으니라고 내력도 끌어올리지 않고 하루 온종일을 폭포수 속에 서 있단 말이지?”

　우괴가 혀를 차며 산에 오를 준비를 하고 있는 설수범의 처소 쪽으로 눈길을 주었다.

　복수 따위에 머무르지 말고 진정한 영웅으로 거듭나게 하기 위해 칼까지 겨누며 소리소리 질렀지만, 살을 에는 폭포수 속에서 반쯤 얼음이 되었다 돌아오는 설수범을 볼 때마다 자신이 얼음물 속에 빠졌다 나오는 것 이상으로 가슴이 저려오는 우괴였다.

　“요즈음은 점점 시간을 늘여가고 있어요. 저러다 얼어 죽지나 않을지…….”

　갈미란은 근심 가득한 표정으로 우괴의 눈치를 보며 내심 미안한 감을 느꼈다.

　자신의 혈맥 속에 녹아든 살기를 지우기 위해 열심히 수련하는 것도 사실이지만, 그 시간의 반은 설수범을 닮은 천마성의 젊은 무사가 대신해 주고 있기 때문이었다.

　설수범이 이곳 섭가에서 무엇을 하는지, 또 왜 이곳에 진을 치고 있는지는 도무지 관심이 없고, 오로지 제자가 잘못되지 않을까 하는 것에만 관심이 있는 우괴의 성화 때문에 아무것도 할 수 없는 설수범이 궁여지책으로 택한 방법이지만 어쨌든 공범자가 되어 순진한 노인을 속인다는 것은 미안한 일이었다.

　“그럴 놈이었으면 벌써 열 번도 더 얼어 죽었을 것이니 걱정 말거라. 그리고 이젠 네가 자른 나뭇가지나 저놈이 자른 나뭇가지나 별 차이 없이 시들어가니 며칠만 더 고생하면 폭포수 속에 뛰어드는 짓은 그만두게 될 것이다.”

　내심과는 달리 우괴는 단호한 목소리로 말했다.

　“정말인가요, 할아버지? 정말 며칠만 지나면 폭포 수련을 끝낼까요?”

　이미 자신도 그걸 짐작하고 있지만 갈미란은 모른 척 우괴 옆으로 바짝 다가앉으며 목소리를 높였다.

　“그럴 것이다. 저놈은 며칠 내로 수련을 끝내고 움직일 모양이다. 그러니 요 며칠 수련의 강도를 높이고 있는 것이다.”

　“움직인다면……?”

　갈미란은 긴장된 음성으로 질문했다.

　“정마수호대 대장 놈과 그 아래 몇 놈이 전에 없이 부지런히 움직이는 것을 보면 대강 짐작이 가는 일이다. 그러니 란아, 너도 각별히 조심하거라! 그리고 저놈이 수련할 때는 한시도 긴장을 늦추지 말고 주변을 경계하도록 하거라."

우괴가 갈미란에게 엄중히 당부했다.

"알겠어요, 할아버지! 이젠 그만 가보겠어요!"

설수범이 처소에서 나오는 것을 본 갈미란이 얼른 설수범을 따랐다.

촤아악―

어느새 폭포수가 쏟아지는 양쪽 언저리에는 대낮에도 얼음이 얼어 있었다.

한겨울의 얼음처럼 두껍지는 않았지만 그 얼음 벽 사이로 떨어지는 폭포수는 얼음보다 훨씬 더한 한기를 느끼게 해주었다.

웃통을 벗어 나뭇가지에 걸어놓은 설수범은 얼음 칼날처럼 온몸에 내리꽂히는 폭포수에 대항하며 정신을 가다듬었다.

이젠 마지막 남은 살기를 몸 밖으로 씻어내기 위해 설수범은 이를 악물었다.

가슴 저 밑바닥에서 지옥의 유황불처럼 이글거리던 불길이 얼음장보다 더 차가운 폭포수에 씻겨 나가고 명경지수처럼 맑은 평정심이 서서히 자리하기 시작했다.

처음과는 비교도 안 될 만큼 수그러들었지만 아직은 다 꺼지지 않고 가슴 한구석에 남아 있는 마지막 불길 한 가닥만 잡고 나면 갈미란의 말대로 앞을 가로막은 벽 하나를 훌쩍 뛰어넘을 수 있을 것이다. 그리고 이 수련도 끝낼 수가 있을 것이다.

설수범은 온몸 가득 밀려드는 한기로 가슴속에 남아 있는 불길을 잡아갔다.

"아휴! 정말 추운 날씨야!"

갈미란은 손을 호호 불며 폭포에서 조금 떨어진 바위 옆에서 폭포 속에 서 있는 설수범을 안쓰러운 눈빛으로 쳐다보았다.

산속의 추위는 산 아래에 있는 섭가에서 느꼈던 추위완 또 다른 냉기를 담고 있었다.

계곡을 돌아 나오는 찬바람이 쉴 새 없이 떨어지는 폭포수에 한 번 더 씻겨져 갈미란의 볼에 와 닿을 땐 칼날 같은 날카로움을 느끼게 했다.

다시 한 번 손을 호호 불던 갈미란은 설수범을 쳐다보며 길게 한숨을 내쉬었다.

자신은 폭포수 속에 있지도 않고, 두터운 옷까지 껴입고 있는 상태였다. 그런데도 견디기 힘든 추위인데 폭포수 안에서 진기도 끌어올리지 않고 서 있는 설수범을 생각하니 손을 호호 불고, 몸을 움츠리는 것도 죄스러운 생각이 들었다.

갈미란은 움츠렸던 상체를 쭉 펴고 혹시 모를 상황에 대비해 주변을 살폈다.

그러나 정마수호대 인원 사십 명이 철벽처럼 주변을 둘러싼 이곳은 그 누구의 접근도 허용되지 않았다.

"아니?"

주변을 살피다 쉬지 않고 떨어지는 폭포수를 원망스럽게 쳐다보던 갈미란의 커다란 두 눈이 더욱 크게 뜨여졌다.

이제껏 폭포 속에서 석상처럼 서 있던 설수범의 신형이 폭포수를 가르며 서서히 떠오르고 있었다.

'저건 도대체……?'

갈미란은 놀란 표정으로 설수범의 신형을 따라 천천히 고개를 들어 올렸다.

저만한 높이의 폭포수 아래에서라면 물의 압력 때문에 가만히 서 있기도 힘들 것이다. 그러나 지금 갈미란의 눈에 들어온 설수범의 신형은 폭포수의 압력은 전혀 의식하지 못한 듯 동산에 떠오르는 달처럼 천천히 위로 떠오르고 있었다.

"하앗!"

조금씩 떠오르던 설수범의 신형이 어느 순간 폭포 중간에 튀어나온 작은 바위를 박차고 섬전처럼 폭포를 가로질러 올라갔다. 그와 함께 폭포의 물살이 좌우로 벌어지며 두 개로 갈라져 내렸다.

'드디어……!'

갈미란은 내심 고함을 지르며 설수범의 상의를 챙겨 폭포를 향해 달려갔다.

거대한 폭포를 뛰어넘어야 할 벽으로 정해놓고 얼마나 지독한 고초를 겪었던가?

이제 그 벽을 뛰어넘은 설수범의 신형은 폭포 저 꼭대기에 올라 태양을 향해 서 있었다.

휘익―

폭포 옆 바위들을 박차고 설수범이 있는 곳까지 날아오른 갈미란은 기대와 긴장이 반반씩 섞인 표정으로 설수범을 바라보며 숨을 죽였다.

얼어붙은 몸을 녹이려는 듯 태양을 향해 눈을 감고 서 있는 설수범의 표정은 순간적으로 모든 욕념에서 해방된 노승의 모습과도 같았다. 지독한 한기에 온몸이 시퍼렇게 얼어 있었지만 그 표정은 따뜻한 욕탕에 몸을 담근 사람처럼 편안해 보였다.

"후우——"

설수범이 긴 호흡을 토해내며 감았던 눈을 번쩍 뜨자 태양광보다 더 강렬한 한줄기 섬광이 두 눈에서 쏟아져 나왔다.

예전처럼 냉철하고 날카로운 빛은 변함이 없었지만 뭔지 모르게 다르게 느껴지는 눈빛이었다.

갈미란은 그 차이가 무엇인지 찾아내려고 애를 썼지만 잡힐 듯하면서도 끝내 잡히지 않았다.

어찌 보면 날카로움이 안으로 갈무리된 것 같았고, 또 어찌 보면 예전보다 훨씬 더 날카로워진 것 같기도 했다. 차가운 기운 속에서 온기가 흘러나오는 듯도 했지만 전체적으로 예전보다 훨씬 더 냉철해 보였다.

"그동안 호법을 서느라 수고가 많았소, 갈 소저."

갈미란이 폭포 아래에서 챙겨온 상의를 걸치며 설수범은 깊게 가라앉은 눈빛으로 갈미란을 쳐다보았다.

갈미란은 자신을 쳐다보는 설수범의 눈빛에서도 예전과 다른 무언가를 느꼈다. 언제나 깊게 가라앉은 채 자신을 쳐다보던 눈빛은 오히려 더 깊어진 것 같았다. 그러나 그 깊은 눈빛 속에는 예전과 같은 무심함은 사라져 있었다.

"왜 그러시오?"

한참 동안이나 자신의 얼굴을 빤히 쳐다보는 갈미란을 보고 설수범이 의아한 표정으로 물었다.

"아, 아니에요. 어서 물기를 닦고 몸을 말리세요, 공자님."

갈미란은 홍조 띤 얼굴로 얼른 눈길을 내렸다. 그리고는 면포를 꺼내 설수범의 머리에 묻은 물기를 닦아주었다.

"이젠 더 이상 폭포 수련을 안 해도 되는 거죠, 공자님?"

갈미란은 가슴속에 있는 살기는 모두 지워 버렸느냐는 물음을 우회적으로 돌려 말했다.

"언제 다시 해야 될지는 모르겠소. 하지만 지금은 더 이상의 수련이 필요없을 것 같소."

"그 말씀은……?"

갈미란의 눈빛은 단 한 가닥도 남김없이 모조리 설수범의 얼굴에 고정되었다.

"가슴속 깊은 곳에서 이글거리는 불길을 이젠 내 의지대로 이끌 수는 있소. 그러나 그 불길을 끌 수는 없소, 영원히……."

설수범의 목소리가 폭포수가 쏟아내는 소음마저 모두 잠재우며 조용히 흘러나왔다.

"그거면 충분해요, 공자님. 공자님이 그 불길에 휩싸이지만 않는다면 더 이상 아무 걱정 없어요."

갈미란의 햇살 같은 미소를 물끄러미 바라보던 설수범이 천천히 갈미란의 허리를 끌어당겼다.

"아악!"

예상 못한 설수범의 행동에 눈을 동그랗게 뜨던 갈미란은 설수범의 팔에 안긴 채 폭포 아래로 떨어져 내리는 자신을 의식하고 외마디 비명을 질렀다.

"켈켈켈! 이런, 천마성으로 떠날 때가 되었구만!"

일찌감치 폭포 수련을 마치고 내려오는 설수범과 갈미란을 보며 우괴가 괴소를 터뜨렸다. 최근 설수범의 몸에서 풍기는 기운만으로도 수련의 끝이 멀지 않았음을 느끼고 있던 우괴는 평소와 다르게 해가 지기도 전에 산을 내려오는 설수범을 보고 모든 수련이 끝났음을 알아챘다.

"떠나긴 어딜 떠나신다고 그러세요. 내내 함께 계시며 제자를 지켜주셔야지요."

갈미란이 활짝 웃으며 우괴에게로 다가갔다.

"모두 할아버지 덕분이에요. 정말 감사해요."

"어허! 이놈 보게? 내 제자 내가 가르치는데 왜 네놈에게 감사를 받는단 말이냐?"

우괴가 뚱한 표정으로 갈미란에게 타박을 놓았다.

"할아버지는……."

밀문이 막힌 갈미란이 우괴를 보고 눈을 흘겼다.

"들어오너라, 이놈아! 오랜만에 술이나 한잔하자!"

우괴가 설수범에게 고함 지르며 등을 돌리려는 순간 정마수호대장이 급히 뛰어들었다.

"소주! 드릴 말씀이……."

기전강이 잠시 주변을 살피며 조심스럽게 말했다.

"네놈은 요즈음 왜 그렇게 바쁜 것이냐?"

모처럼 만에 만들어지려던 사제지간의 술자리가 무산되자 우괴는 오만상을 찌푸리며 기전강을 쳐다보았다. 그러나 다급한 표정의 기전강은 우괴의 질문에는 대답 않고 설수범만 바라보았다.

"들어가서 얘기합시다."

설수범의 말과 함께 모두 방으로 들어갔고, 방에 들어서자마자 기전강은 한 장의 종이를 다급하게 탁자 위에 펼쳤다.

“이 여인은……?”

탁자 위에 펼쳐진 용모파기를 본 갈미란이 소릴 질렀다. 그것은 언젠가 설수범이 기전강에게 행방을 찾아보라고 그려준 여인의 용모와 흡사했다.

“왜 그러느냐? 란아, 네가 아는 처자냐?”

우괴도 물끄러미 탁자를 내려다보다가 갈미란의 고함 소리를 듣고는 눈길을 돌렸다.

“이게 어디서 났소?”

굳은 표정의 설수범이 기전강을 보고 다급하게 물었다.

“오늘 우연히 한 장사꾼에게서 얻은 것입니다.”

기전강이 조심스럽게 설수범의 표정을 살폈다.

“그럼 이것이 언제부터 나돌고 있는 것이오?”

“그 장사꾼도 사흘 전에 어느 객점에서 우연찮게 손에 넣고 이리로 왔다고 했으니 그보다는 더 지났다고 봐야겠지요.”

기전강이 최소한의 시간만을 계산하며 답을 했다.

“그럼 그자는 어디서 오는 길이라 했소?”

“임하(臨夏)에서 이리로 오는 길이었답니다.”

기전강의 대답을 들은 설수범이 주변의 모든 것을 태울 듯한 눈빛을 쏘아냈다.

감숙설가와 한참 떨어진 이곳까지 설수연의 용모파기가 날아올 정도면 감숙설가 주변으로는 벌써 무슨 일이 벌어지고도 남았을 시간이었다. 그동안 우려했던 일이 예상보다 훨씬 심각하게 일어나고 있는 것이다. 어쩌면 벌써 동생 수연에게 무슨 일이 벌어졌을지도 모른다.

새어머니… 아니, 추산미가 백호당주를 죽인 복수를 이런 식으로 할 수도 있다는 걸 예상하고 정마수호대 몇 명에게 수연을 찾으라 지시를 내려놓았지만 이렇게 극단적으로 나올 줄은 몰랐다.

설수범은 자책과 함께 치밀어 오르는 분노로 으스러질 듯 주먹을 쥐었다.

"무슨 소리들이냐, 이놈들아? 뭘 알아야 같이 머리를 맞댈 것이 아니냐!"

우괴가 세 사람의 얼굴과 탁자에 놓인 설수연의 용모파기를 번갈아 쳐다보며 고함을 질렀다. 젊은 사람들은 다 아는데 자기 혼자만 모르고 있는 것에 심술이 난 노인네 특유의 행동이 우괴의 모습에서 내비쳤다.

"설명하려면 길어요, 할아버지. 나중에 제가 처음부터 끝까지 다 말씀드릴 테니 우선은 앞으로 어떻게 해야 할지를 의논하기로 해요."

우괴를 달랜 갈미란이 설수범보다 더 다급한 표정이 되어 설수범에게로 고개를 돌렸다.

자세한 건 아니지만 그간 설수범에게서 단편적으로 들은 얘기로 미루어볼 때 설수범의 동생인 이 여인은 무척이나 위험한 상황에 놓인 것으로 생각되었다. 그리고 이 여인이 잘못되기라도 한다면 설수범이 얼마나 괴로워하고 어떻게 변할지 생각하기도 싫었다.

"어떻게 하죠, 공자님?"

갈미란이 걱정스런 표정으로 설수범을 향해 질문했다.

"이 용모파기를 준 자가 임하에서 왔다고 했소?"

설수범의 눈빛이 칼날처럼 냉철하게 뿜어져 나왔다. 얼음보다도 더 차가운 기색으로 뿜어져 나오는 눈빛이었지만 만년한철이라도 순식간에 녹일 듯한 열기 또한 동시에 느껴졌다.

“그렇습니다!”

폭사되어 나오는 설수범의 눈빛에 기전강이 움찔하며 답했다.

“임하에서 여기까지 사흘에 걸쳐 왔다는 것은 무공을 익힌 사람들이나 하루 종일 말을 달려 온 사람들에게나 가능한 얘기요. 장사꾼의 걸음으로 사흘 동안 도달할 수 있는 거리가 아니오.”

말과 함께 설수범의 눈빛이 정마수호대장에게로 다시 쏘아졌다.

“저번에 내 이름을 갑작스레 퍼뜨린 자들에 대해서는 더 알아낸 게 없소?”

“어, 없습니다. 부하들이 겨우 종적을 찾았다가 그 우두머리로 보이는 놈에게 상처만 입고 물러난 후부터는 더 이상 그런 일도 없었고, 놈들의 종적도 연기처럼 사라져 버렸습니다.”

정마수호대장 기전강이 설수범의 눈빛에 온몸이 오그라드는 듯한 기분을 느끼며 겨우 답을 했지만 땀이 송골송골 맺힌 얼굴은 보기에도 안쓰러웠다.

“네놈은 혈맥 속에 스며든 살기를 지우는 대신 부하질식공이라도 익힌 것이냐?”

보다 못한 우괴가 버럭 고함을 질렀다.

“한 번 실수는 병가지상사라 했다. 아무리 저놈들이 인간 같지 않은 능력을 지닌 놈들이지만 사람인 이상 실수도 하고, 제놈들보다 더 인간 같지 않은 놈을 만나면 쫓겨오기도 하는 것이다. 그럴 때마다 매번 그런 눈빛으로 잡아먹을 듯이 대하면 어떻게 부하들이 배겨나겠느냐. 어찌 된 놈이 벌써 제 큰사부보다 더 지독한 기운을 내뿜는 것이냐? 한 달 동안 더 폭포 수련이라도 해서 누그러뜨리려느냐?”

우괴가 혀를 차며 설수범을 쳐다보았다.

"할아버진……. 타고난 기질이 그런 걸 어떡해요."

다시 한 달 동안의 폭포 수련이라는 말에 갈미란이 얼른 설수범을 두둔하며 눈치를 살폈다. 지금은 한 달이 아니라 일각이 급한 상황이었다.

우괴와 갈미란의 말을 귓전으로 흘리며 용모파기를 다시 한 번 살펴보던 설수범의 시선이 용모파기 뒷면에 어지럽게 쓰여져 있는 낙서들에 이르렀다. 장사꾼들이 셈이라도 맞춘 듯 숫자들과 기호들이 말 그대로 낙서처럼 어지럽게 쓰여져 있었다. 그러나 아무리 보아도 계산이 맞지 않았고, 그자 역시 평범한 장사꾼은 아니란 생각이 들었다.

"그자가 수상하오. 이 용모파기를 가지고 있던 자를 잡아……."

용모파기를 기전강에게 건네며 명령을 내리려던 설수범이 돌연 건네주던 용모파기를 와락 잡아당겼다. 그리고는 종이에 불이라도 붙일 듯한 눈빛으로 용모파기 뒷면의 낙서들을 쳐다보았다.

"요악스런 놈!"

활활 타오를 듯한 눈길로 용모파기 뒷면의 숫자와 기호들을 한참 쳐다보던 설수범이 한마디 고함을 지르고는 벌떡 신형을 일으켰다. 그리고는 바람처럼 문밖으로 쏘아져 나갔다.

"공자님!"

"저, 저런 뿔난 당나귀 같은 놈!"

어찌해 볼 새도 없이 쏘아져 가는 설수범을 보며 갈미란과 우괴, 그리고 정마수호대장이 아연한 표정을 짓다가 한꺼번에 우르르 몰려 나갔다.

＊　　　　＊　　　　＊

철컹!

육중한 자물쇠가 무거운 소음을 토하며 빗장을 열었다. 어른 팔뚝만큼 굵은 쇠창살에 달려 있기에 망정이었지 바닥에 놓여 있었다면 그것을 들어 올리는 데도 온 힘을 다해야 할 만큼 크고 무거워 보이는 자물쇠였다.

끼이익—

죄인 중에서도 가장 중죄인이나 무공 고수들을 가두는 철옥(鐵獄) 문이 언뜻 보기에도 보통의 무공 수준은 훨씬 넘어 보이는 사내들의 삼엄한 경계 하에 조심스럽게 열렸다.

어른 팔뚝만한 쇠창살과 이중 삼중의 삼엄한 경계 속에 수감된 인물이라면 삼두육비의 괴물이거나 못해도 희대의 거마임을 짐작할 수가 있었다. 그렇기에 자물쇠가 풀리며 철옥 문이 열려지자 경계를 서고 있던 사내들은 잔뜩 긴장한 표정으로 철옥 안에 수감된 죄수의 움직임에 온 신경을 곤두세웠다.

그러나 끔찍한 철옥 속에 갇힌 주인공은 아직 어린 티를 다 벗지 못한 소녀의 모습이었다. 아무리 보아도 이런 육중한 철창 속에 갇힐 만한 사람이 아니었다.

긴장된 모습으로 경계를 서고 있는 수십 명의 사내들은 여전히 이해가 안 된다는 눈빛으로 철옥 속에 갇힌 소녀의 모습을 다시 한 번 쳐다보았다.

철옥 문이 열리는 소리를 듣고 동그랗게 눈을 뜨며 바깥의 사정을 살피는 소녀의 모습은 몇 번을 다시 쳐다보아도 삼두육비의 괴물이나 거마의 모습과는 거리가 멀었다.

그러나 수십 년 동안 비어 있던 철옥 속에 가두어진 소녀이기에 그 소녀가 고개를 두리번거리며 창살 쪽으로 다가오자 자타가 공인하는 이곳 무산(武山) 관아 최고의 고수들인 사내들이 일제히 한 발씩 뒷걸음질을 쳤다.

"그만 됐으니 모두 물러서시오."

죄수를 인수하러 온 듯한 사내의 목소리가 뒤에서 들리자 긴장한 모습으로 소녀의 일거수일투족에 온통 신경을 곤두세웠던 사내들이 신속히 뒤로 물러섰다.

"고, 공자님!"

주춤주춤 앞쪽으로 걸어나오던 소녀가 방금 소리 지른 사내를 보고는 와락 철창 앞으로 달려나왔다.

"어엇!"

그와 동시에 보통 고수가 아닌 사내들이 자신도 모르게 다급성을 지르며 우르르 뒤로 물러섰다. 그중에는 급히 호흡을 멈추는 사람도 있었다.

"당신들은 할 일들을 다 했으니 모두 나가보시오."

다시 사내의 목소리가 울리자 철옥을 경계하던 고수들이 긴 통로를 따라 썰물처럼 사라졌다.

"서, 설마?"

이제껏 단 한 순간도 경계를 게을리 하지 않던 사내들이 사라지고 그 사내들의 등 뒤에 가려져 있던 면사 여인이 모습을 드러내자 철옥 속에 있던 소녀의 눈이 찢어질 정도로 부릅떠졌다.

"설화… 아니, 수연 아가씨!"

사내 뒤에 있던 여인이 눈 아래를 가린 면사를 벗고 급히 다가오자 소녀가 철창살을 잡고 미친 듯이 흔들며 고함을 질렀다.

"예청아!"

급히 소녀에게로 다가간 설수연도 앞을 가로막은 철창이 한이라는 듯 철창 사이로 와락 손을 뻗으며 소녀의 얼굴을 더듬었다.

"문은 열려 있는데 왜 그곳에서 그렇게 가슴 아픈 장면을 연출하시오?"

뒤에 선 자운엽이 이해가 안 된다는 투로 중얼거리자 두 여인이 급히 구석 쪽에 있는 문으로 달려가 서로를 부둥켜안았다.

"아가씨! 정말 아가씨가 맞는 것이지요? 이게 꿈은 아니겠지요?"

양예청도 설수연의 얼굴을 거듭거듭 쓰다듬으며 피를 토하듯 소리를 질렀다.

"그동안 얼마나 고생이 많았니? 너희 둘을 생각하면 가슴이 찢어지는 것 같았는데……."

설수연도 목이 메어 더 이상 말을 잇지 못하고 양예청을 안고 울음을 터뜨렸다.

한참을 울고 난 양예청이 잠시 자운엽에게 눈길을 돌렸다.

"흐흑! 공자님! 공자님이라면 틀림없이 아가씨를 구해오실 줄 알았어요. 그동안 단 한 번도 그걸 의심하지 않았어요. 정말 고마워요, 공자님! 엉엉!"

양예청이 더 큰 울음을 터뜨리며 다시 설수연을 쳐다보았다.

"아가씨, 이젠 다시 헤어지지 말아요. 그동안 너무 보고 싶었어요."

양예청의 눈에서 연신 닭똥 같은 눈물이 흘러내렸다.

"그래. 이제 다신 그럴 일 없을 거야. 그러니 이제 그만 울어."

설수연이 양예청의 볼을 타 내리는 눈물을 닦아주었다.

“그래요! 아가씨도 그만 우세요.”

양예청도 설수연의 볼에 흐르는 눈물을 닦아주며 미소를 지었다.

“그런데 어떻게 이런 곳에다 예청을 가두어놓았어? 아무 잘못도 없는 사람을…….”

눈물을 거둔 설수연이 양예청을 가두었던 철옥을 바라보며 말이 안 나온다는 표정을 지었다. 양예청을 구했다는 말에 천만뜻밖의 심정이 되어 달려왔건만 안전하게 숨겨두었다는 곳이 이곳일 줄은 생각도 못 한 일이었다. 이곳까지 오는데도 몇 개의 철창문을 지났고, 이곳 역시 보기만 해도 숨이 막히는 철옥이었다.

“좀 더 편안한 곳을 찾을 만한 여유가 없었습니다.”

자운엽이 약간은 미안하다는 표정으로 답했다.

“아니에요, 아가씨. 이곳만큼 안전한 곳이 없었어요. 조금 갑갑하긴 했지만 한 끼도 거르지 않은 진수성찬에, 그동안 너무 편하게 지냈어요.”

양예청이 고개를 저으며 답했다.

“그렇다면 다행이구나. 이젠 어서 이곳을 벗어나자. 그리고 그간의 얘기를 밤새워 나누도록 하자꾸나.”

“그래요, 아가씨! 어서 나가요. 그동안 어떻게 지냈는지, 그리고 아가씨를 찾기 위해 공자님이 어떤 일들을 했는지… 할 얘기가 너무 많아요.”

이젠 발가락의 상처가 거의 나았는지 양예청은 설수연의 손을 끌고 빠르게 움직이며 소리를 질렀다.

“그냥 홀연히 내 앞에 나타난 줄 알았더니 그게 아닌 모양인가 봐?”

설수연이 양예청과 자운엽을 번갈아 쳐다보며 사뭇 궁금하다는 표정을 지었다.

"그렇게 홀연히 나타나기 위해서 얼마나 치열한 두뇌 싸움이 있었고, 어떤 일들을 벌였는지 하나도 빠뜨림없이 얘기해 드릴 테니 어서 가요, 아가씨!"

양예청이 한시라도 빨리 이곳을 빠져나가고 싶다는 듯 설수연의 손을 끌었다.

"왕야를 뵙습니다!"

몇 개의 철문을 지나고, 몇 개의 복도를 돌아 철옥을 빠져나온 자운엽과 설수연, 양예청은 엄숙하게 늘어선 군사들과 관복을 겹겹이 껴입고 고개를 숙인 중년인을 보고는 우뚝 걸음을 멈추었다.

'왕야?'

자운엽은 이곳 통판대인(通判大人)이란 중년인의 표정을 보고는 고소를 삼켰다.

양예청을 옥에 수감하면서 급히 내보인 주세양 왕야의 금환이 지금 이들을 이 자리에 서게 한 이유인 모양이었다.

항상 허리에 차고 다니면서도 썩 내키지 않는 물건이었지만, 그때는 워낙 다급한 상황이라 서슬 퍼런 모습으로 다짜고짜 금환을 내밀고 들어와 고함을 질렀다.

하필 그날 낮술에 취해 멍한 표정으로 자운엽을 대했던 통판대인이라는 사람은 그때 제대로 차리지 못한 예의를 차리려는지 아예 모든 인원들을 도열시켜 놓고 측근들과 함께 바닥에 엎드려 있었다.

'생각보다 꽤 쓸모가 있는 물건이군!'

다시금 고소를 삼킨 자운엽은 얼른 그때의 서슬 퍼런 표정으로 바꾸었다. 비록 허리에 달린 금환이 훔친 물건은 아니지만 자신이 왕야가 아닌 것은 확실했다. 이런 상황에서는 정신 차릴 틈도 주지 말고 휘몰 아쳐 목적을 달성하고 사라지는 것이 상책이었다.

"그동안 수고가 많았소. 시킨 대로 한 치의 어김없이 일을 수행하였 으니 그대의 공은 상부에 보고될 것이오."

"천세, 천세, 천천세!"

자운엽의 칭찬에 모두들 머리가 닿을 듯 고개를 조아리며 천세를 외 쳤다.

"우린 급히 움직여야 하니 말 두 마리만 더 내어주시오. 그리고 이 건 그동안 철옥을 지킨 무사들에게 주는 상금과 말 값, 그리고 지금부 터 내가 지시한 일을 하는 데 필요한 비용이오."

"아, 아닙니다! 그 정도는 이곳에서도 충분히 할 수 있는 일입니다."

자운엽이 전표 한 장을 내밀자 통판이 천부당만부당하다는 표정으 로 소리를 질렀다.

"무보수로 내 사사로운 부탁을 들어주고 나면 결국 그만한 세금을 더 거둬들여야 하지 않소?"

근엄하게 말한 자운엽이 전표를 통판의 머리맡으로 날리자 통판이 머리를 땅에 박으며 전표를 받아 들었고, 뒤이어 몇 명의 관병들이 분 주히 움직이며 자운엽이 부탁한 말을 준비하려는 듯 달려갔다.

"이곳에서 말을 잘 다룰 줄 아는 여인은 몇 명이나 되오?"

자운엽이 쉴 틈을 주지 않고 다시 고함을 지르자 통판이 죽을상을 하며 고개를 돌려 자신 옆에 있는 군관에게 눈짓을 했다.

"당신이 말해 보시오. 통판이라는 자리가 그런 것까지 신경 쓸 만큼 한가한 자리는 아닐 테니."

자운엽의 말이 다시 이어지자 통판이 면죄부라도 받은 것처럼 표정이 밝아졌다.

"스무 명 정도 됩니다!"

자운엽의 지적을 받은 군관이 고개를 들고 얼른 답했다.

"좀 부족하군. 인근의 무가나 표국 등에서 구하면 얼마나 구할 수 있소?"

"그, 그렇다면 얼마든지 가능합니다!"

사내가 미처 그것까진 생각 못했다는 듯 얼른 소리를 질렀다.

"좋소! 그럼 여기에 적힌 대로 일을 처리해 주시오. 그리고 이건 그에 따른 추가 비용이오!"

자운엽이 봉서 하나와 전낭 하나를 더 건네주자 사내가 덜덜 떨리는 손으로 그것을 챙겼다.

"이번 일은 철저히 비밀에 붙이시오. 그렇지 않으면 구족을 멸하는 일이 생길지도 모르오."

"존명!"

자운엽의 무거운 고함 소리에 고개를 들고 있던 군관의 머리가 다시 땅을 향해 떨어져 내렸다.

푸륵—

푸르륵!

문밖까지 배웅하겠다는 통판을 향해 공무(公務)에나 전념하란 엄한 명령으로 물리친 자운엽이 내청(內廳)을 벗어났을 때 옻칠을 한 듯한 흑마와 정반대로 눈을 덮어쓴 듯한 백마가 관병들의 손에 이끌려 가벼운 걸음걸이로 다가왔다.

　자운엽은 두 필의 말고삐를 받아 들고는 병사들마저 물러가게 했다.
그리고는 말의 갈기를 쓰다듬으며 말의 상태를 확인했다. 아마도 이곳
에서 제일 좋은 말을 골라온 듯 우수한 품종 같았지만 두 필의 말을 쳐
다보는 설수연의 눈빛에는 왠지 모를 아쉬움이 어리며 가벼운 한숨 소
리가 흘러나왔다.

　"왜 그러세요, 아가씨?"

　내청 넓은 공간에 엄숙한 자세로 도열해 있던 관병들과 관인들을 보
고 굳어 있던 표정이 아직 다 풀리지 않은 양예청이 설수연을 보고 질
문했다.

　"으응― 왜?"

　"말이 마음에 안 드나 봐요. 바꿔달라고 할까요?"

　두 필의 말을 보고 아쉬운 한숨을 내쉬는 설수연의 심정을 자신의
추측대로 해석한 양예청이 자운엽에게로 고개를 돌리려 했다.

　"아, 아니야. 정말 좋은 말 같은데 뭘……."

　설수연이 옥용을 붉게 물들이며 황급히 손을 저었다. 그리고는 얼른
자운엽의 눈치를 살폈다.

　"안타깝기는 저도 마찬가집니다, 아가씨. 하지만 이제부터는 바람처
럼 달려야 할 때가 많을 겁니다. 아무리 흑룡이지만 두 사람을 태우고
바람처럼 달리기에는 무리가 있습니다."

　"킥!"

　뒤늦게 설수연의 심정을 헤아린 양예청이 낮게 실소를 터뜨렸고, 설
수연의 볼이 홍시처럼 붉어졌다.

　엄숙한 배웅받으며 관아를 벗어난 세 사람은 한동안 빠르게 말을 달

려 관도를 벗어난 한적한 산길에서 걸음을 늦췄다.

관아를 벗어나는 순간까지 엄중히 입단속을 시켰으니 쉽게 자신들의 행로가 발각되지 않을 것이지만 설수연을 구하고 난 후 인간들이 많이 모인 곳에서 최초로 모습을 드러냈기에, 모종의 일(?)을 마치자마자 신속히 숲 속으로 숨어든 것이다.

비천용문의 세력권인 감숙을 완전히 벗어나기 전까지는 언제나 신중에 신중을 기해야 할 일이었다.

빠르게 달리던 말이 속도를 멈추자 양예청은 그때까지 잘 달리던 모습관 달리 아직 말에 익숙하지 않다는 이유를 들며 뒤로 처졌다. 설수연은 뒤로 처진 양예청이 신경 쓰이는지 말을 좀 더 천천히 몰았지만 양예청과의 거리는 줄어들지 않았다. 결국 포기한 설수연은 자운엽과 나란히 말을 몰며 자운엽을 향해 조심스럽게 질문했다.

"왕야라니? 내가 모르는 또 다른 신분이 있는 거야?"

"아까 그 사람들이 자기들 마음대로 판단한 것입니다, 아가씨."

조심조심 질문하는 설수연의 표정을 본 자운엽은 아무 걱정 말라는 듯한 목소리로 답했다. 그러나 설수연의 표정은 별반 달라지지 않았다.

"그 말은… 그 사람들이 속았다는 뜻이잖아?"

설수연은 완곡하게 표현하며 자운엽을 쳐다보았다. 그러나 그 눈빛에는 여전히 의구심이 가득 스며 있었다.

'쩝!'

설수연의 그런 눈빛을 본 자운엽이 내심 입맛을 다시며 고소를 삼켰다. 설수연의 눈동자에 어린 의구심의 근원지가 어딘지 짐작이 가고도 남음이 있었다.

“부탁 하나 드려도 될까요, 아가씨?”

“응? 무슨?”

자신의 질문에는 대답 않고 대뜸 부탁하는 자운엽을 보며 설수연이 눈을 조금 크게 떴다.

면사로 눈 아래를 가려서 더욱 두드러져 보이는 설수연의 두 눈이 흑요석처럼 빛났다.

빨려 들어갈 듯한 설수연의 눈을 쳐다보며 자운엽은 잠시 말문을 닫았다.

“무슨 부탁인데 그렇게 뜸을 들여?”

대답은 않고 자신의 눈만 바라보는 자운엽을 향해 설수연이 의아한 눈빛으로 다시 질문했다.

“눈까지 가리는 면사를 쓰셔야겠습니다.”

잠시 말을 멈추고 설수연의 눈을 쳐다보던 자운엽이 정색을 하며 말했다.

“싱겁기는……. 그게 부탁이야?”

설수연이 곱게 눈을 흘기며 말했다.

“아닙니다. 그건 아가씨와 눈이 마주치며 갑자기 생각난 것이고, 제 부탁이란…….”

“뭔데… 그게?”

“오래전에 제가 드렸던 일기 말인데요…….”

“응, 그런데?”

일기라는 말이 나오자 설수연의 눈이 조금 더 커졌다.

“그거 돌려달라고 하면…….”

뜻밖에 흘러나온 자운엽의 말에 설수연의 눈이 흠칫 긴장의 빛을 발했다. 그러나 금방 자운엽의 의도를 짐작한 설수연은 면사 속으로 웃음을 참기 힘든 표정을 지었다.

"칼부림날 거야, 아마……."

애써 웃음을 참은 설수연은 짐짓 사나운 눈빛을 하며 답했다.

"그렇겠죠?"

"응! 그럴 거야."

설수연이 단호하게 고개를 끄덕였다.

"그럼 그 일기의 내용 중에서 내가 저잣거리에서 뭘 수확하는 부분만이라도 좀 찢어주십시오."

자운엽이 상당히 심각한 표정을 하며 설수연을 쳐다보았다.

"푸훗! 호호호……."

설수연이 마침내 웃음을 터뜨렸다.

잠시 면사가 날려 올라가며 가지런하고 하얀 치아 사이에서 흘러나오는 웃음이 온 세상 가득 퍼져 나갔다.

"왜 그걸 찢어달라고 하는 거야?"

계속 흘러나오는 웃음을 애써 참으며 설수연이 다시 물었다.

"그 부분 때문에 항상 아가씨로부터 뭘 또 훔치지 않았나 하는 의심의 눈초리를 받는 것 같습니다. 그래서……."

자운엽이 조금 더 심각한 표정을 지으며 답했다.

"난 그 부분 때문에 앞으로 쉽게 안 속을 것 같은데? 푸후후!"

설수연이 다시 웃음을 터뜨렸다.

"내가 왜 아가씨를 속입니까? 나참!"

자운엽이 억울한 표정을 지으며 중얼거렸다.

"어쨌든 단 한 장도… 아니, 단 한 자도 못 돌려주니까 다시는 그런 소리 하지 마. 짧은 순간이었지만 간 떨어질 뻔했어.”

설수연은 아깐 정말 놀랐다는 목소리와 함께 가슴을 쓸며 고삐를 흔들었다.

강을 건너고 있다!

언젠가 대호가 되어 등에 태우고 강을 건네 주리라고 다짐했던 여인을 태우고 강을 건너고 있다.

잔잔하게 일렁이는 강물이 먼 과거와 연결되어 한 폭의 병풍처럼 길게 펼쳐졌다.

어느 추운 겨울, 부모의 손에서 한 대갓댁의 찬모들 손으로 옮겨진 후 이리저리 부대끼며 살아가는 꼬마의 모습이 잔잔한 강물 속에서 비춰졌다.

꼬맹이의 모습이 천천히 소년의 모습으로 바뀌었다.

약간은 멍한 웃음으로 대갓댁을 돌아다니던 소년은 아무도 보이지 않는 구석에서 천천히 그 웃음을 지워 버리고 입술을 깨물고 있다.

울음을 참는 듯한 소년의 얼굴에 진한 그리움이 어리고, 뒤이어 온 세상을 다 물어뜯을 듯한 섬뜩한 원망 한줄기가 번져 나갔다.

그러나 짧은 순간 그런 표정들을 지운 소년은 순식간에 처음의 그 멍한 웃음을 온 얼굴 가득 피워 올렸다.

소년의 모습은 그렇게 커갔다.

어느 화창한 봄날 후원 대밭 앞에서 몽둥이찜질을 당한 소년이 숨도 제대로 쉬지 못하고 웅크린 채 쓰러져 있다.

쓰러진 소년 곁으로 다가온 한 여인이 더없이 애처로운 눈빛으로 소년을 쳐다보며 신속히 혈을 다스리고 있다.

언젠가 황씨 할아버지가 말했던 한없는 인간애가 느껴지는 눈빛! 어떠한 어려움이 닥쳐도 자식을 남의 집 찬모들 손에 맡기지 않을 것 같은 눈빛을 지닌 여인이 면사로 얼굴을 가리고, 똑같이 면사를 한 다른 한 여인과 도란도란 얘기를 나누고 있다.

때로는 눈이 커지기도 하고, 때로는 초승달처럼 가늘어지며 더없이 평화로운 정경이 눈앞에 펼쳐지고 있다.

휘이잉—

강물 위로 한줄기 바람이 불어왔다.

펄럭—

펄럭—

매섭지만 웅혼한 힘이 느껴지는 바람 소리에 날개가 펄럭거렸다.

겨드랑이에서 생겨난 대붕의 날개가 순식간에 온몸을 하늘로 솟구치게 했다.

수십 명의 사람들과 말을 실은 범선이 손바닥만하게 작게 내려다보였다.

끝없이 넓은 세상도, 한없이 높은 태산도 저 아래로 작아지고 있었다.

바람을 타고 둥실 떠오른 몸이 구름 위에 얹혀졌다.

솜이불처럼 포근한 구름 속에 파묻힌 몸이 깃털처럼 가볍다.

문득 구름 속에서 천도복숭아 향기가 퍼져 나왔다.

"무슨 생각을 그렇게 깊이 해?"

설수연의 목소리가 천도복숭아 향기를 타고 들려왔다.

"옛 생각을… 좀 했습니다."

꿈에서 깨어난 듯한 표정을 한 자운엽이 망연한 눈빛으로 설수연을 쳐다보며 답했다.

"마치 세상을 다 살아버린 노인과 같은 표정이었어, 방금은……."

설수연이 걱정스런 눈빛으로 자운엽의 안색을 살폈다.

"노인이라니요? 전 아직 무럭무럭 자라고 있습니다. 그리고 이제부터 제대로 좀 살아볼까 하는데… 다 살았다는 말은 너무 억울하군요."

그건 정말 말이 안 된다는 표정으로 고개를 가로저으며 슬쩍 몸을 돌린 자운엽이 온통 자신들에게 고정된 뭇 시선들을 등으로 가린 채 강바람에 차가워진 설수연의 손을 감싸 쥐었다.

"강을 건너는 것도 생각만큼 쉽지가 않군요. 춥고, 배고프고……. 몇 달 연기할 걸 그랬나 봅니다."

"푸훗―"

분위기와는 전혀 무관한 자운엽의 말부에 설수연이 실소를 터뜨렸다.

"혹시 하늘을 나는 생각 하지 않았어?"

설수연이 깊은 눈빛으로 자운엽을 응시하며 물었다.

한없이 온화하면서도 내면 깊은 곳까지 헤아려 줄 그런 눈빛이었다.

"어떻게 그런 추측을 하셨습니까?"

자운엽이 휘둥그레진 눈으로 설수연을 쳐다보았다.

"일기 속에 그런 갈망을 몇 번이나 써놓았잖아. 큰 날개를 얻어 세상 구석구석으로 날아다니고 싶다고……. 구름을 쳐다보며 혼이 빠진 듯한 모습이 왠지 그런 생각을 하는 것 같았어."

"후후!"

"왜… 웃어?"

웃음으로 대답을 대신하는 자운엽을 보고 설수연의 표정이 조심스러워졌다.

"마음이 푸근해지는 게 왠지 기분 좋군요."

설수연의 작은 손을 감싸 쥔 자운엽의 손에 점점 힘이 들어갔다.

배가 선착장에 닿자 강을 건넌 사람들이 하나둘 갑판에서 내렸다.

자운엽과 설수연, 양예청도 각각 한 마리씩의 말을 끌고 배를 내리는 사람들을 따라 갑판에서 내렸다. 배 위에 있을 때부터 선망의 눈초리로 자운엽을 쳐다보던 사람들은 여전히 자운엽과 두 여인을 힐끔거리며 아쉬운 걸음을 옮겼다.

"이젠 어디로 갈 생각이야?"

방금 건너온 강을 잠시 쳐다본 설수연이 자운엽을 향해 물었다.

이제껏 강을 건넌다는 생각만으로 이곳까지 왔지만 앞으로 어떻게 할 것인지에 대해서는 이야기를 나누지 않은 것 같았다.

"어디로 가고 싶습니까, 아가씨는?"

자운엽이 설수연의 의향을 물었다.

"난 이제 그런 신경 쓰고 싶지 않아. 그냥 어디든지 따라갈게. 그동안 혼자서 생각하고, 혼자서 헤치고 다닌 길만으로도 끔찍스러운걸."

설수연은 그간의 험로를 떠올리기도 싫다는 표정으로 답했다.

"우선 객점으로 가서 요기부터 하는 게 어떻겠습니까? 그곳에서 맛있는 점심을 들며 천천히 의논해 보죠. 아마도 이미 준비가 되어 있을 겁니다."

"준비라니? 무슨 준비 말이야?"

자운엽의 말뜻을 알아듣지 못한 설수연이 자운엽의 얼굴을 쳐다보다가 양예청에게로 눈길을 돌렸지만 양예청 역시 무슨 말인지 모르겠다는 표정으로 고개를 저었다.

"아가씨, 우린 그냥 굿이나 보고 떡이나 먹어요."

이런 상황에서 어떻게 행동해야 하는 게 가장 편한지를 익히 경험한 양예청은 먼저 말에 올라 객점을 향해 고삐를 흔들었다.

"무슨 사람들이 이렇게 많은가요, 공자님? 다른 곳으로……."

객점으로 들어선 양예청은 작은 객점에 어울리지 않게 빈자리를 찾을 수 없을 만큼 가득 들어찬 사람들을 보고 주춤거리며 뒷걸음질을 치려 했다. 그러나 크지 않은 마을에서 이곳을 포기하고 다른 곳을 찾으려면 점심은 굶을 수밖에 없는 노릇이었다.

"마침 저곳에 빈 탁자가 하나 있군요. 저리로 가서 앉읍시다."

뭔가 이상한 객점의 분위기에 긴장된 표정을 하던 설수연도 자운엽의 손에 이끌려 자리에 앉았다.

잠시 후 점소이가 주문을 받고 음식을 가져왔다.

시장기를 느끼고 있던 세 사람은 푸짐하게 날라져 온 음식을 보고 입맛을 다시고는 부지런히 식사를 했다.

"뭔가 이상하지 않아요?"

음식을 들면서도 이따금씩 의문스런 표정으로 주위를 두리번거리던 양예청이 조심스럽게 설수연에게 질문했다. 선착장과 가장 가까운 곳에 있는 객점이고, 강을 건넌 사람들이 방금 모두 내렸기에 객점이 붐비는 것은 어쩌면 당연했지만 양예청은 뭔지 모를 이상한 분위기를 감지한 모양이었다.

"그냥 편하게 음식이나 먹어."

처음 들어올 때 양예청과 마찬가지로 긴장한 표정을 짓던 설수연은 어느 순간부터 편한 표정으로 음식을 들었다. 그런 설수연의 모습에 양예청도 다시 부지런하게 손을 놀렸다.

"여기 있는 사람들도 우리가 일어날 즈음이면 같이 일어나겠지?"

식사가 거의 다 끝나갈 무렵 설수연은 주위 사람들을 다시 한 번 둘러보고는 자운엽에게 질문했다.

"글쎄요? 그럴지도 모르겠군요."

언뜻 고개를 들고 설수연을 쳐다본 자운엽이 빙긋 미소를 지으며 답했다.

"무슨 얘긴가요, 두 분은?"

양예청은 도무지 감이 안 잡힌다는 눈으로 두 사람을 번갈아 쳐다보며 말했다.

여기까지 며칠 같이 오면서 매번 느낀 일이었지만 두 사람은 서로 전음으로 대화를 나누는 것이 아닌가 싶을 정도로 마음이 잘 맞는 것 같았다.

자운엽이 뭔가 하고자 할 때는 설수연이 먼저 알고 움직여 주었고, 설수연이 그럴 때는 자운엽도 마찬가지였다.

지금 역시 자운엽의 의도를 설수연이 이미 읽고 마음의 준비를 하고 있는 것 같았다.

양예청 자신은 아직까지도 도저히 모르겠지만…….

"나중에 일어서 보면 알게 되겠지."

여전히 궁금한 눈빛으로 자신을 쳐다보는 양예청을 보고 설수연이 간단하게 말하곤 자운엽을 쳐다보았다.

"그런데 어디로 갈 생각이야?"

설수연의 눈빛이 약간 긴장의 빛을 띠었다. 아마도 앞으로의 행로가 순탄치 않음을 직감한 듯했다. 설수연의 눈빛을 본 양예청도 긴장한 눈빛으로 두 사람의 대화에 온 신경을 곤두세웠다.

"오랜 세월 동안 가장 만나고 싶은 사람은 아가씨였습니다. 아가씨를 만났으니 이젠 아가씨 다음으로 만나보고 싶은 사람을 보러갈까 생각 중입니다."

자운엽이 깊숙한 눈빛으로 답했다.

"나 다음이라면… 혹시……?"

"그렇습니다. 큰공자님입니다."

자운엽이 두어 번 고개를 끄덕거렸다.

"오빠……."

자운엽의 대답을 들은 설수연이 나직한 목소리와 함께 창문 밖을 바라보았다. 자운엽의 의도를 짐작은 하고 있었지만 이제 정말 오빠를 만난다 생각하니 두 눈 가득 그리움이 넘쳐흘렀다.

아주 어렸던 시절의 기억으로는 너무나 다정했던 오빠였지만 언제부터인가 고독한 모습으로 각인되어 있는 오빠의 모습이었다. 그리고 이젠 그 고독의 근원을 헤아리고 있기에 그 그리움은 더욱 컸다.

"정말, 정말 오빠한테 가는 거지?"

설수연이 간절한 눈빛으로 자운엽을 쳐다보았다.

"그럴 생각입니다. 하지만 만만치가 않을 것입니다."

"만만치가 않다면……?"

설수연과 양예청의 눈빛이 금세 긴장으로 물들었다.

"큰공자님은 지금 위험한 싸움을 벌이려 하고 있는 것 같습니다. 적잖이 융통성없는 성격이라 더 위험해질지도 모르겠습니다."

"융통성없는 성격이라고? 오빠가……?"

설수연이 동그랗게 뜬 두 눈을 깜박이며 자운엽의 말을 되뇌었다. 냉철하고 굽힐 줄 모르는 성격이긴 했지만 융통성이 없다는 생각은 해보지 않았다.

"쉽게 남의 도움을 받으려고도 하지 않고, 뭘 훔칠 줄도 모르죠. 그런 사람은 자기 것이 없으면 굶어 죽는 체질입니다. 싸움도 그런 식으로 하지 않을까 걱정입니다."

자운엽의 눈빛에서도 약간의 긴장이 어렸다.

"그리고 이제껏 아가씨를 잡으려던 자들은 어중이떠중이가 많았습니다. 물론 큰공자님이 동에 번쩍, 서에 번쩍 활약해 주신 덕이지요. 후후! 하지만 제 짐작이 맞는다면 아가씨를 잡기 위해 큰공자님 근처에서 아가씨가 나타나기만을 기다리고 있는 놈들은 결코 호락호락한 놈들이 아닐 겁니다. 예청 소저를 이용해 아가씨를 찾으려 한 사실만 미루어보더라도 야율사한이란 자는 단순한 포위망만 짜고 있진 않을 것입니다. 어떤 무서운 자들이 기다리고 있을지도 모르지요."

자운엽이 날카로운 눈빛을 쏘아내며 차근차근 설명해 나가자 설수연과 양예청의 표정에 어린 긴장감이 더욱 짙어졌다.

"오빠를 도와줘. 너라면 할 수 있을 거야."

잠시 생각에 잠긴 자운엽의 얼굴만 주시하고 있던 설수연이 조용한 목소리로 말했다.

"옛날에 걷어차인 아랫배 통증을 생각하면 별로 움직이고 싶은 생각이 없지만 아가씨를 만난 기념으로 한 번만 더 도와드리기로 하겠습니다."

자운엽이 슬쩍 아랫배를 쓰다듬으며 응낙하자 걱정이 가득 어린 설수연의 눈에 한줄기 안도감이 번져 나갔다.

“언제쯤 만날 수 있을까?”

“제 생각대로만 움직여 준다면 사흘 정도면 만날 수 있을 겁니다.”

“사흘?”

설수연이 사흘이란 말을 입속으로 음미하다 다시 질문했다.

“오빠의 움직임을 파악하고 있는가 봐?”

“대략은 예상하고 있습니다. 혹시 제 예상이 틀린다면 사흘 후에도 못 만나겠지만 큰공자님이라면 틀림없이 제 생각대로 움직일 겁니다. 그걸 믿어야지요.”

말을 끝낸 자운엽이 자리에서 일어나 계산대에 있는 노인에게서 보따리 두 개를 받아왔다.

“두 분 다 이 옷으로 갈아입으십시오. 지금부터 질풍처럼 달려야 하니까요.”

잠시 보따리 속의 내용물을 확인한 자운엽이 설수연과 양예청에게 각각 하나씩을 내밀며 이층 객실을 가리켰다.

“언제 이런 걸 준비했어요?”

손에 든 보따리 속의 내용물을 바라보던 양예청이 눈을 동그랗게 뜨며 자운엽을 쳐다보았다. 보따리 속에는 한 벌의 경장과 함께 여인들이 장거리 여행을 하면서 필요할 만한 소품들이 꼼꼼히 챙겨져 있었다.

“어서 가서 갈아입도록 해. 그리고 마음의 준비도 단단히 하고!”

설수연이 양예청을 이끌고 서둘러 계단을 올랐다.

“세상에……!”

설수연과 함께 경장 차림으로 갈아입고 내려오던 양예청은 계단 중간에서 우뚝 발걸음을 멈추고 소리를 질렀다.

처음 객점으로 들어오면서부터 뭔가 이상한 기운을 풍겼던 손님들 역시 그사이 옷을 갈아입고 자리에서 일어나 있었다.

검은 무복에 흑립을 손에 든 남자들, 그리고 그 옆으로 경장 차림에 면사로 얼굴을 가린 두 명의 여인들…….

그 두 여인들의 옷은 각각 설수연, 그리고 양예청의 옷과 똑같았다.

"그러고 보니 저 사람은 그때 그 관아에서……."

양예청은 이제야 모든 걸 파악했다는 듯 주변을 두리번거렸다.

그때는 투구를 쓰고 내내 고개를 숙이고 있어 얼른 알아보지 못했지만, 여기 적힌 대로 하라며 자운엽이 내민 봉서와 전낭을 덜덜 떨리는 손으로 받아가던 그 군관이었다.

탁—

두 사람이 계단을 다 내려오자 자운엽이 탁자 위에 있는 흑립을 썼다. 그와 동시에 서 있던 남자 손님들도 자운엽과 똑같은 흑립을 머리 위로 가져갔다.

그러자 누가 자운엽이고 누가 설수연과 양예청인지 쉽게 구별이 가지 않는 사태가 벌어졌다.

"혹시 다른 남자를 따라가는 일이 없도록 하십시오. 죽을 고생을 하며 만났는데 이곳에서 다시 헤어지고 싶진 않으니까요."

설수연과 양예청을 보고 당부한 자운엽이 손짓하자 우뚝 서 있던 손님들이 일남이녀씩 조를 맞춰 밖으로 몰려 나갔다.

"저 사람들 틈에 섞여 나갑시다."

자운엽이 양손으로 두 여인을 이끌고 이상한 분위기의 손님들 틈에 섞였다.

두두두—

　잠시 후 지축을 울리는 소리와 함께 사람들은 물론 흑룡에게까지 똑같은 마갑(馬甲)을 둘러씌운 채 수십 마리의 말들이 세 마리씩 조를 이루어 각기 다른 방향으로 질풍처럼 숲 속 길을 달려나갔다.

◆ 제71장

폭풍전야(暴風前夜)

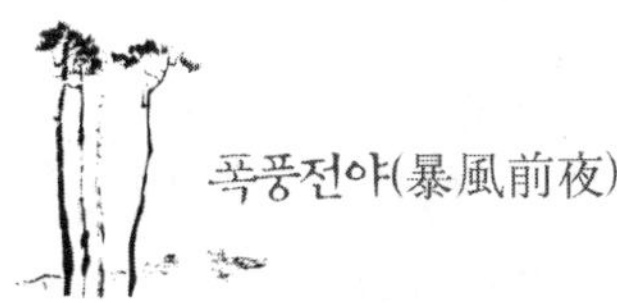

폭풍전야(暴風前夜)

　무공을 모르는 사람이 아무리 빨리 달려도 무공을 아는 사람만큼 빨리 달릴 수는 없다.

　몸을 가볍게 하는 경공을 펼쳐 한 번의 도약으로 순식간에 몇 장을 쏘아져 나가는 경신술은 비조를 방불케 하기 때문이다.

　그러나 지금 산길을 달려가는 네 사람 중 다른 한 사람은 무공을 모르는 것 같은데도 경신술을 펼치는 다른 세 사람에 비해 전혀 뒤처지지 않는 빠르기로 달리고 있었다.

　온통 헝클어진 머리를 뒤로 길게 날리며 달리는 사내는 분명히 내력을 운기하고 있지 않지만 내력으로 경신술을 펼치는 사내들보다 때로는 더 빠르게 앞으로 쏘아져 나가기도 했다.

　상식적으로 도저히 설명이 안 되는 이런 기현상이 가능한 것은 무공을 모르는 사내의 달리는 자세에서 그 해답을 찾을 수 있었다.

흑발을 길게 기른 사내는 보통의 인간이 뛰는 것관 전혀 다른, 네 발 달린 짐승이 뛰는 방식으로 손바닥과 발바닥으로 땅을 박차며 산길을 쏘아져 나가고 있었다.

이런 식의 뜀박질은 정상적으로 성장한 인간이라면 도저히 익힐 수 없는 것이었다. 정상적으로 성장한 보통 인간이라면 뼈마디가 굳어서라도 이렇게는 되지 않는다. 그런 뜀박질은 태어났을 때부터 네 발 달린 짐승과 같이 지내며 자신이 인간인 줄 모르고 성장한 사람에게나 가능한 자세였다.

지금 그런 자세로 달리고 있는 청년 역시 어린 시절부터 늑대인간으로 살아왔는지 눈빛에서부터 다른 모든 신체의 움직임들이 인간보다는 늑대를 더 닮아 있었다.

"여기서 일각만 쉬어가자!"

추혼비각(追魂飛脚) 황소진(黃消鎭)이 빠르게 달려가던 신형을 멈추며 말하자 다른 세 사람도 천천히 신형을 멈추었다.

쿵—

묵철곤(墨鐵棍) 거량(巨梁)이 들고 있던 철곤을 소리가 나게 땅에 내려놓으며 거친 숨을 내쉬었다.

커다란 덩치에 무거운 철곤까지 소지했기에 경신술을 펼치는 데 있어서는 다른 세 사람보다 훨씬 더 내력 소모가 심했기 때문이다. 그래서 이런 식의 강행군은 거량이 제일 싫어하는 일이었다.

"만약 네놈의 판단이 틀려 이제껏 이곳으로 달려온 것이 헛수고로 판명되면 이 철곤으로 네놈의 머리를 부숴 버릴 것이다."

묵철곤 거량이 자신과는 정반대로 군살 하나 없이 날씬한, 별호만 들어도 경공의 달인일 것 같은 추혼비각 황소진을 향해 싸늘한 미소를 흘렸다.

"기분 나쁜 놈!"

황소진이 인상을 찌푸리며 욕지거리를 내뱉었다.

대개의 경우 이런 싸늘한 미소는 깡마르고 강팍한 사람들에게 더 잘 어울린다. 거량처럼 덩치가 크고 퉁퉁한 얼굴을 가진 사람들에게는 약간은 후덕하고 뭔지 모를 푸근함을 느끼게 해주는 미소가 더 잘 어울리는 법이다. 그러나 거량은 그런 고정관념을 타파시키기라도 하려는 듯 자신의 철곤과 추혼비각의 작은 머리를 번갈아 바라보며 계속 싸늘한 미소를 흘렸다.

자신의 말대로 지금까지의 강행군이 헛고생으로 밝혀지면 충분히 들고 있는 철곤으로 황소진의 머리를 후려칠 것 같은 표정이었다.

"이번에도… 실패면 그놈… 배고픈 내 친구… 먹는다."

이번에는 늑대의 자세로 달려왔던 젊은 청년이 무척이나 서투른 어투로 말을 내뱉으며 황소진을 쏘아보았다

"망할 놈의 늑대새끼! 늑대와 살아서 위아래도 없군. 막내조카뻘도 안 되는 놈이……."

추혼비각 황소진이 늑대청년에게도 눈을 부라리며 고함을 질렀다. 그러나 늑대청년의 눈빛이 붉은색으로 젖어들자 얼른 고개를 돌렸다.

"당신 판단이 틀렸으면 우리가 손을 쓰기도 전에 주군의 명령을 어긴 죄로 주군에게 제일 먼저 목을 내밀어야 할 거야."

이번에는 옆에 있던 여인이 날카로운 목소리로 말했다.

유난히 긴 팔다리에 얼굴마저도 원숭이의 그것을 닮은 여인, 귀원파파(鬼猿婆婆) 부치치(符齒嗤) 역시 추혼비각 황소진이 마음에 안 든다는 표정으로 눈을 흘겼다. 긴 팔다리를 이용해 나뭇가지 사이로 날아다니

는 움직임이 훨씬 익숙한 그녀로선 이렇게 무작정 산길을 달리는 일이 정말 싫은 것이다.

"주군의 명령은 곧 천명이다. 하지만 네놈들도 잘 알다시피 너무 먼 거리 탓에 재가를 받지 못하고 시급히 행동해야 할 상황에서는 내 판단대로 행동하게 하셨다. 그걸 잊은 것은 아니겠지?"

추혼비각 황소진이 차가운 목소리로 한 가지 사실을 일깨웠다.

굳이 일깨우지 않더라도 그건 서로 잘 아는 사실이었다. 그렇지 않다면 이 인간 같지도 않은 인간들이 자신을 따라 무작정 그 먼 길을 달려오지도 않았을 것이다. 그러나 워낙 보통 인간들과는 다른 생각을 하는 놈들이기에 수시로 일깨워 줘야 이놈들은 그 사실을 새롭게 떠올리는 것이다.

"그건 잘 알지! 하지만 네놈을 따라다니다가 벌써 몇 번째 허탕을 쳤느냐? 저번에도 기다리고 있던 곳을 버리고 다른 곳에 죽치고 있다가 오히려 이곳까지 오는 길이 더 멀어지지 않았느냐?"

묵철곤 거량이 다시 싸늘한 미소를 지으며 황소진을 바라보았다.

보름도 넘게 강행군을 하며 지칠 대로 지친 상태라 모두들 황소진에 대한 불만이 하늘을 찌를 듯했지만 이제껏 이놈의 추적술과 정보력은 충분히 감탄할 만했다. 그래서 주군도 일이 끝날 때까지는 이놈의 명령을 들으라고 했을 것이다. 그러나 최근에는 이놈의 판단이 몇 번 틀렸고 정보도 엉터리가 많았다. 그래서 이 고생을 하는 것이다. 이번에도 실패하면 주군의 명령이고 뭐고 묵철곤을 휘둘러 다리몽둥이 하나를 분질러 놓을 생각이었다.

"이번에는 확실하다. 네놈들에게 포상금과 함께 저 늑대녀석의 친구들에게도 푸짐한 성찬을 먹게 해주겠다."

추혼비각 황소진이 눈을 부라리며 소리를 질렀다.

*　　　　*　　　　*

두두두—

설수범과 갈미란을 각각 태운 두 필의 말이 질풍처럼 들판을 달려나 갔다. 그 뒤를 따라 수십 필의 말이 요란한 말발굽 소리와 함께 앞서가 는 두 필의 말을 따라 달리고 있었다.

자욱한 흙먼지와 함께 달리는 말들의 몸에서 땀이 흐르는 것으로 보 아 이미 오랜 시간을 그렇게 달려온 것으로 짐작되었다. 그러나 갈미 란과 함께 정마수호대 앞에서 말을 달리는 설수범은 조금도 속도를 늦 추지 않고 더욱 박차를 가하기만 했다. 갈미란 역시 설수범 못지않게 빠르게 말을 몰며 바람처럼 달렸다.

"아이고! 저, 저놈이 기어코 이 사부를 객사시킬 모양이다. 벌써 며 칠째 이렇게 달리는 것이냐?"

조금 뒤에 처진 우괴는 정마수호대 무사들과 나란히 말을 달리며 고 래고래 악을 썼다. 악쓰는 목소리를 들어봐서는 아직 사흘 밤낮을 더 달려도 끄덕 없을 것 같았다.

그러나 왜 이렇게 달리는지 자세히 가르쳐 주지도 않고 며칠째 질풍 처럼 달리는 설수범과 갈미란을 보며 하루 종일 투덜거리던 우괴는 오 늘도 몇 시진째 말을 달리며 이제나저제나 좀 쉬지 않는가 목을 빼다 가 도저히 안 되겠다 싶었는지 거칠게 고삐를 흔들었다.

"아이고, 이놈들아! 이젠 그만 쉬었다 가자. 목도 마르고 엉덩이도 아프고, 객사 일보직전이다."

우괴는 속도를 내어 설수범과 갈미란 옆으로 따라붙으며 고함을 질렀다.

"쉴 새 없이 고함을 치시는 할아버지 목소리에 말이 먼저 쓰러지겠어요! 앞으로 조금만 더 가면 잠시 쉴 수 있을 테니 제발 조용히 좀 하세요!"

갈미란이 속도를 늦추지 않은 채 뾰족하게 소리를 질렀다.

"그, 그러냐? 얼마나 더 가면 쉰단 말이냐?"

조금만 더 가면 쉰다는 말에 우괴의 표정이 대번 밝아지며 설수범과 갈미란의 얼굴을 번갈아 쳐다보았다. 그러나 설수범의 표정은 여전히 변화가 없었고, 이젠 갈미란마저도 설수범의 표정을 닮아가는지 냉기가 줄줄 흘러내리고 있어 도저히 무슨 일들을 벌이는지 짐작할 수가 없었다.

"아이구! 저런 생강시 같은 놈! 저런 놈이 뭐가 좋다고……."

설수범의 표정에서 아무런 답도 얻지 못한 우괴가 오만상을 쓰며 투덜거렸다.

"자꾸 그런 소리 하면 한 번도 안 쉬고 다음 장소까지 달릴 거예요!"

갈미란이 이마를 찌푸리며 우괴를 쏘아보았다.

"아, 아니다, 아니다! 저놈이야말로 최고의 신랑감이다. 그러니 란아, 네놈은 복이 터진 것이다."

"할아버지!"

마침내 갈미란이 꽥 하고 고함을 지르자 우괴가 얼른 입을 다물었다.

"그런데 다음 장소라니, 대체 무슨 일들을 벌이는 것이냐?"

잠시 입을 다물었던 우괴가 뱁새눈을 반짝이며 다시 질문했다.

며칠 동안 벌써 스무 번도 넘게 질문을 던졌지만 아직까지 제대로 된 대답을 듣지 못한 우괴였다.

설수범 혼자라면 아예 말고삐를 잡고 바닥에 드러누워 떼라도 써보겠지만 그럴 때마다 갈미란이 도끼눈을 하고 사전 차단을 하니 궁금증에 애가 탈 지경이었다.

"이젠 다 왔어요. 저 숲에까지 가면 자연히 알 수 있어요."

대답을 한 갈미란이 단호하게 입을 다물자 우괴도 얼른 앞쪽의 숲을 쳐다보며 안력을 돋우었다.

이제껏 달려오던 평야 지대가 끝나고 산이 이어지는 앞쪽의 숲은 뭔가 색다른 기운을 풍기고 있었다.

우괴의 노회한 감각은 순식간에 그것들을 감지하고 긴장의 눈빛을 했다.

"뭐냐, 저놈들은? 매복이 아니더냐?"

숲이 가까워지며 점점 더 눈이 가늘어지던 우괴는 숲 속 이곳저곳에서 느껴지는 기운에 긴장된 표정을 하며 낮게 소리를 질렀다.

앙상한 가지만 남았지만 아름드리 나무들이 울창한 숲 여기저기에는 많은 인원들이 매복해 있음을 금방 느낄 수 있었다.

만약 이곳에서 싸움이라도 일어난다면 한바탕 혈전을 벌여야 할 만큼은 되는 숫자로 느껴졌다.

사십 명의 정마수호대 역시 그것을 느꼈을 것인데도 전혀 움직임을 보이지 않자 우괴는 얼른 고개를 돌려 설수범과 갈미란을 쳐다보았다.

스슥—

우괴의 궁금증이 풀어지기도 전에 숲 속에서 한 중년인이 유령처럼 나타났다. 아무런 기색도 없이 불쑥 솟아나듯 움직이는 신법이 한눈에 보아도 고수의 수준임을 드러내 주었다.

"어서 오시게, 공자."

잔뜩 긴장한 우괴의 걱정과 달리 숲 속에서 나타난 중년인은 낮고 무거웠지만 반가운 기색이 담긴 목소리로 설수범을 향해 다가왔다.

"오느라 수고 많으셨습니다, 유 가주."

설수범도 가볍게 고개를 숙이고 중년인과 마주했다.

"여기까지 오는 데 다른 어려움은 없었습니까?"

"전혀 없었다네. 공자가 시킨 대로 움직이니 일사천리더구만. 산보라도 한 기분이라네."

중년인이 빙그레 미소를 지으며 답했다.

"하지만 앞으로는 생사를 예측 못할 싸움이 될 것입니다."

설수범의 목소리가 나지막하게 퍼져 나갔다.

"그야 당연한 일이지. 아니, 기다리고 기다린 일이지. 수백 년 전통을 이어온 우리 가문에 치욕을 안겨준 놈들이니 우리 스스로라도 이를 악물고 싸워야 할 일이었지. 그걸 가능하게 해준 공자께 감사할 따름이네."

중년인이 비장한 목소리로 답했다.

"무운을 빌겠습니다."

"무운을 비네."

두 사람이 손을 굳게 잡은 후 돌아섰다.

"움직이시오!"

중년인과 인사를 하고 돌아선 설수범이 한마디 외치자 다섯 명의 정마수호대 무사들이 신속히 움직이며 중년인이 사라진 숲 속으로 같이 사라졌다.

"저, 저놈들이 미쳤나? 제놈들 주인은 팽개치고 어딜 간단 말이냐?"

우괴가 펄쩍 뛰며 갈미란에게로 고개를 돌렸다.

지금까지는 최대의 인내력을 발휘하며 참고 참아왔지만 정마수호대 인원들까지 분산되는 상황에선 어찌 돌아가는 일인지 영문을 알지 않고는 도저히 안 되겠단 표정이었다.

"반 시진 동안 휴식을 취하겠소. 그동안 요기를 하고 다시 질주할 준비들을 하시오!"

설수범이 남아 있는 무사들에게 휴식을 취하게 하고는 자신도 갈미란과 우괴가 있는 쪽으로 걸어왔다.

"이놈아! 대체 뭐가 어떻게 돌아가는 일이냐? 지금 어디로 가는 길이고, 아까 그 사람들은 또 누구냐?"

"피곤하실 텐데 사부님께서도 우선 휴식을 좀 취하십시오."

설수범이 우괴와 갈미란의 팔을 이끌어 옆에 있는 바위 위에서 휴식 취하기를 권했다.

"필요없다, 이놈! 사부를 길가에 널린 개똥만큼도 생각 안 해주는 놈 한테 그런 대접 받고 싶지 않다."

우괴가 설수범의 팔을 뿌리치며 그 자리에서 움직이지 않았다.

"또 왜 그러세요, 할아버지. 때가 되면 자세히 설명드린다고 했잖아요. 지금부터 차근차근 설명해 드릴 테니 여기 앉으세요."

갈미란이 우괴의 팔을 잡아끌며 달래자 그 자리에 꼼짝도 않고 서 있던 우괴가 못 이기는 척 갈미란의 팔에 이끌려 바위 위에 주저앉았다.

"그럼 전 근처를 좀 둘러보고 오겠습니다."

설수범이 연기처럼 숲 속으로 사라졌다.

"아까 그 사람들은 누구냐?"

설수범이 사라지자마자 우괴가 득달같이 질문을 던졌다.

"아까 그 사람들은 우리가 이제껏 머물렀던 섭씨세가와 비슷한 식으로 비천용문의 침입을 받았거나, 감숙성이 비천용문의 손아귀에 떨어지는 것을 바라지 않는 가문의 사람들이에요."

"그건 또 무슨 소리냐? 그 가문의 사람들이 여긴 왜 왔단 말이냐?"

갈미란의 설명을 듣고 난 우괴는 오히려 더 이해가 안 간다는 표정을 지었다.

"이젠 같이 싸워야 할 때니까 같이 움직이는 거예요. 그동안 공자님께서 그럴 수 있도록 도움을 주셨구요."

"도움을 주다니……? 하루 종일 폭포 속에서 수련하던 놈이 무슨 도움을 어떻게 준단 말이냐?"

갈미란의 설명을 들을수록 오히려 더 의문만 커지자 우괴의 표정이 한층 더 구겨졌다.

"공자님의 수련은 보름이면 충분했어요."

"보름? 그럼……?"

"그래요. 나머지 시간들은 은밀하게 움직이며 섭씨세가와 마찬가지로 다른 가문의 힘을 규합했어요. 할아버지께도 미리 말씀드리려고 했지만 제가 말렸어요."

"왜, 왜냐? 이놈!"

자신만 빼돌리고 그동안 그런 일을 꾸몄다는 생각에 은은한 노여움을 피워 올린 우괴가 낮은 목소리로 물었다.

"할아버지의 관심은 오로지 말년에 얻은 제자뿐이잖아요? 제자가 수련을 게을리 하여 혹시라도 마음속에 있는 살기를 다 씻어내지 못할

까 그게 제일 걱정이니 미리 의논했으면 무슨 일인들 하게 하셨겠어
요? 요즘은 저 같은 건 죽든 살든 신경도 안 쓰시죠?"

갈미란은 오로지 설수범만 걱정하는 우괴를 원망스럽단 표정으로
새침하게 쳐다보자 은은히 노기를 피워 올리던 우괴가 찔끔하여 갈미
란의 눈길을 피했다.

"험험! 내가 언제 그랬느냐, 이놈아?"

"그랬잖아요."

"아니래도 그러는구나."

"좋아요, 믿어드리겠어요."

우괴의 표정에서 노기가 많이 사라진 것을 감지한 갈미란이 다시 설
명했다.

"그동안 모른 척하고 있었지만 놈들의 세력이 암암리에 이곳으로 모
여들고 있었어요. 아마도 공자님을 상대로 건곤일척의 승부를 벌일 생
각인 것 같아요. 그래서 요 며칠 이렇게 순식간에 움직인 것이에요."

"그, 그러냐? 대체 얼마나 모이고 있는 것이냐?"

"굉장한 숫자예요."

갈미란의 목소리가 잔뜩 긴장되었다.

"이, 이놈들이 감히 천마성의 제자를……?"

갈미란의 설명을 들은 우괴의 눈에서 불길이 치솟았다.

천하제일성인 천마성에 겁도 없이 스며들어 천마성을 무너뜨리려
했던 놈들의 소행을 생각하면 아직도 이가 갈린다. 자신의 제자이자
정마협의 제자인 설수범의 귀신같은 활약으로 그놈들을 모두 쓸어버리
고 천마성은 다시 천하제일성으로서의 위용을 갖추었지만 그때의 아찔
함은 죽는 순간까지 뇌리에서 사라지지 않을 것이다.

그런데 이제 이놈들이 천마성의 제자를 노린단 말인가?

놈들로서는 뼈에 사무친 원한을 심어준 설수범을 제일 먼저 제거하고 싶을 것이고, 당분간은 천마성에 머무르라 해도 듣지 않을 이놈의 고집은 자신이나 정마협의 가장 큰 걱정이었다. 그래서 자신은 이렇게 따라오기까지 했다. 하지만 놈들이 천마성의 제자를 상대로 이렇게 빨리 움직일 것이라고는 미처 생각지 못했다.

이럴 줄 알았더라면 폭포 수련을 좀 늦추더라도 설수범이 계략을 짜도록 자유롭게 놓아주는 것이 나을 뻔했다는 후회도 들었다.

잠시 그런 생각을 하던 우괴는 세차게 머리를 흔들었다.

싸움을 거듭할수록 혈맥 속에 녹아든 살기가 더 짙어질 것이고, 나중에는 주체할 수 없게 되어버린다. 그땐 너무 늦다. 만사를 제쳐 두고 살기를 몰아낸 것은 그 무엇보다도 시급한 일이었다. 그런데 그동안 자신의 제자를 노리는 놈들이 엄청난 숫자로 포위해 왔다니…….

우괴는 걱정과 분노가 함께하는 표정으로 설수범이 사라진 숲 쪽을 바라보았다.

"하지만 우리도 놀고만 있지는 않았으니 너무 걱정 마세요, 할아버지. 할아버지도 계시고, 정마수호대도 있고, 또 감숙의 많은 세가 사람들이 힘을 합하고 있으니 해볼 만해요."

갈미란이 차분한 목소리로 우괴를 안심시켰다.

"아까 사라진 다섯 놈들은 대체 어디로 간 것이냐?"

정마수호대란 말에 퍼뜩 생각난 듯 우괴가 물었다.

"그들이 선두에 서서 많은 세가 사람들을 지휘할 거예요. 여기 말고도 일곱 장소에 더 인원들이 배치되어 있고, 그들 역시 다른 정마수호대 무사들이 다섯 명씩 이끌며 공자님의 계획대로 움직일 거예요."

“이, 이놈!”

갈미란의 설명을 들은 우괴가 그 자리에서 벌떡 일어서며 고함을 쳤다.

“왜 그러세요, 할아버지?”

갈미란도 깜짝 놀라며 우괴를 따라 일어섰다.

“이놈아! 그렇게 되면 내 제자 놈 옆에는 정마수호대가 한 사람도 없지 않느냐?”

“할아버지가 계시는데 무슨 걱정이에요? 그리고 기전강 대장님도 계시잖아요.”

“그걸 말이라고 하느냐, 이놈아? 안 된다! 아까 간 다섯 놈은 어쩔 수 없다만, 이제부터는 단 한 놈도 흩어지지 못한다. 이놈, 기전강아! 냉큼 이리 오너라.”

우괴가 울그락불그락한 얼굴로 정마수호대 대장에게 냅다 고함을 질렀다.

“왜 그러십니까, 우 장로님!”

부하들에게 무언가를 열심히 지시하고 있던 기전강이 우괴에게로 달려왔다.

“이런 죽일 놈! 네놈들 임무가 무엇이냐?”

“예? 그거야 당연히 소주를… 이크!”

기전강이 멀뚱한 표정으로 답을 하다가 섬전같이 날아오는 우괴의 발길질에 기겁하며 몸을 피했다.

“할아버지!”

길길이 날뛰는 우괴를 향해 고함 지른 갈미란이 급히 전음을 날렸다.

“이, 이…….”

기전강을 향해 다시 공격하려던 우괴가 갈미란의 전음을 듣고 움직임을 멈추었다.

“그, 그러냐?”

잠시 갈미란의 전음을 다 듣고 난 우괴가 얼른 표정을 바꾸며 기전강을 쳐다보았다.

“네놈 말대로 네놈들 임무는 내 제자 놈을 보호하는 것이다. 털끝만큼이라도 그 임무를 소홀히 했다가는 내 손에 죽을 것이야. 명심하고 그만 가보아라.”

“예? 아— 예!”

한바탕 경을 칠 듯 날뛰다 갑자기 수그러들며 아무 일 없었다는 듯 자신을 돌려보내는 우괴를 보며 기전강이 영문을 모르겠단 표정을 짓다가 얼른 자리로 돌아갔다.

“그렇다면 이제껏 네가 용…….”

“쉬이— 입조심하세요, 할아버지! 공자님께서 알면 전 큰일 나요!”

갈미란이 얼른 입술에 손가락을 대며 사방을 두리번거렸다.

“알았다! 내 입조심하마. 철부지 응석받이인 줄 알았더니 이젠 시집보내도 되겠구나. 케케케!”

무슨 전음을 어떻게 들었는지 당장에라도 기전강을 때려죽일 듯이 날뛰던 우괴는 흡족한 미소를 터뜨리며 어깨에 손을 가져갔다.

“아이고! 비가 오려나? 왜 이렇게 어깨가 쑤시는지 모르겠다!”

“알겠어요, 할아버지! 후후!”

갈미란이 얼른 다가가 우괴의 어깨를 주물렀다.

“껄껄껄! 아주 영리한 아이로다! 껄껄껄!”

설수범 일행이 휴식을 취하고 있는 반대 편 산꼭대기에서 설수범과 세가 사람들의 움직임을 바라보고 있는 노인의 입에서 인자스럽기 그지없는 웃음이 흘러나왔다.

회색 가사를 걸치고 나직하게 흘러나오는 웃음소리만 들어서는 승려의 수행이 결코 가볍지 않으리라 느낄 것이다.

그러나 산 아래를 내려다보며 부지런히 움직이는 괴승의 눈빛은 바람결에 흔들리는 작은 나뭇잎처럼 어지러웠다.

야율사한의 밀지를 받고 수십 년간의 금제가 풀린 후 이곳에 나타난 요승은 그렇게 한참 동안 산 아래를 내려다보았다.

"천마성주의 제자 된 아이이니 그 정도는 되어야겠지. 안 그러면 여기까지 온 노납의 행보가 너무 우스워지는 것이지. 껄껄껄!"

다시 한 번 너털웃음을 터뜨리며 반대 편 산 아래쪽을 쳐다보던 요승은 시선을 거두고 고개를 들었다.

번쩍—

서산마루에 걸린 석양에 반사된 요승의 눈이 붉은빛을 발했다.

그 빛은 이제껏 현란한 눈빛과는 또 다른, 피에 굶주린 야수와 같은 눈빛을 닮아 있었다. 그러면서도 피에 굶주린 야수의 눈빛이란 표현만으론 뭔가 부족함이 있는 복잡한 눈빛이었다.

야수는 배가 고프면 피를 그리워하지만 지금 요승의 눈에 어린 혈광은 배가 고픈 야수의 눈빛관 뭔가 달랐다.

야수에게선 볼 수 없는, 피의 향연을 그리워하는 인간만이 가진 그런 눈빛이었다.

"어서 저 아이에게 내 법력을 전파하여 극락정토를 구경시켜 주어야겠구나. 껄껄껄!"

노을을 바라보던 요승의 모습은 웃음소리만 남긴 채 어둠 속으로 녹
아들었다.

*   *   *

두두두—

선착장 부근의 작은 객점에서 주변을 현혹시키며 순식간에 달려나
온 자운엽은 숲 속으로 난 작은 길을 계속해서 달렸다.

자신들의 모습과 똑같이 위장하여 각기 다른 방향으로 달려나간 무
리들 때문인지 아직은 귀찮은 사냥꾼들이 달려들지 않았다. 설수연을
구한 우각촌 인근 벌판에서 맹호방의 사람들이 한 사람의 검에 반 이
상 도륙된 것으로 소문이 났을 테니 쉽게 달려들 생각도 못하겠지만,
그것보다는 양예청을 데리러 가며 두 사람은 주로 산길을 이용했고 필
요할 때마다 진법으로 귀찮은 날파리들을 따돌린 때문이었다.

그러나 양예청을 만나고 강을 건너는 곳에선 불가피하게 자신들을
드러낼 수밖에 없었다. 그 정도면 야율사한이 부리는 자들은 충분히
흔적을 찾아내고 다시 추적을 시작할 것이다.

그러고도 남을 인간들이었다.

설수연을 구해간 사람이 자신이란 것을 지금쯤 야율사한이 파악하
고 있다면 더 더욱 그럴 것이다.

생각 같아선 가만히 기다렸다가 나타나는 놈들을 족족 처치해 버리
고 싶었지만 최대한 빨리 큰공자 설수범을 만나야 하기에 그럴 수도
없었다.

그동안 설수범을 가장하며 풍가장을 무너뜨리고, 설수범의 이름을

퍼뜨린 덕분으로 놈들의 신경을 그쪽으로 쏠리게 하여 설수연을 구하는 데는 성공했지만 그로 인해 설수범 쪽에 너무 많은 적들을 몰아놓은 것 같았다.

소문을 퍼뜨리자마자 신속히 소문의 근원지를 찾아 온 사내들의 능력과 무위로 볼 때 아무리 많은 적들과 마주치더라도 큰 걱정을 안 해도 될 것 같았지만 야율사한이란 이름은 자운엽의 마음을 자꾸 급하게 만들었다.

자운엽은 다시 박차를 가했다.

"여기서 조금만 쉬어가!"

지친 표정이 역력한 양예청을 보며 설수연이 자운엽의 등 뒤에서 소리를 질렀다. 설수연의 목소리에서도 지친 기운이 역력했다. 아마도 두 여인은 한계에 도달한 것 같았다.

"조금만… 조금만 숨 돌릴 틈을 줘!"

설수연이 가쁜 숨을 몰아쉬며 몇 시진 만에 처음으로 말을 멈추는 자운엽의 표정을 살폈다.

그동안 사소한 것 하나도 놓치지 않고 자신을 배려해 주던 자운엽이었다. 눈빛만 보고도 뭘 원하는지 알아서 해주던 사람이었다. 그러나 지금은 마치 딴사람 같았다.

숨이 턱에 차 올라도 쉴 생각을 않고 달리기만 했다.

설수연은 자운엽의 표정에서 초조한 기색을 읽었지만 여기서 조금이라도 쉬지 않고는 온몸이 으스러질 것 같았다. 자신들뿐만 아니라 자신들이 탄 말도 그럴 것 같았다.

"그럼 여기서 일각만 쉬기로 하겠습니다."

두 여인의 지친 모습을 본 자운엽은 흑룡의 등에서 훌쩍 뛰어내려 설수연과 양예청을 부축하며 말에서 쉽게 내리게 해주었다. 그리고는 온 신경을 집중하여 주변을 살폈다.

몇 시진 만에 말에서 내린 설수연도 온몸이 붕 뜨는 듯한 느낌에 조심스럽게 땅을 몇 번 밟아보다가 걱정스런 표정으로 자운엽을 쳐다보았다.

그동안 양예청으로부터 자운엽이 자신을 찾기 위해, 그리고 자신을 잡으려고 혈안이 된 엄청난 숫자의 사람들을 따돌리며 한발 앞서 자신을 구하기 위해 어떤 일들을 벌였는지 소상히 알게 되었다. 그리고 설수범이 어떤 상황에 있는지도 짐작이 갔다. 하지만 자운엽이 너무 서두르는 것 같았다.

"고생 많았습니다, 아가씨."

주변에 별 이상한 기운이 없는 것을 확인한 자운엽이 천천히 설수연에게로 눈길을 돌렸다.

초조함만이 가득하던 자운엽의 눈에서 흘러나오는 더없이 안타까운 눈빛 한줄기를 마주한 설수연은 순간적으로 온몸의 피로가 다 풀어지는 듯한 느낌을 받았다.

"왜 그렇게 서두르는 거야? 오빠에게 그렇게 큰 위험이 닥친 거야?"

설수연은 자운엽의 그런 눈빛을 마지막 한 조각까지 놓치지 않겠다는 듯 쳐다보다가 조심스런 표정으로 질문했다.

"확실치는 않지만 그럴 가능성이 높지요, 아가씨에게 쏠릴 관심을 모조리 큰공자님에게로 쏠리게 해놓았으니……. 하지만 너무 큰 걱정은 안 해도 될 겁니다. 정마협의 제자라는 존재가 그렇게 가벼운 것은 아니니까요."

자운엽은 설수연을 안심시키며 수통을 내밀어 두 여인에게 목을 축이게 했다.

줄기차게 달려만 오느라 시간의 추이도 느끼지 못했지만 어느새 해가 서산마루로 떨어지고 있었다.

이만큼 달려왔으니 오늘 밤은 귀찮은 날파리들 걱정은 안 해도 될 것이다. 하지만 길이 보이는 시간까지는 좀 더 달려가고, 완전히 어두워지면 휴식을 취할 생각이었다.

자운엽은 자신도 수통을 입에 대고 몇 모금의 물을 목구멍 속으로 흘려 넣었다.

싸늘하게 식어가는 주변의 공기와 함께 목을 타고 넘어가는 물이 내장까지 얼릴 듯했다. 온 내장을 차갑게 식혀가던 냉기는 어느 순간 등줄기를 타고 머리까지 역으로 전해졌다.

천천히 물통에서 입을 뗀 자운엽은 차갑게 가라앉은 눈빛으로 앞을 쳐다보며 온 신경을 곤두세웠다.

◆제72장

추혼사괴(追魂四怪)

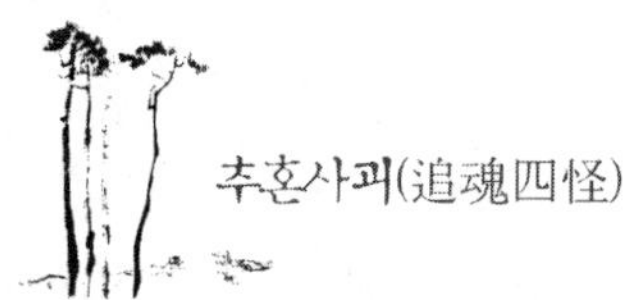

추혼사괴(追魂四怪)

등줄기에 얼음물을 들이붓는 듯한 느낌으로 다가온 기운은 인간이 내뿜는 살기가 아닌 것 같았다. 그러나 온 사방을 은밀히 감싸고 있는 뭔가 이질적인 느낌은 자운엽의 감각을 지속적으로 자극하기 시작했다.

"왜……?"

자운엽의 긴장된 모습에 질문하려던 설수연은 자운엽의 표정을 보고는 얼른 입을 다물었다. 지금은 방해할 때가 아닌 것 같았다.

'음!'

끊어질 듯 이어지고, 다가왔다가는 금세 멀어지는 이질적인 기운에 온 감각을 집중시키던 자운엽의 뇌리에 잊고 있었던 옛 기억 하나가 떠올랐다.

이런 식으로 쉴 새 없이 앞으로 나섰다 뒤로 사라지고, 보일 듯하다가 보이지 않는 움직임은……?

'백미호!'

수운곡에서 수련을 하며 유일하게 친구가 되어주었던 백미호의 움직임이 바로 이러했다.

조심성 많은 그놈은 일 년이 넘어서야 자신의 손에서 직접 고기를 받아먹었지만 그 이전에는 꼭 이런 식으로 나타났다 사라지고, 보일 듯하다가도 고개만 돌리면 얼른 숨어버리곤 했다.

그땐 지금처럼 미세한 기운으로는 느끼지 못하고 눈으로 느낀 움직임이었지만 지금 온 사방에서 느껴지는 기운은 기억 속에 있는 백미호의 움직임과 흡사했다.

'여우 떼라도 나타났단 말인가?'

여우란 놈이 사냥을 하고 고기를 먹는 동물이지만 사람은 함부로 공격하지 않는다. 체격으로도 무리였고, 사람을 공격했다가는 그 보복이 엄청나다는 것을 본능적으로 알고 있기 때문이었다. 그럼에도 불구하고 굶주린 배를 끌고 사냥에 나섰다면 점점 다가와야 할 것이다. 그러나 이놈들은 일정한 거리에서 계속 들락날락 움직이기만 할 뿐 더 이상 접근하지 않고 있었다.

자운엽은 계속해서 신경을 곤두세우며 손짓으로 설수연과 양예청을 말에 오르게 했다.

"저 앞 숲 속까지만 최대한 빠르게 달려봅시다."

설수연과 양예청이 모두 말 위에 오르자 자운엽도 훌쩍 흑룡 위에 올라 턱짓으로 앞쪽 숲을 가리켰다. 그쪽에서는 은신하며 주변을 살피기가 용이할 것 같았다.

휘익—

자운엽이 고삐를 흔들자 흑룡이 쏜살같이 달렸고 다른 두 마리의 말들도 흑룡을 따라 달렸다.

약 반각의 시간이 흐른 뒤 자운엽과 설수연 등은 숲에 도착했고, 숲 속 바위 뒤쪽에 은신하며 자운엽은 다시 주변의 기운을 살폈다.

좀 전과 마찬가지로 여전히 사라질 듯 말 듯한 기운이 사방에서 느껴졌다.

'훈련이 잘된 개들이다.'

자운엽은 주변을 둘러싸고 있는 존재들이 사냥개들임을 짐작했다.

처음 그것들의 존재를 느끼고 나서 이곳까지 반각 정도를 달려왔건만 지금도 똑같은 거리에서 그놈들의 기운이 느껴졌다. 뒤에 있던 놈들은 따라 달렸고, 앞에 있던 놈들은 오히려 후퇴했다는 말이다. 그러면서도 기운만 느껴질 뿐 모습은 보이지 않았고, 달리는 소리 또한 전혀 들리지 않았다.

웬만한 감각으로는 기척조차 느끼지 못할 정도로 일정한 거리를 유지하며 포위망을 형성하고 있는 이런 개들이라면 고도로 훈련된 사냥개들일 것이다.

그리고 사냥개 뒤에는 반드시 주인이 있는 법이다.

'개를 두들기면 주인이 나타난다고 했던가?'

자운엽은 이놈들의 주인이 어떤 인간인지 먼저 그것부터, 아니, 일단 두들겨 개부터 한 마리 잡기로 생각을 굳혔다.

"잠시만 여기서 기다리십시오."

자운엽은 설수연과 양예청을 말들과 함께 최대한 바위 쪽으로 붙어 서게 한 후 흑룡의 안장에 꽂힌 여러 자루의 검을 뽑았다.

"제발 조심해."

설수연이 걱정스런 목소리로 낮게 말했다.

"일단 분위기 파악부터 해보겠습니다. 돌아올 때까지 움직이지 말고 계십시오."

휘익―

자운엽은 걱정스런 표정으로 자신을 쳐다보는 설수연과 양예청 주변으로 몇 개의 검을 신속하게 던졌다.

순식간에 바위가 몇 배로 커지며 두 여인과 세 필의 말을 바위 속으로 집어삼켰다. 주변의 지형지물을 그물처럼 뒤덮어 그 속에 시전자가 의도하는 것을 은신시키는 대라환영진(大羅幻影陣)이었다.

뚜둑―

뚝―

진을 설치하여 말들과 두 여인을 숨긴 자운엽의 심장 고동 소리가 급격히 낮아지며 응축된 힘이 폭발할 준비를 하였다.

환사삼결 중 제삼결 환영심공이 극성으로 펼쳐지며 자운엽의 신형이 그 자리에서 사라졌다.

십 장 거리 안에서 심즉동의 속도로 움직이는 환영심공을 연달아 세 번 펼쳤을 때 찾고자 하는 사냥개 한 마리가 자운엽의 시야에 들어왔다.

'늑대?'

자운엽은 수풀 속에 흡사 괴물인 듯 두 눈 가득 혈광을 빛내고 있는 짐승이 사냥개가 아니라 붉은 털을 곤두세운 늑대임을 알았다.

보통 늑대보다 체격은 조금 작았지만 그 빠르기가 섬전 같고 사납기 짝이 없어 호랑이도 피해 간다는 적랑(赤狼)으로 진령산맥 깊은 곳에 서식하며 인간의 눈에는 거의 띄지 않는 늑대였다. 어쩌면 눈에 띈 인간은 거의 그놈들의 밥이 되었다는 말이 더 정확할 것이다.

파르르—

자운엽의 손목에 감겨져 있던 수운검이 날갯짓 소리와 함께 적랑의 목을 노렸다.

파앗—

기색도 없이 갑자기 나타난 자운엽을 보고 흠칫 놀란 붉은 털 늑대는 온몸을 움츠렸다가 그대로 튀어 올랐다. 인간으로서는 도저히 흉내 낼 수 없는 가공할 반사 신경이었다.

신속히 도약한 적랑의 움직임에 수운검의 끝은 적랑의 가슴 털을 건드리며 빗나갔다.

순간 자운엽의 팔목이 미세하게 움직였다.

다른 검과 달리 출수한 상태에서도 미세한 손목의 움직임만으로 공격의 방향을 자유자재로 바꿀 수 있는 수운검 끝은 허공으로 튀어 올랐다 내려오는 적랑의 갈비뼈 사이로 깊게 파고들었다.

캐앵—

쇠 철판을 긁는 듯 날카롭게 울려 퍼지는 늑대의 비명 소리와 함께 붉은 늑대 한 마리가 수운검의 제물이 되었다.

휘익—

적랑의 목덜미를 움켜쥔 자운엽은 순식간에 왔던 길로 되돌아갔다. 주변에 있는 늑대 떼들을 몇 마리 더 사냥하고 싶었지만 보통 늑대가 아니었기에 길게 시간을 끌 수가 없었다. 그새 설수연과 양예청에게 달려들지도 모를 일이었다.

우우우—

우우우—

자운엽이 바위 옆으로 다시 돌아왔을 때 비명 소리를 울린 동료의 피 냄새를 맡았는지 이제껏 존재조차 느끼기 힘들 정도로 은밀히 숨어 있던 늑대들이 사방에서 소리를 질러댔다. 보통의 늑대들에게서는 들을 수 없는 금속성에 가까운 울음소리였다. 그리고 그 울음소리는 점점 더 가까워졌다.

늑대청년의 귀가 앞뒤로 움직이며 양쪽 입술 끝이 위로 말려 올라갔다. 동시에 늑대처럼 송곳니가 밖으로 드러났다.

"친구가… 죽었다. 크르르—"

청년의 목에서 도저히 인간의 목소리라고 할 수 없는, 늑대의 으르렁거림 같은 괴성이 흘러나왔다. 이윽고 헝클어진 머리털이 곤두서며 네 발로 땅을 짚고 섰다. 늑대처럼 앞으로 달려갈 자세였다.

"놈은 고수다. 행적을 찾아도 되도록 맞서지 말라는 주군의 지시가 있었다."

추혼비각 황소진이 늑대청년의 앞을 막아섰다.

"크앙—"

늑대청년이 황소진의 다리를 물어뜯을 듯 달려들었다.

"망할 늑대새끼!"

황소진의 신형이 그림자처럼 늑대청년의 이빨 사이를 벗어났다. 다른 곳은 몰라도 비각이라 불리는 다리만큼은 누구에게도 물리지 않을 자신이 있는 황소진이었다.

황소진이 훌쩍 물러나자 늑대청년이 앞으로 쏘아졌다. 둥글게 굽혀졌다 쭈욱 늘어나며 달려가는 청년의 움직임은 늑대보다 더 빨라 보였다.

"끝까지 저놈이 말썽이군!"

황소진이 인상을 찌푸렸다.

목표물을 발견한 이상 절대로 놓치지 않고 지옥 끝까지라도 추적할 수 있다는 추혼사괴(追魂四怪)의 명이 다할지도 모르는 상황이었다.

"말썽은 네놈이 모두 일으켰다. 몇 번이고 방향을 잘못 잡아 허탕치게 만들었고, 이곳에서도 다른 말을 따라 정반대쪽으로 달려갈 뻔한 것을 저놈의 친구들이 제대로 찾지 않았느냐?"

묵철곤 거량이 싸늘하게 으르렁거린 후 두 개로 분리해 놓은 철곤을 하나로 이었다.

"저놈이 정말 그만한 고수인지는 직접 겪어보기 전엔 못 믿겠는걸."

자신의 키보다 훨씬 긴 철곤을 허리에 낀 거량도 늑대청년이 사라진 방향으로 쏘아져 갔다.

"빌어먹을! 네놈들은 모두 주군의 명령을 어긴 죄로……."

"애초에 네 마음대로 우리를 이곳으로 이끌고 온 네놈이 제일 큰 죄를 저질렀어."

귀원파파 부치치도 날카로운 음색으로 쏘아붙이며 훌쩍 나무 위로 날아올라 나뭇가지 사이로 원숭이처럼 쏘아져 나가자 황소진도 떫은 감 씹은 표정으로 부치치의 뒤를 따랐다. 절대 따라가고 싶지 않았지만 확인할 사항이 있는 것이다.

크르르—

이제껏 기척도 없이 주변을 둘러싸고 있던 붉은 늑대들이 하나둘 모습을 드러내며 자운엽을 둘러쌌다. 자운엽 옆에 있는 동료의 시체를 보고 더욱 광분한 적랑 떼들의 눈에서 뿜어져 나오는 혈광은 귀화(鬼

火)에 가까웠다.

"적랑! 저 괴물 늑대들이 어떻게 이곳에……?"

진 속에서 모습을 드러낸 설수연이 검을 들고 자운엽의 곁에 섰다. 그리고 주변으로 조여드는 붉은 털 늑대들을 정체를 알고 있는 듯 긴장된 눈빛을 했다.

"진 속에 숨어 있으십시오, 아가씨."

자운엽이 설수연을 쳐다보며 낮게 말했다. 동료의 피 냄새에 혈안이 되어 나타난 늑대들의 수효는 오십 마리가 넘어 보였다. 놈들의 눈빛으로 봐서는 양쪽 중 어느 한쪽이 모두 죽기 전에는 절대로 물러날 놈들이 아닐 것 같았다.

"냄새마저 감추지 않는 이상 소용없을 거야. 저놈들은 내 냄새에 민감한 것 같아. 내가 저곳에 있으면 말들까지 위험해져. 그리고 나도 내 한 몸 정도는 지킬 수 있어."

설수연은 천천히 손에 든 검을 빼 들었다. 그와 함께 부드러움 속에 숨어 있던 철혈의 기운이 온몸에서 퍼져 나왔다.

자신이 준 일기를 읽고 과감히 집을 뛰쳐나와 몸을 숨기고, 위기에 빠진 자신의 이름이 들려오자 천라지망 속까지 뛰어든 강한 여인의 모습이 자운엽의 눈에 가득 들어왔다.

크르르—

설수연이 나타나자 제일 가까운 쪽의 늑대들이 털을 잔뜩 치켜세우며 더욱 혈안이 되어 으르렁거렸다.

'추산미의 짓인가?'

설수연의 움직임에 지나치게 민감한 반응을 보이는 늑대들을 보고 자운엽의 눈빛이 한광을 내뿜었다.

'아니면 야율사한인가?'

이런 괴물들을 이렇게 신속히 나타나게 할 만한 사람이라면 야율사한일 가능성이 높겠지만 설수연의 냄새까지 이 괴물들에게 각인시키려면 추산미의 도움도 있었을 것이다.

설수연을 잡기 위해 함정들을 파놓았을 것이라 짐작했지만 이런 늑대들일 줄은 몰랐다. 이런 괴물들을 큰공자 설수범이 있던 곳 주변으로 넓게 풀어놓고 있었다면 어떤 변장을 하고, 길이 아닌 숲을 통해 다니더라도 설수연은 큰공자와 만나기 전에 이놈들에게 먼저 잡혔을 것이다.

좀처럼 기색을 느낄 수 없을 만큼의 거리에서 소리없이 따르던 이 늑대들의 움직임을 생각하며, 또 이런 괴물들을 마음대로 부리는 야율사한을 떠올린 자운엽의 눈에서 쏟아져 나오는 한기가 더욱 강해졌다.

우웅—

자운엽은 수운검의 검병을 불끈 쥐었다.

저만치서 개 주인들이 나타나고 있었다.

"역시 개를 두들기니 주인이 나오는군요."

자운엽은 저 멀리서 섬전처럼 쏟아져 오는 네 명의 인영을 보고 낮게 중얼거렸다.

쏜살같이 달려오는 네 명의 특색있는 생김새와 달리는 모습만 보아도 이런 괴물들의 주인이 틀림없으리란 것을 짐작케 해주었다.

"개치고는 너무 흉포한 개들이야. 진령산맥 깊은 곳에 서식하는 적랑이란 늑대들인데, 보통 늑대들보다 수십 배는 더 무섭다고 알고 있어. 아마도 내 냄새를 쫓아왔나 봐."

설수연도 가까이 다가온 늑대 떼들이 모두들 자신에게 강한 적의를 드러내는 걸 보고 착잡한 기분이 느껴지는 목소리로 말했다. 그녀 역시 자운엽과 똑같은 짐작을 했기 때문이다.

"아까 한 마리 잡을 때 보니 충분히 그럴 것 같았습니다. 하지만 너무 걱정 마십시오. 적랑보다는 흑랑이 훨씬 사나우니까요."

"흑랑?"

무슨 뜻인지 몰라 자운엽의 모습에 살짝 쳐다보던 설수연은 희미하게 미소 짓고 있는 자운엽의 모습에 천천히 긴장을 풀었다.

오십 마리에 가까운 적랑들이 주변을 둘러쌌지만 조금도 긴장의 빛을 보이지 않는 자운엽의 모습에 안도한 그녀의 시선이 붉은 털 늑대 떼들보다는 자신들 앞으로 거의 다가온 네 명의 인영들에 고정되었다.

우우우―

다른 사람들과 함께 늑대청년이 나타나자 적랑 떼들이 기괴한 울음소리를 내며 눈을 번득였다. 어서 공격 명령을 내려 동료를 죽인 자운엽에게 달려들게 해달라는 듯한 모습이었다.

"네놈이 내 친구… 죽였다!"

수운검을 들고 서 있는 자운엽과 자운엽의 발 아래에 뒹굴고 있는 적랑 한 마리의 시체를 본 늑대청년의 입에서 이 가는 소리와 함께 서툰 말소리가 흘러나왔다. 뿌드득거리는 소리와 함께 으스스하게 흘러나오는 목소리는 늑대의 울부짖는 소리를 더 닮아 그 목소리만으로도 공포감을 느낄 정도였다.

청년의 전체적인 모습을 빠르게 살핀 자운엽이 살짝 미간을 찌푸렸다.

아마도 이 청년은 늑대와 함께 자란 늑대인간인 것 같았다. 정체가 뭔지, 어떻게 여기까지 따라왔는지 자신이 짐작하는 것들을 알아내고 싫었지만 사람보단 늑대에 더 가까운 이런 인간에게서 뭘 알아낸다는 것은 불가능할 것 같았다.

"뚱보! 네놈이 통역을 좀 하는 게 어떤가?"

늑대청년에게서 시선을 돌린 자운엽이 묵철곤을 들고 있는 거량에게 기습적으로 질문을 던졌다.

거량이 움찔하다가 볼을 씰룩이며 차가운 눈빛으로 자운엽을 쳐다보았다.

위험한 놈이니 되도록 마주치지 말라는 경고를 받았지만 수십 마리의 살기등등한 적량을 보고도 조금도 긴장하지 않는 모습은 뭔가 불길했다. 그러나 무엇보다 뚱보라는 말은 그가 제일 듣기 싫어하는 말 중에 하나였다.

"죽일 놈!"

거량이 긴 대답 대신 묵철곤을 번쩍 들어 올렸다.

"야율사한이란 멍청이가 보냈나?"

자운엽이 이번에는 원숭이를 닮은 중년 여인에게 불쑥 질문을 던졌다.

저런 생김새로는 많은 사람들과 어울리며 생활하기 힘들었을 것이고, 이런 격장지계에도 쉽게 말려들 가능성이 높았다.

"주군을 욕하는 놈들은 모두 죽는다!"

예상대로 원숭이를 닮은 중년 여인은 금방이라도 달려들듯 사나운 눈초리로 자운엽을 쏘아보았다.

"그렇다면 모두 죽을 이유가 확실하군!"

말과 동시에 수운검이 쾌속하게 묵철곤 거량을 향해 뻗어 나갔다.

어른의 팔뚝 두께만큼 굵은 철곤을 상대하는 데는 수운검보다는 좀 더 무거운 검이 나을 것 같았지만, 언제 어떤 각도에서 뛰어들지 모르는 적랑 떼들을 염두에 둔 자운엽은 적랑 떼들의 움직임을 주시하며 빠르게 수운검을 휘둘렀다.

휘이잉—

바닥에 늘어져 있다가 갑자기 창대처럼 길게 자신의 목을 향해 날아드는 수운검에 묵철곤 거량이 반사적으로 상체를 젖히며 수운검의 중간 부분을 향해 철곤을 후려쳤다. 낭창거리는 이런 가소로운 연검은 자신의 중병으로 단번에 무력화시키겠다는 의도였다.

휘릭—

굵은 철곤이 수운검의 한가운데를 단번에 끊어버리기라도 할 듯 떨어져 내리는 순간 곧게 뻗어오던 수운검의 중간 부분이 눈이라도 달린 것처럼 아래로 휘청하고 휘어졌다. 그리고 그 휘어진 부분이 한 개의 파도가 되어 철곤을 때려왔다.

터엉—

창대처럼 뻣뻣하게 뻗어오던 수운검의 중간에서 생겨난 파도 하나가 철곤과 부딪치자 고막이 얼얼할 정도로 큰 파열음이 터져 나오며 굵고 긴 철곤이 바위라도 두드린 듯 허공으로 퉁겨 올랐다.

'어엇!'

온 손목이 찌르르 울려오는 충격에 묵철곤 거량이 두 눈을 부릅떴다.

갑자기 뻗어오는 연검에 충분한 힘을 싣지 못하고 휘두른 철곤이었지만 나풀거리는 연검이 일으키는 파도에 이렇게 퉁겨 나올 줄은 생각도 못한 것이다.

그러나 계속해서 날아드는 수운검의 이빨은 퉁겨 올라간 철곤을 회수할 여유도 주지 않고 거량의 가슴을 파고들었다.

"크아앙—"

수운검 끝이 열려진 거량의 심장을 파고들려는 찰나 괴성을 지른 늑대청년이 자운엽을 향해 뛰어들었다. 동시에 이빨을 드러내고 있던 적랑 떼들도 자운엽과 설수연을 향해 비조처럼 날아들었다.

파르르르—

길게 뻗어져 나갔던 수운검이 신속히 거두어 들여지며 수많은 날개들을 흩뿌렸다.

카우우—

"카앙—"

설수연에게로 달려들던 두 마리의 적랑이 수십 조각의 육편으로 변하며 떨어져 내렸고, 늑대청년이 한 팔을 잃고 괴성을 질렀다.

카아앙—

이번에는 자운엽에게로 달려들던 한 마리의 적랑이 표홀하게 펼쳐지는 설수연의 백학검법에 목덜미가 길게 잘리며 바닥으로 나뒹굴었다.

파르르르—

두 마리의 적랑을 형체도 못 알아보게 난자하고 늑대청년의 한 팔을 자른 수백 개의 날개는 조금도 망설임없이 다음 목표물을 찾았고, 다시 한 마리의 적랑을 육편으로 조각 내어 바닥에 흩뿌렸다.

파르르르—

예전과는 비교할 수 없을 정도로 엄중하고 무거운 기운이 수운검을 통해 다시 흩뿌려졌다. 작은 미풍에도 저 멀리 날려갈 것 같은 날갯짓이었지만, 그 하나하나의 날개 속에는 수백 근 바위라도 가볍게 잘라

버릴 내력이 스며 있었다.

크아앙—

다시 한 번 수운검이 춤을 추자 늑대청년의 목이 바닥으로 떨어졌고, 옆에서 달려들던 적랑 몇 마리도 한꺼번에 육편으로 변해 바닥에 뒹굴었다.

순식간에 일어난 상황에 황소진은 자신의 눈을 의심했다.

고수이니 되도록 맞서지 말라는 명령을 받았지만 그 명령이 얼마나 엉터리인지 뼈저리게 느껴졌다. 저놈은 맞서지 말아야 할 인간이 아니라 꿈에서도 만나지 말아야 할 인간이었다.

무언가 처음부터 이상했었다.

계집 하나를 잡는 데 자신들 추혼사괴를 보내는 것도 이상했었고, 가까이 접근하지 밀라는 인간도 너무 많았다. 그리고 조력자들에게서 전해져 오는 정보도 이번만큼 어지러웠던 적이 없었다.

몇 번이나 방향을 잘못 잡아 동료들의 불신을 샀고, 마지막 순간까지 다른 곳으로 쫓아갈 뻔했다. 다행히 계집의 냄새를 맡은 늑대들 때문에 또 한 번의 실패는 면했지만 앞으로는 아무도 자신을 믿지 않을 것이다. 물론 앞으로 추혼사괴란 이름은 사라지겠지만……

'얼마나 버틸 수 있을까?'

추혼비각 황소진은 빠르게 염두를 굴리며 상황을 살폈다.

순식간에 자신들 우두머리 격인 늑대청년과 열 마리도 넘는 동료를 잃은 적랑 떼들이 이성을 잃고 살기를 뿜어댔다.

인간들이라면 이런 경우 황소진 자신과 마찬가지로 싸울 의지를 상실하고 달아날 궁리를 한다. 그러나 늑대들은, 특히 피를 본 늑대들은 더욱 광분해서 날뛴다. 그건 인간 같지 않은 동료 두 명도 마찬가지인 것 같았다.

온통 털을 곤두세운 적랑 떼들과 함께 묵철곤 거량, 귀원파파 부치치도 이성을 잃은 모습으로 자운엽과 설수연의 향해 다가들고 있었다.

명백한 자살 행위 같아 보였지만 황소진 자신에게는 더없이 다행이었다.

크르릉─

황소진의 생각이 거기까지 이어졌을 때, 광분한 적랑 떼들이 한꺼번에 자운엽과 설수연에게로 달려들었다.

휘이잉─

때를 같이하여 묵철곤 거량의 철곤도 늑대들 뒤에서 횡으로 쓸어갔다.

파르르르─

큰 파도 하나를 만들어 앞서 뛰어든 적랑 두 마리를 쳐내고, 그 여세를 몰아 철곤을 퉁겨내려던 자운엽이 주춤 손목을 움츠렸다.

늑대들 뒤로 날아드는 철곤의 움직임이 갑자기 느려졌기 때문이었다.

처음과 달리 느리게 쓸어오는 철곤은 공격을 한다기보다 오히려 적랑들을 후려치려는 듯한 자세였다.

팟─

난간처럼 자신들 등 뒤로 쓸어오는 철곤을 박차며 적랑 두 마리가 공중에서 방향을 꺾었다. 공중에 뛰어오른 늑대들과 뒤에서 쓸어오던 철곤이 어우러진 일종의 합격술이었다.

허공에 뜬 채 감각만으로 발 아래를 쓸어오는 철곤을 박차고 나가는 적랑의 이런 움직임은 사전에 많은 훈련이 있은 듯 톱니바퀴처럼 맞물러 돌아갔다.

휘익—

철곤을 이용하여 갑자기 방향을 바꾸며 처음의 속도보다 두 배는 더 빠르게 달려드는 두 마리의 적랑에 설수연은 급하게 한 발을 뒤로 내디디며 검을 휘둘렀다. 달려드는 뱀의 공격을 구름이 흐르듯 피하며 공격하는 백학유운(白鶴流雲)의 초식이 설수연의 유연한 몸을 통해 쾌속하게 펼쳐졌다.

카앙—

적랑 한 마리가 둘로 갈라지며 바닥에 떨어져 내렸지만 다른 적랑 한 마리는 설수연의 어깨 어림에 이빨을 들이대며 옷자락을 찢었고, 가는 선혈을 내비치게 했다.

카아앙—

그러나 설수연의 옷자락을 찢은 적랑 한 마리는 땅에 발을 딛기도 전 진 속에서 뛰쳐나온 양예청의 검에 목이 잘렸다.

휘이잉—

다시 거량의 철곤이 횡으로 쓸어왔고, 그것을 도약대로 삼은 적랑 세 마리가 비조처럼 떨어져 내렸다.

파아앙—

수운검이 창대처럼 뻣뻣해지며 불을 뿜었다.

시퍼렇게 뻗어 나온 벽력의 기운이 설수연과 자운엽을 향해 달려드는 적랑 세 마리를 새까맣게 태우며 거량의 가슴으로 쓸어갔다.

"어헉!"

질겁을 한 거량이 철곤을 내던지며 바닥에 뒹굴었다. 병기를 놓치는 것은 곧 생명을 놓치는 것이지만 무거운 철곤을 놓지 않곤 시퍼렇게 쏘아져 오는 불길을 피할 수 없었다.

퍼엉—

거량이 섰던 자리에 커다란 구멍이 패이며 연기가 피어올랐다. 그리고 광분하던 싸움이 잠시 멈춰졌다.

번쩍하는 불길과 폭음에 적랑 떼들이 주춤 뒤로 물러나는 것을 본 자운엽은 붉게 달아오른 수운검의 열기를 식히려는 듯 바닥에 길게 펼쳐 놓고 뒤쪽 바위를 향해 손을 뻗었다.

커다란 바위가 순식간에 작아지며 세 필의 말이 나타나고, 진을 이루고 있던 검들이 자운엽의 손에 들려졌다.

한 번 펼칠 때마다 어둠을 훤히 밝히는 불빛 때문에 수운검만으로 끝장을 보려 했지만 끓어오르는 분노가 탈출구를 원했다.

"상처를 치료해 주시오."

설수연의 어깨에 어린 혈흔을 잠시 쳐다본 자운엽이 양예청에게 나직하게 말하고는 이글거리는 눈빛으로 거량과 부치치, 황소진 등을 쏘아보았다.

"처음에는 소리소문없이 조용히 처리하려고 했지. 그러다 보면 도망가는 늑대새끼 몇 마리는 살려줄 수도 있었고……. 하지만 이젠 한 마리도 못 살려주겠는걸?"

차갑게 중얼거린 자운엽이 몇 개의 검을 등에 꽂은 후 손에 든 검을 쾌속하게 휘둘렀다.

콰아앙—

다시 한 번 벽력의 기운이 쏟아지며 바닥을 기던 거량이 새까맣게 타서 숯덩이로 변했다. 그와 함께 남아 있던 적랑 떼들 중 반 이상이 노린내를 풍기며 뒤로 날아갔다.

휘익—

제일 먼저 도망을 친 사람은 빠르게 염두를 굴리고 있던 추혼비각 황소진이었다. 그러나 그 자신으로서는 벌써 한발 늦은 도망이었다. 일찌감치 상대가 안 될 것을 간파하고 도망치려던 찰나 펑 하는 폭발음과 함께 다리가 굳었다가 다시 한 번의 폭발음이 들리고 나서야 겨우 도망을 친 것이다.

다음으로 도망을 치는 인간은 귀원파파 부치치였다.

훌쩍 나무 위로 날아오른 부치치는 나뭇가지를 타고 바람처럼 날아갔다. 그리고 그 뒤를 남은 적랑 떼들이 따라 달렸다.

피를 본 후 이성을 잃고 달려들던 늑대들이었지만 시퍼렇게 뿜어져 나오는 불길과 노린내를 풍기는 동료들의 죽음에 전의를 상실하고 귀원파파가 달려가는 방향으로 쏘아졌다. 남은 두 사람 중 황소신보나 그녀가 더 믿음직스럽다는 본능적 판단이 든 모양이었다.

쐐애액—

서로 정반대쪽으로 달아나는 귀원파파와 황소진을 본 자운엽이 등에 꽂은 검 몇 개를 신속히 뽑아서 빠르게 달려가는 황소진을 향해 던졌다. 그리고 자신은 귀원파파와 적랑 떼를 향해 경공을 펼쳤다.

귀원파파 부치치의 장기는 긴 팔다리를 이용해 원숭이처럼 나뭇가지 사이로 날아가며 아래를 향해 독과 독침을 뿌리는 것이다.

나뭇가지 위에서 소나기처럼 독침을 뿌리고, 그것도 안 통하면 온 나뭇가지에 독분을 뿌려놓고 그 가지를 흔든 후 다른 가지로 날아가는 것이다.

위에서 아래로 뿌려지는 독분과 독침은 앞에서 뿌려지는 것보다 훨씬 위력적이다.

독침은 피했다 할지라도 사방으로 날아다니며 나뭇가지에 뿌려놓은 독분은 서서히 아래로 떨어져 내리며 그물처럼 가운데 든 사람을 뒤덮어간다.

사냥감을 추적할 때는 가벼운 독성을 지닌 독분으로 의식을 잃게 만들어 포획하지만 지금은 사정이 달랐다. 가지고 있던 독분 중 가장 독성이 강한 것을 뿌리며, 이미 마지막 남은 적랑 한 마리까지 모두 도륙한 자운엽을 피해 신속히 몸을 날렸다.

'바보 같은 늑대 놈들!'

부치치는 내심 악을 썼다.

평소에는 교활하기 짝이 없던 적랑들이었지만 결국 늑대는 늑대였다.

도망가려면 비겁한 그놈 황소진을 따라가든지, 아니면 사방으로 퍼져 도망갈 것이지 무리를 지어 악착같이 자신을 따라올 것은 뭐란 말인가? 그 바람에 한 마리도 남김없이 도륙당하고 자신도 놈의 추적권에 있는 것이다.

그런데 저놈은 독도 안 통한단 말인가?

부치치는 자신이 뿌린 독분에 전혀 아랑곳 않고 쏘아져 오는 자운엽을 보며 공포에 질린 얼굴을 했다.

하긴 그만한 내력을 가진 놈이면 독도 소용없을 것이다.

그렇다면 이젠 젖 먹던 힘까지 짜내어 나뭇가지를 타고 최대한 멀리 날아가는 수밖에 없었다. 그러다 가까워지면 한 번씩 독침을 뿌려대고…….

독은 안 통하더라도 독침이 온몸에 꽂혀봤자 좋을 것 없을 테니 독분보다 효과적이리라.

휘익—

부치치는 방향을 틀어 옆에 있는 큰 나무를 향해 몸을 날렸다.

바위를 박차고 달려오는 자운엽의 속도로 보아 큰 나뭇가지를 타고 최대한 멀리 날지 않으면 금세 잡힐 것 같았기 때문이다.

"망할!"

부치치는 욕지거리를 내뱉었다.

이리저리 쫓기면서 방향 감각을 잃다 보니 거리상으로 처음의 장소에서 얼마 떨어지지 않았음을 알았다. 저 멀리 놈과 동행인 두 명의 여인이 보였기 때문이다.

죽어라 몸을 날렸지만 제자리로 돌아오고 있었던 것이다.

멍청하다는 생각이 들었다.

아니, 자신이 멍청한 것이 아니라 놈이 교묘히 그렇게 만들었다.

멀리 떨어진 사이 동료들에게 무슨 일이 있을지 모를 사태에 대비해 놈은 자신을 이리로 몰고 온 것이다.

어쩐지 필요 이상으로 외곽을 돌며 자신을 쫓는다 싶었더니, 자신을 잡는 것은 조금 늦추더라도 동료 여인들 곁에서 멀리 떨어지지 않으려는 계산된 행동이었다.

"교활한……."

부치치는 '교활한 놈!'이라는 말을 다 내뱉지도 못하고 더욱 교활한 수법에 당해야 했다.

막 옮겨온 나무가 기우뚱 넘어가기 시작했다.

밑동이 잘려진 상태로 겨우 서 있던 나무가 자신이 가지를 박차는 충격을 이기지 못하고 바닥으로 기울고 있었다.

어느새 놈은 나무 밑동을 잘라놓고 자신을 이리 내몬 것이다.

파파팍—

부치치는 최대한의 경공으로 넘어가는 나무를 타고 옆의 나무로 신형을 옮겼다. 그러나 옆의 나무 역시 바닥으로 쓰러지고 있었다. 그 충격으로 그 옆의 나무도…….

이제 의지할 곳은 땅밖에 없었다.

결국 자운엽 앞에 선 부치치는 독침 통을 모두 꺼내 손에 들었다.

"그건 안 통한다는 것을 이미 느꼈을 텐데?"

자운엽이 비릿한 미소와 함께 부치치의 손을 쳐다보았다.

"그래! 네놈에겐 이것이 안 통하더군. 하지만 이건 그중에서도 제일 독성이 강한 것이니 얕보지 않는 것이 좋을 거야."

말과 함께 부치치가 손에 든 독침 통 하나에 힘을 주었다.

피피핑!

독침 통에서 발사된 세침들이 자운엽을 뒤덮어가려는 순간, 자운엽의 검이 호선을 그리며 느릿하게 움직였다.

파팍—

혈접무한의 초식에 막힌 독침들이 모두 부치치의 가슴으로 꽂히며 부치치의 두 눈이 부릅떠졌다.

"이놈! 내 동료가… 주군에게……. 주군이 복수해 줄 것이다!"

부치치가 굳어져 가는 입술을 겨우 움직이며 쥐어짜듯 소리를 질렀다.

"그럴까?"

희미하게 조소하는 자운엽의 미소를 바라보며 부치치의 신형이 앞으로 무너졌다.

휘이익—

추혼비각 황소진은 죽을힘을 다해 달렸다.

벌써 몇 개의 산과 골짜기를 지났던가?

이 정도의 거리를 벌려놓았다면 세상에서 자신을 잡을 사람은 단연코 없다.

자신의 주군 야율사한이라도 그것은 불가능했다.

그놈이 아무리 괴물이라도 남은 적랑 떼들을 모두 해치우고 귀원파파까지 해치우려면 아직도 시간이 좀 남았을 것이다.

평소에 징그럽기 짝이 없던 붉은 털 늑대들이 이렇게 고마울 수가 없었다.

그 징그러운 짐승들이 귀원파파 대신 자신을 따라왔더라면 그놈이 일차적으로 쫓는 사람은 자신이 되었을 것이고, 지금쯤 목이 달아났을지도 모를 일이다.

눈물겨울 정도로 고마운 늑대들은 자신보다는 귀원파파를 더 따랐다. 때문에 잠시 갈등하던 놈은 자신을 향해 등에 꽂고 있던 검 몇 자루를 던지고는 귀원파파를 쫓았다.

몇 자루는 얼토당토않은 방향으로 날아갔지만, 그중 한 자루는 머리칼 한 올 차이로 목을 스치며 지나갔다.

놈의 실력으로 보아 한 자루의 검만 제대로 날아오고 다른 몇 자루의 검들은 사방으로 퍼져 저 멀리 날아갔단 사실이 의문이었지만 어쨌든 자신은 도주에 성공했다.

최대한 멀리 벗어나 오늘 본 상황을 보고해야 할 것이다.

놈은 되도록 맞서지 말아야 할 놈이 아니라 절대로 마주치지 말아야 할 놈이다.

또한 놈은 야율사한 당주가 짐작하는 그놈이 맞았다. 그놈이 계집을 구하고 같이 동행하는 것이다.

그걸 확인하려고 내키지 않는 걸음으로 동료들을 따랐다. 그리고 자신의 할 일을 다했다.

그동안 감숙설가 근처에 나타나 생포되었다가 탈출한 여인과 정반대쪽인 양무(梁貿)촌의 한 의가에서 꼼짝 않고 몇 달 동안 숨어 있었다는 두 여인 때문에 혼선이 있었지만 결국은 원하는 정보를 얻었다.

동료들과 적랑 떼들을 모두 잃었지만 오히려 상을 받을 수도 있을 것이다.

벽곡단 몇 알을 더 입에 털어 넣은 황소진은 더욱 힘껏 땅을 박찼다.

"괜찮습니까, 아가씨?"

자운엽은 온몸에 묻은 독분을 깨끗이 태워 버리고 설수연과 양예청에게로 다가왔다.

"괜찮아. 살짝 이빨에 긁힌 것뿐이야."

여벌의 옷으로 갈아입은 설수연이 걱정 말라는 표정으로 팔을 움직여 보였다.

그런 식으로 인간과 늑대가 하나가 되어 합공을 할 줄 몰랐기에 그때는 정말 혼이 나갈 뻔했다. 호랑이도 피해 간다는 적랑의 무서움이 고스란히 느껴지는 순간이었다. 그러나 다행스럽게도 상처는 깊지 않았다.

"정말 괜찮아! 얼른 약을 발라서 덧나지도 않고, 흉터도 안 생길 거야."

여전히 안심이 안 되는 듯 쳐다보는 자운엽을 보고 설수연이 다시 한 번 안심시켰다.

"그럼 난 저놈을 잡아 뭘 좀 알아보겠습니다."

도주하는 순간 신속하게 던진 검에 의해 만들어진 진(陣) 속에서 다람쥐 쳇바퀴 돌듯 열심히 달리고 있는 황소진을 잠시 바라본 자운엽은 천천히 걸음을 옮겼다.

◆ 제73장

대혈전(大血戰)

대혈전(大血戰)

팔랑―

잠깐의 휴식을 틈타 일행들과 조금 떨어진 숲 속으로 들어온 갈미란은 품속에서 흰색 면포 한 장을 꺼냈다. 여러 겹으로 접혀져 있는 흰색 면포는 갈미란의 손에서 펼쳐지자 제법 큰 삼각 보자기 모양이 되었다.

잠시 주변을 살핀 갈미란은 옆에 있는 소나무 꼭대기 위로 신형을 날렸다. 그리고 그 면포를 소나무 꼭대기에서 활짝 펼쳐 세 개의 모서리를 나뭇가지에 묶었다.

그리 높지 않은 소나무였지만 주변에 있는 나무들 역시 고만고만한 높이라 갈미란이 펼쳐 놓은 면포는 더 높은 곳에 위치한 누군가가 안력을 돋우어 살핀다면 그리 어렵지 않게 발견할 수 있을 것이었다. 그러나 그것은 어디까지나 산 하나를 넘지 않는 거리에서나 가능한 일이었고, 더 이상의 거리에서는 별 소용이 없어 보였지만 갈미란은 백색 면포를 최대한 넓게 펼쳐 단단히 묶은 후 하늘을 한 번 쳐다보고는 나무 아래로 날아 내렸다.

갈미란이 숲 속에서 나오자 설수범 일행은 다시 말에 올라 전속력으로 질주하기 시작했다.

*　　　*　　　*

쉬이익—

"크악—"

쐐액!

"크흑—"

야산 한쪽 숲에서 튀어나온 몇 명의 인영들이 네 사람을 공격하다 그들의 역공에 처절하게 무너졌다.

이미 그들 네 사람이 휘두른 검과 장력에 무너진 시체들이 발에 밟힐 정도로 무수했지만 계속해서 나타나는 인영들의 공격은 멈추어지지 않았다.

이틀 동안 정마수호대 무사들을 여덟 조로 나누어 비천용문에 반기를 든 감숙의 여러 세가 사람들을 진두지휘하게 한 후, 빠르게 말을 달리던 설수범과 우괴, 갈미란, 기전강은 반 시진 전부터 무수한 적들의 매복 공격을 받게 되었다.

감숙섭가에서 빠르게 달려나왔고, 요소요소에 세가 사람들을 배치하여 적들의 세력을 분산시켰기에 놈들 역시 급조되어 앞을 가로막은 듯 숫자는 많았지만 극강의 고수는 보이지 않았다. 정마수호대 무사들이 모두 분산 배치되어 네 사람만 남은 상태에서 그건 다행한 일이었지만 숫자가 만만치 않았다.

"하앗!"

다시 한 인영이 날아들었지만 기전강의 검에 바닥을 뒹굴었다.

"조심하시오, 갈 소저!"

약간 지친 듯한 갈미란을 보며 설수범이 주의를 주었다.

"공자님도 조심하세요."

갈미란도 고개를 끄덕이며 설수범을 염려했다.

놈들 중에 극강의 고수는 없었기에 네 사람 중 아직 아무도 부상을 입진 않았으나 죽음도 도외시한 채 지속적으로 달려드는 놈들에 갈미란은 진저리가 쳐졌다.

"네 녀석들 눈에는 이 늙은이가 보이지도 않는 모양이구나. 이래서 늙으면 죽어야 한다니까."

온 옷에 피칠한 우괴가 뱁새눈을 하며 투덜거렸다.

"크윽!"

그 와중에도 달려드는 한 인영에게 검을 휘둘러 심장을 갈랐다.

"정말 지겨운 놈들이군요."

기전강도 온 얼굴에 피칠한 채 눈살을 찌푸렸다.

"그러게 내 뭐라 했느냐? 정마수호대를 떼어놓지 말라고 하지 않았느냐!"

잠시 공격이 뜸해진 틈을 타 우괴가 갈미란을 보며 소리를 질렀다.

"그렇게 놈들을 분산시키지 않았으면 여기서 전부 마주치게 되었을 거예요. 그런데… 예상보다 놈들의 인원이 더 많은 것 같아요."

우괴의 투정에 반박하면서도 갈미란은 걱정스런 눈빛으로 설수범을 쳐다보았다.

섭가에 있으면서 은밀히 놈들의 움직임을 파악했고, 효과적으로 차단할 수 있도록 세가의 인원들을 배치했지만 예상보다 빠르게 대규모의 인원들과 마주쳤다. 그것은 설수범을 잡기 위해 놈들이 그만큼 철저한 준비를 했다는 뜻이었다. 천마성 깊은 곳에까지 숨어들어 무너뜨리려 했던 놈들이니 이런 일을 벌이는 것쯤은 오히려 약과란 생각이 들었지만 계속해서 달려드는 적들에 갈미란의 얼굴엔 지친 기색이 엿보였다.

"혹시 세가 사람들이 모두 무너진 것이 아닐까요?"

계속해서 나타나는 적들의 숫자를 보며 갈미란은 비천용문에 반기를 든 감숙세가의 세력이 무너져 그들이 모두 달려드는 것이 아닌가 하는 의심을 했다.

"정마수호대 인원들 다섯이 가세한 이상 그리 쉽게 무너지진 않을 것이오. 아마 우리가 다 파악하지 못한 다른 세력들이 우리를 노리는 모양이오."

설수범은 깊게 가라앉은 눈빛으로 답하며 앞으로 말을 달렸다.

이들은 자신들을 처치하려는 자들이 아니었다. 불나방처럼 달려들 뿐 고수가 없는 것이 그걸 말해 주었다. 뭔가 목적을 위해 최대한 자신들의 발길을 느리게 하려는 것 같았다. 그렇다면 앞으로 나타날 인간들이 문제일 것이다. 여덟 곳에서 각각 전투를 벌인 정마수호대가 재집결하기로 한 곳까지는 반나절을 더 달려야 한다. 그때까지 무슨 일이 일어나지 않길 바랄 뿐이지만 왠지 심상치가 않다.

"크윽!"

"큭—"

비명 소리와 함께 또다시 수풀 속에서 튀어나온 몇 명의 신형이 무너졌다.

"어서 이 숲부터 벗어납시다."

저 앞쪽으로 숲이 끝나고 들판이 보이는 걸 확인한 설수범은 세 사람을 이끌며 급히 고삐를 흔들었다.

히히히힝—

숲을 벗어나는 순간 급하게 말고삐를 당긴 설수범이 손을 들어 다른 세 사람의 움직임을 제지했다.

텅 빈 벌판 같았지만 주변 곳곳에서 느껴지는 기운이 얼음 물줄기처럼 전신을 뒤덮어왔다.

"왜 그러느냐?"

갑작스런 설수범의 행동에 우괴도 긴장한 눈빛으로 들판을 응시했다.

설수범의 손짓이 아니었으면 무심코 지나쳤을 정도로 희미한 기색이 들판 곳곳에서 느껴졌다.

'보통 고수들이 아니다!'

우괴는 가슴이 철렁하는 느낌을 받으며 안광을 내뿜었다.

자신으로서도 쉽게 알아채지 못할 만큼 완벽하게 은신해 있는 자들의 수가 한둘이 아니었다.

스스스!

설수범 일행의 움직임이 멈추자 자신들의 은신이 실패했음을 느꼈는지 들판 곳곳에 매복해 있던 흑의인들이 유령처럼 솟아올랐다.

아무 은폐물도 없는 들판에서 거의 동시에 연기처럼 솟아오르는 자들의 움직임은 마치 허깨비를 보는 듯했다.

"어디서 이런 괴물들이……?"

기전강이 나직하게 신음을 흘렸다.

숲을 벗어났다는 안도감에 무턱대고 말을 몰아 나갔다면 저놈들의 매복 공격에 고혼이 될 뻔했다는 생각으로 기전강은 머리끝이 쭈뼛 서는 기분이 들었다.

"잠시 물러서시오!"

자신의 임무를 다하려는 듯 앞으로 나서는 기전강을 향해 설수범의 목소리가 낮게 울려 퍼졌다.

"소주……?"

기전강은 설수범의 시선이 앞을 막아선 흑의인들보다는 오히려 더 뒤쪽을 바라보며 이글거리고 있다는 것에 의아한 표정이 되었다. 그러나 그 눈빛의 의미까지는 읽을 수가 없었다.

"흩어지지 말고 서로를 지키시오!"

세 사람을 떨어지지 않게끔 지시한 설수범이 섬전처럼 몸을 날려 제일 앞에 있는 흑의노인을 향해 검을 휘둘렀다.

흐릿하게 사라졌다 코앞에서 번쩍 솟아오른 설수범의 움직임에 제일 앞에 선 흑의노인이 두 눈을 부릅뜨며 가슴을 노리고 말아 든 검을 막아갔다.

쨍—

챙—

몇 걸음이나 뒤로 밀리며 가까스로 설수범의 검을 막아낸 노인의 수염이 부르르 떨렸다. 그러나 신속히 안정을 되찾은 노인이 자신의 내심을 감추려는 듯 천천히 입술을 움직였다.

"천마성주의 제자라더니 명불허전이로고!"

노인의 목소리가 은은히 떨려 나왔다.

'으음!'

설수범 역시 마주친 검에서 되돌아오는 무거운 내력에 내심 신음을 흘렸다.

앞을 막은 자들 모두가 이 정도의 고수들이라면 자신들 네 사람이 사력을 다해야 뿌리칠 수 있을 것 같았다. 하지만 문제는 저 앞쪽 작은 바위 뒤에서 뻗어 나오는 기운이었다.

아직까지는 모습을 드러내고 싶지 않은지 바위 뒤에서 미동도 않고 있지만 미세하게 흘러나오는 기운엔 등골을 오싹하게 할 만한 음험함 이 서려 있었다. 이런 기운을 내뿜는 자라면 지금 당장 앞을 가로막은 흑의인들보다 몇 배는 무서운 자일 것이다.

'그러나 우선은 이자들부터 해결하고 볼 일이다.'

설수범은 검을 비스듬히 늘어뜨린 채 앞을 막고 선 흑의인들을 한꺼 번에 노려보았다.

최대한 빠른 시간 안에 이들을 처치하고 저 바위 뒤에 있는 자를 상 대할 생각이었다.

"네놈 하나를 해치우기 위해 우리 건곤대(乾坤隊)를 모두 투입시킨 문주의 결정이 어이없긴 하지만 대신 네놈을 확실히 처치하는 것으로 기분을 달래기로 하지."

제일 앞에서 노인이 형형한 눈빛을 빛내며 손짓하자 뒤쪽에 있던 사 내들이 신속히 움직이며 두 패로 나눠 설수범과 우괴 등을 포위했다.

"이런 쳐 죽일 놈들이 감히 누구 앞을 가로막는 것이냐?"

설수범 옆으로 가려던 우괴가 두 패로 나누어진 흑의인들에 의해 가 로막히자 노발대발 고함을 쳤다.

"못생긴 영감! 당신이 누군데?"

우괴와 갈미란, 기전강을 포위한 사내들 중 한 명이 조소를 머금은 눈으로 우괴를 쳐다보며 불쑥 질문을 던졌다.

"못생긴 영감?"

우괴의 기괴한 얼굴이 더욱 기괴하게 변하며 찢어 죽이기라도 할 듯 앞에 선 중년인을 쳐다보았다.

"그렇다, 못생긴 영감!"

복면인이 계속해서 우괴의 열을 올렸다.

"진정하세요, 할아버지! 놈들은 격장지계를 쓰고 있어요. 말려들면 위험해요."

갈미란이 씩씩거리는 우괴에게 소리를 치자 우괴의 행동이 조금 누그러졌다.

"후후, 격장지계라……?"

갈미란의 말을 들은 중년인이 조소를 흘렸다.

"어린 계집이 기특하다만, 상황이 그렇지 못하니 헛소리에 불과하구나. 우린 네까짓 놈들 때문에 여기까지 모두 달려온 것이 불만인 사람들이다. 일개 문파를 상대로 자웅을 겨뤄도 시원치 않을 것이거늘, 너희 놈들 셋을 상대하며 격장지계까지 쓴다는 것은 어불성설이니라."

중년인의 조소가 더욱 짙어지며 그 사이로 은은한 살기가 뻗어 나왔다.

"이, 이놈들이 뚫린 주둥아리라고 말은 잘하는구나. 우리 역시 중원의 정파 나부랭이쯤은 발에 낀 때 정도로밖에 여기지 않는 사람들이다. 그러니 어디 한번 붙어보자. 정말 네놈 주둥아리 놀림만큼 몸놀림도 유연한지 보고 싶구나."

우괴가 볼을 씰룩거리며 중년인을 향해 검을 겨누었다.

챙!

까강―

그러나 검이 부딪치는 소리는 우괴 쪽이 아닌 설수범과 노인 쪽에서 먼저 울렸다. 잠시 주위를 포위한 무리들과 앞에 선 노인을 쳐다보던 설수범이 선공을 했고, 노인 역시 맹렬하게 검을 휘둘렀다.

"하앗!"

선공을 한 설수범이 휘청 상체가 흔들리는 노인을 향해 유마칠검의 가장 무거운 초식인 유마번천(幽魔飜天)의 초식을 계속해서 펼쳤다.

깡!

까강―

"이, 이놈이!"

연속적인 설수범의 공격에 다시 두어 발짝 뒤로 밀린 노인이 어이없다는 표정으로 설수범을 쳐다보았다. 아무리 선공을 받았다지만 누군가에게 자신이 이렇게 속절없이 뒤로 밀리리라고는 꿈에도 생각지 못했던 것이다.

"대주님!"

설수범의 주변을 둘러싼 중년인들 역시 놀란 눈으로 노인을 쳐다보며 포위망을 좁혀들었다.

"비켜라, 이놈들!"

얼굴이 벌겋게 달아오른 노인이 포위망을 좁히는 부하들에게 고함을 질러 뒤로 물러나게 했다. 그리고 태울 듯한 눈빛으로 설수범을 쳐다보았다.

천마성주의 제자라는 수식어가 마음에 걸렸지만 아직은 애송이일 것이라 생각했다. 또한 이놈의 손에 맹의 당주 한 사람이 고혼이 되었다는 은밀한 소문이 있었지만 그 당주의 얼굴도 보지 못했고, 소문 또한 과장된 것이라 생각했는데 이제 보니 그것이 허황한 소문만은 아니라는 것이 서서히 인식되어졌다.

단순한 몇 번의 부딪침이었지만 그 검 속에 담긴 내력과 공격할 틈을 주지 않고 모든 방위를 한꺼번에 차단해 오는 검로는 식은땀이 흐르게 만들었다.

"직접 맞부딪쳐 보기 전에는 상대를 평하지 말라던 태상맹주님의 가르침이 맞군……."

나지막한 목소리로 중얼거린 노인이 검을 쥔 손에 불끈 공력을 불어넣었다.

우우웅—

머리칼이라도 반쪽 낼 만큼 예리하게 벼리어진 검이 무거운 울음을 토했다.

"천마성주의 제자라는 수식어가 부끄럽지 않을 정도는 되는구나. 하지만 네놈이 노부의 성취를 앞지르리라곤 생각지 않는다."

노인은 그건 도저히 용납할 수 없다는 표정으로 말했다.

"세상 한쪽 구석에만 처박혀서 자만심만 갈고닦은 인간들은 균형 감각이 떨어지게 마련이지. 노괴! 당신 따위는 안중에도 없으니 일찌감치 물러서든지, 아니면 한꺼번에 덤비시오."

저 앞쪽 바위 뒤에서 뻗어 나오는 미세한 기운에 신경을 곤두세운 설수범이 노인을 향해 차갑게 소리쳤다.

"건방진 놈 같으니라고……."

노인의 눈썹이 역 팔 자로 움직이며 웅웅거리는 검명을 토해내던 검이 비스듬히 눕혀졌다.

"하앗!"

쉬이익—

노인의 기합 소리와 파공성이 동시에 울리며 한 자루의 검이 그물처럼 설수범을 향해 쇄도해 들었다.

휘이잉!

노인의 검을 향해 설수범 역시 그동안 폭포 속에서 살기를 지우며 한층 더 날카롭고 무거워진 유마칠검을 펼쳤다.

쩌쩌쩡!

두 개의 검이 부딪친 곳에서 빙벽이 갈라지는 소리가 울려 퍼지며 그물망 같던 노인의 검격이 유마단폭(幽魔斷瀑) 날카로운 초식에 갈기갈기 찢어졌다.

휘리리릭—

그물망을 가닥가닥 자르고 나온 설수범의 검이 다시 변화를 일으키며 노인의 목을 노리고 들었다.

차아앙—

이런 결과가 일어날 것이라곤 예상치 못한 노인이 대경한 눈빛으로 풍차처럼 검을 휘둘렀다. 강맹하게 설수범을 덮쳐가던 좀 전의 공격과는 전혀 다른 수비에 전력을 다한 검초였다.

"타아!"

검을 쥔 손을 살짝 옆으로 비튼 설수범이 풍차처럼 휘두르는 노인의 목을 향해 그대로 찔러 나갔다.

"놈!"

자신의 엄중한 수비망을 향해 돌진하듯 정면으로 밀고 들어오는 설수범의 수법에 노인이 냉소를 지으며 찔러오는 검을 쳐올렸다.

휘리릭―

혈맥 속에 녹아든 살기를 모두 지운 가벼운 검이 구름처럼 표홀하게 변화를 일으키며 찔러오던 노인의 목을 잘라갔다.

"어헉!"

노인이 마침내 단말마를 내지르며 훌쩍 뒤로 물러섰다.

주르르―

목을 노리고 날아든 검에 베어진 노인의 어깨에서 선혈이 흘러내렸다.

"어린 놈이… 감히!"

붉은색으로 변하는 어깨를 내려다보던 노인이 망연한 표정으로 설수범을 쳐다보았다.

그러나 빙옥을 연상케 하는 설수범의 표정과 눈빛에서는 한줄기의 생각도 비춰지지 않았다.

주르르―

어깨에서 흐르는 피와 함께 희끗한 귀밑머리 아래에서 식은땀 한줄기가 흘러내렸다. 풍차처럼 휘두르는 자신의 검을 향해 저돌적으로 찔러오던 검첨에는 철판이라도 뚫을 듯한 내력이 실려 있었다. 그런 초식이라면 끝까지 찔러들고 난 후라야 변화가 가능하다. 검에 대한 자신의 깨달음으로는 그것이 궁극이었다.

그런데 그런 순간에 다시 표홀한 초식으로 변화한다는 것은 또 다른 세상이었다.

"어찌 그것이 가능하느냐?"

노인은 어깨에서 흐르는 피를 지혈시킬 생각도 않고 질문을 던졌다.

"사부를 잘 만난 덕이오. 살기가 충만한 검으로는 꿈도 못 꿀 일이겠지만 살기를 모두 지운 깃털 같은 검은 그것이 가능하오."

노인의 심중을 읽은 설수범이 짤막하게 답했다.

"껄껄껄!"

설수범의 말이 끝남과 동시에 이제껏 설수범이 한시도 주의를 늦추지 않은 바위 뒤에서 커다란 웃음이 흘러나왔다.

"누, 누구……?"

설수범을 포위하고 있던 중년인들이 더 깜짝 놀라며 등을 돌렸다.

"환갑을 지난 놈의 깨달음이 어린 놈의 발 아래도 못 쫓아가는구나. 껄껄껄!"

다시 한 번 너털웃음을 흘린 요승이 바위 뒤에서 천천히 모습을 드러냈다.

"저, 저놈은?"

설수범을 포위했던 무리들과 노인은 요승의 정체를 알고 있는 듯 고함을 쳤다.

"네놈이 여긴 어쩐 일이냐?"

요승과 제일 가까이에 있던 중년인 하나가 어이없는 표정으로 질문을 던졌다.

쉬익―

"크아악!"

요승의 가벼운 손짓에 질문을 던지던 중년인이 처절한 비명을 지르며 뒤로 나뒹굴었다.

"네놈들 주인도 내 앞에서는 그런 식으로 말하지 않는다. 껄껄껄!"

요승이 좀 전의 잔인한 손속과는 전혀 어울리지 않는 표정으로 다가왔다.

"네놈들은 저기 있는 세 명이나 상대하거라! 이 아이는 내가 데리고 놀겠다. 노는 모습을 보아 상대할 가치가 없으면 그냥 떠나려 했건만 한바탕 데리고 놀 충분한 가치가 있는 아이로다. 껄껄껄."

미소를 지으며 설수범을 쳐다보는 요승의 눈빛이 현란하게 빛났다.

"누굴까요, 할아버지?"

철통같은 포위망 속에서 서로 등을 마주하고 잔뜩 경계하던 갈미란이 홀연히 나타난 노인을 보고 긴장 가득한 목소리로 우괴에게 물었다.

"낸들 알겠느냐? 아마도 저놈들과 한패인 것 같기는 한데, 저놈들도 저 노물의 정체를 잘 모르고 있는 것 같구나."

우괴는 고개를 저으며 극도로 긴장된 눈빛으로 요승을 쳐다보았다.

잠시 격돌한 설수범과 이놈들 수장과의 대결을 보며 조금은 안심이 되었다. 또 한 단계 성장한 설수범의 무위라면 저놈들을 처치하고 자신들에게도 힘을 보텔 수 있을 것 같았다. 하지만 홀연히 나타난 저 요승은 정체는 물론 얼마만한 무공을 지녔는지도 알 수가 없었다. 분명한 것은 친구가 아니라 적이라는 것이다. 적 중에서도 아주 대적(大敵)일 가능성이 높았다.

"내가 알기로 당신은 기련산 마옥에 수십 년째 수감되어 있던 노인이다. 다른 신분이 있었나?"

건곤대주가 흔들리는 눈빛으로 요승을 쳐다보았다.

"당신이라……."

요승이 뭔가 마음에 안 든다는 눈빛을 했지만 이내 고개를 끄덕였다.

"하긴! 네놈들 잘못이 아니지. 하지만 지금부터는 내 명령을 듣도록 해라. 난 네놈들 상전인 주작당주에게도 하대를 받지 않는 사람이니라. 껄껄!"

말과 함께 요승이 허리춤에서 작은 영패 하나를 내보였다.

"주작패!"

건곤대주를 비롯한 중년인들이 놀란 표정을 지으며 급히 허리를 숙이려 했다.

"그만 됐느니라. 이건 나에게 별 의미가 없는 물건이다만 귀찮은 일을 막고자 잠시 달고 다니는 것뿐이니라. 그러니 불필요한 실랑이는 그만 하고 너희들은 저놈들이나 처치하거라. 껄껄껄!"

요승이 영패를 다시 허리춤에 감추며 지시를 내리자 황망한 눈빛을 한 건곤대 인원들이 신속히 우괴 등이 있는 곳으로 신형을 움직였다.

"이, 이런 우라질 놈들. 오냐! 어서 오너라. 안 그래도 내 제자를 둘러싼 네놈들을 도륙 내고 싶었다. 이젠 바라는 대로 되었으니 내 마음도 기쁘다."

우괴는 자신에게 닥친 위험은 아랑곳 않고 설수범을 둘러싼 포위망이 조금이라도 옅어진 것이 기쁘다는 표정으로 괴성을 질렀다.

'둘째 사부!'

우괴의 고함 소리를 들은 설수범이 염려스런 눈빛으로 고개를 돌렸다.

이 괴승의 존재를 처음부터 느끼고 있긴 했지만 직접 마주하고 보니 훨씬 더 강한 상대 같았다. 천마성에서 거의 양패구상에 가까운 내상을 입으며 해치운 백호당주보다 오히려 무거운 상대임을 직감할 수 있었다. 그러나 그보다 더 가슴이 무거운 것은 둘째 사부 우괴와 갈미란, 정마수호대장이 저들 모두를 당해낼 수 있을까 하는 것이다.

어떻게 하든 자신이 이 괴승을 쓰러뜨리고 저쪽으로 달려가야 할 상대들인 것 같았다. 하지만 그것이 결코 쉽지 않을 것이라는 느낌이 자꾸만 고개를 돌리게 만들었다.

“아이야! 네 걱정이나 하거라.”

설수범의 심적 동요를 읽은 요승이 슬쩍 여의장(如意杖)을 들어 올리며 설수범의 신경을 자신에게로 집중시켰다.

“야율사한, 그 아이야말로 무서운 아이로다. 내 너를 직접 보고 나니 나까지 여기로 보낸 그 아이의 판단이 옳았음을 인정하겠구나. 건곤대만으로는 부족한 감이 있는 아이로다. 껄껄껄!”

설수범을 뚫어지게 쳐다보며 요승이 음산한 표정으로 웃음을 터뜨렸다.

“구역질나는 땡중!”

마치 혀로 핥듯이 자신의 전신을 훑어보는 요승을 향해 설수범이 고함 지르며 검을 다잡았다.

“껄껄껄!”

요승이 끈적끈적한 눈길을 거두고 손을 흔들었다.

“하앗!”

요승의 손짓과 함께 건곤대 무리들이 칼을 휘두르며 우괴 등을 향해 공격해 들었다.

“법력을 펼칠 시간이로고.”

요승도 현란하게 빛나던 눈빛을 묵직하게 가라앉히며 여의장을 흔들었다.

쉬이이이익—

여의장 끝에서 뱀의 혓바닥 날름거리는 소리가 들려왔다.

설수범도 기합성과 함께 요승을 향해 빛살같이 검을 휘둘렀다.

쉬익—

퍼엉—

설수범의 검과 여의장이 마주치며 폭음이 울려 나왔다.

쨍!

째째쨍—

갈미란과 우괴 등이 있는 쪽에서도 혼전이 벌어지며 날카로운 쇳소리가 울려 퍼졌다.

"하앗!"

"껄껄!"

다른 쪽의 혼전을 의식한 설수범의 검이 훨씬 더 맹렬해지자 요승이 흡족한 미소를 지으며 여의장의 움직임을 빨리했다.

요승의 무거운 여의장에 실린 변화가 범상치 않음을 느낀 설수범이 혼백이라도 따라잡을 수 있는 표홀한 초식인 유마칠검 제일초 유마추혼(幽魔追魂)을 펼쳤다.

슈슈슉—

휘리릭—

검보다 훨씬 더 길고 무거워 보이는 지팡이였지만 설수범이 펼친 유마추혼의 공격을 한 가닥도 놓치지 않고 요승은 수비식을 펼쳐 나갔다.

"타아앗!"

다시 무거운 검초로 초식을 바꾼 설수범이 폭포를 일도양단하는 기세로 검을 휘두르자 요승도 경계의 눈빛을 하며 여의장을 마주쳐 왔다.

퍼엉—

포탄이 터지는 것 같은 폭음이 들리며 흙먼지가 치솟아올랐다.

"정말 대단한 아이로다. 노부의 그 나이 때보다 배는 앞선 성취를
이루었도다."

한 발짝 뒤로 밀린 요승이 처음으로 너털웃음을 잃어버린 채 감탄사
를 흘렸다.

"늙은 땡중이 대단하군!"

설수범 역시 섰던 자리에서 몇 발짝 물러나 이를 악물며 외쳤다.

정면으로 부딪쳐 본 요승의 지팡이에선 자신의 내력을 능가하는 공
력이 담겨져 있었다. 내력으론 자신을 한발 앞서는 요승임을 느낀 설
수범의 눈빛이 심해처럼 가라앉았다.

'이 괴승을 꺾지 못하면 모든 것이 끝이다.'

툭!

냉철한 눈빛으로 혼전을 벌이고 있는 우괴 쪽을 바라본 설수범이 검
을 바닥에 던졌다.

지금부터는 수라환경으로 상대할 생각이었다.

유마칠검을 펼치는 것보다 몇 배는 내력 소모가 심한 수라환경을 펼
쳐 괴승을 상대한다면 나중 일을 기약할 수가 없을 것 같았다. 이런 정
도의 괴승이라면 이긴다 하더라도 양패구상에 가까운 결과를 맞이할
것이다. 하지만 이 괴승을 꺾지 못한다면 모든 것이 끝장인 것이다.

압도적인 수적 열세로 인해 점점 검이 무디어져 가는 우괴 등을 돕
자면 한시라도 빨리 결판을 내는 것이 유일한 선택이었다.

설수범은 얼음장 같은 표정으로 숨을 들이켰다.

"크윽!"

갈미란의 검에 한 흑의인이 비명을 지르며 무너져 내렸다.

우괴의 검이 쉴 새 없이 휘둘러지며 몇 명의 흑의인들을 베어넘겼지만 자신들을 향해 날아오는 검은 더욱 맹렬해졌다.

"못생긴 늙은이! 네 목이나 잘 건사해라."

쉴 새 없이 검을 휘두르면서도 설수범과 갈미란에게로 눈길 주는 것을 잊지 않는 우괴를 본 건곤대주가 소리를 치며 우괴에게로 달려들었다. 자신의 예상을 또 한 번 깨뜨리며 이쪽의 세 명도 그 칼 솜씨가 섬뜩함을 느끼게 했다. 노인과 중년인은 물론 어린 계집까지 개개인이 자신들의 아래가 아니었다. 기련산 마옥 속에 있던 정체 모를 저 괴승이 아니었으면 지금쯤 오히려 자신들이 낭패를 당하고 있을지 몰랐다. 자신들 전원을 투입한 주작당주의 결정을 이해할 것도 같았다.

"이런 죽일 놈! 내 제자에게 목이 달아날 뻔하고 피를 흘리며 도망쳐 온 놈이 어디서 큰소리냐?"

쉴 새 없이 날아드는 검을 막으면서도 우괴는 고함치는 걸 잊지 않았다.

"추물! 그 고함 소리도 일각이면 끝날 것이다. 뭇매에는 장사가 없는 법이지."

따다당―

채챙―

우괴와 갈미란, 정마수호대장을 향한 공격이 더욱 거세어졌고, 날카로운 금속성이 쉴 새 없이 터져 나왔다.

"아이야! 그만 항복을 하겠다는 뜻이냐?"

검을 바닥에 던진 설수범을 보며 요승이 미간을 좁히며 질문했다.

"당신을 어서 죽이겠다는 뜻이오!"

수라환경의 내력을 끌어올린 설수범이 쌍장을 쭈욱 뻗었다.

퍼엉—

설수범의 양 손바닥에서 무거운 경력이 요승의 심장을 향해 뻗어 나갔다.

"이크!"

다급성을 지른 요승이 신속하게 여의장을 흔들어 뻗어오는 기운에 마주쳐 갔다.

퍼펑—

"으음!"

요승의 입에서 처음으로 신음 소리가 흘러나왔다.

"하앗!"

찔러오는 여의장을 퉁겨낸 설수범이 연속적으로 쌍장을 흔들었다. 그러자 설수범의 손 그림자가 커다랗게 확대되며 태산처럼 요승의 전신을 덮어왔다. 세 개의 커다란 수영(手影)이 한곳을 향해 순차적으로 덮쳐 가는 수라삼첩장이었다.

"타아아!"

요승 역시 기합성을 지르며 두 손으로 여의장을 잡고 풍차처럼 돌렸다.

파파팡!

세 개의 손 그림자와 요승의 여의장에서 뿜어져 나온 기운이 연속으로 마주쳤고, 요승이 주르르 뒤로 밀려났다.

"이놈!"

주르르 뒤로 밀려나던 요승이 발바닥을 강하게 땅에 밀착시키며 여의장을 섬전처럼 앞으로 내뻗었다.

긴 여의장이 몇 배는 더 늘어난 것 같아 보이며 설수범의 심장을 찔러 들어왔다.

요승의 여의장이 심장을 찔러드는 순간 수라분영을 펼친 설수범의 신형이 두 개로 분리되었다.

"허튼수작!"

요승이 짤막한 외침과 함께 계속해서 여의장을 찔러 넣었다.

퍼엉—

수라분영이 요승의 눈을 현혹시키지 못함을 깨달은 설수범이 황급히 손을 내뻗어 천마성에서 쌍둥이로 분장하여 맨손으로 명기해의 칼을 상대하던 수법인 수라탄검의 수법으로 여의장을 쳐 나갔다.

팡—

여의봉처럼 늘어난 것 같기도 하고, 뱀의 혓바닥처럼 영활하게 움직이던 여의장의 끝이 설수범이 내민 손에서 뻗어 나온 반탄력에 의해 위로 퉁겨졌다.

휘이익—

요승의 여의장이 순간적으로 위로 쳐올려지는 찰나, 설수범은 그림자처럼 요승의 품을 향해 뛰어들었다.

이런 공격법이 위험천만하다는 것을 알지만 무리한 수법을 펼쳐 빠른 승부를 결정하지 않고는 놈들의 숫자에 밀린 자신들 네 사람은 공멸할 수밖에 없었다.

"이, 이놈!"

뜻밖의 공격에 대경한 요승이 빛살처럼 빠르게 여의장을 내려쳤다. 퉁겨져 올라간 여의장의 높이로 보아 도저히 불가능한 움직임이었지만 어느새 여의장은 설수범의 머리 위로 떨어져 내리고 있었다. 그로 인해 설수범의 의도는 반밖에 성공하지 못하고 여의장 중간쯤에서 몸을 옆으로 틀었다.

쉬이익—

떨어져 내리던 여의장이 무거운 진동음을 울리며 방향을 바꿔 설수범의 허리를 휩쓸어왔다.

필사적으로 요승과의 거리를 좁히려는 설수범은 여의장을 피하지 않고 오히려 맨손으로 여의장을 잡아갔다. 여의장 중간을 잡고 순간적으로 끌어당기며 요승의 가슴에 수라파천의 장력을 퍼부을 생각이었다.

"가소로운 놈!"

설수범의 의도를 간파한 요승이 주르르 뒤로 물러났고, 그와 함께 여의장의 중간 부분을 잡으려던 설수범의 손에는 여의장 끝이 잡히고 말았다.

우우웅—

여의장의 끝에서 무거운 내력이 밀려왔다.

"흐읍!"

설수범 역시 반사적으로 내력을 끌어올렸다.

오로지 내력만으로 대결을 벌인다면 도저히 이길 가망이 없었지만 기호지세의 형국이 되고 말았다. 그것을 간파한 요승의 눈동자에 현란한 색채가 어렸다.

"이놈들!"

정마수호대장 기전강은 이를 악물었다.

쉼없이 달려드는 놈들은 하나같이 고수들이었다. 젊은 애송이는 하나도 없고 모두들 중년 이상인 인원 구성을 보아도 짐작이 갔지만 직접 마주쳐 보니 오히려 짐작 이상이었다. 와중에 설수범에게 반쯤 몰려 있던 인원들이 요승의 가세로 인해 모두 자신들에게로 몰리자 팔이 열 개라도 모자랄 위기 상황이 되고 말았다. 아직은 기력이 남아 있어 놈들보다 몇 배 더 빠르게 움직이고, 더 힘껏 검을 휘둘러 버티고 있지만 어느 순간 허물어지기 시작하면 걷잡을 수 없을 것이다.

까강―

갈미란의 빈틈을 노린 검 하나를 퉁겨낸 기전강은 우괴를 쳐다보았다.

유마칠검의 초식을 쉴 새 없이 펼치며 흑의인들을 베어넘기고 있었지만 계속해서 날아드는 검이 너무 많았다. 천마성의 장로 중 한 사람이니 그 정도로는 쉽게 무너지지 않겠지만 도움은 바랄 수조차 없는 상황이었다.

기전강은 다시 혼신의 힘을 다해 검을 휘둘렀다.

깡―

이번에는 갈미란이 기전강의 허리를 향해 날아드는 검을 막았다. 그러나 더 이상은 남을 신경 쓸 여유가 없었다. 여러 개의 검을 한꺼번에 막은 팔이 점점 무거워져 왔다.

"크윽―"

"큭!"

기전강의 회풍수류검(回風水流劍)에 심장이 갈린 두 명의 흑의인이 억눌린 신음과 함께 바닥에 무릎을 꿇었다. 그러나 마지막 순간까지 그들은 검을 휘두르려 안간힘을 썼다.

퍼억―

무릎을 꿇은 두 명의 흑의인을 발로 차서 날려 버린 갈미란이 신형을 빙글 돌리며 다가드는 한 인영의 목을 찔렀다. 그러나 곧바로 자신의 심장을 향해 쑤셔오는 날카로운 예기에 최대한 몸을 낮추며 맹렬히 검을 휘둘렀다.

깡!

겨우 목을 노리는 검을 쳐냈지만 허리를 향해 날아드는 다른 한 자루의 검까지는 막아낼 수가 없었다. 갈미란은 최대한 신형을 틀어 허리로 날아드는 검을 옆으로 흘렸지만 더 많은 검이 머리 위에서 떨어져 내렸다.

허리를 향해 날아드는 검을 피하느라 중심이 흐트러진 상태에서 완벽히 다 막을 자신도 없었지만, 설사 그렇다 하더라도 저 검들을 다 막고 나면 바닥으로 주저앉을 수밖에 없을 것이다. 그런 후엔 모든 게 끝날 것이다. 그럴 바에야 차라리 치명적으로 날아드는 검 몇 개만 막고 역공으로 나가는 것이 조금이라도 더 오래 버틸 수 있을 것 같았다.

째째쟁—

살을 주고 뼈를 취할 결심을 한 갈미란은 목과 머리 한복판으로 날아드는 세 개의 검을 막고 곧바로 역공으로 검을 찔러 넣었다.

치명적인 부위를 공격하는 검만 막고 남은 여력으로 역공을 취해 흑의인 한 사람의 목을 날린 갈미란의 왼쪽 어깨에서도 피가 튀어 올랐다.

"독한 계집!"

잘못하면 팔 하나를 잃을지 모르는 상황이었지만 아랑곳 않고 동료를 처치한 갈미란의 수법에 이를 간 흑의 중년인 하나가 억눌린 목소리와 함께 갈미란의 심장을 향해 칼을 찔러 넣었다.

쨍─

갈미란의 심장으로 쑤셔드는 검을 본 기전강이 자신의 허리를 찔러드는 검을 도외시한 채 갈미란에게 날아드는 검을 먼저 막았다. 그결과 기전강의 허리는 사정없이 파고드는 검에 고스란히 노출되었다.

"크윽!"

"대장님!"

가까스로 중심을 유지한 갈미란이 무릎 꿇은 기전강을 향해 날아드는 검을 쳐내며 비명을 질렀다. 복부 한복판을 비켜 나가긴 했지만 허리 깊숙이 박힌 한 자루의 검은 기전강의 생사를 불분명하게했다.

"하앗!"

무너지는 기전강을 부축하지도 못하며 갈미란은 온 힘을 다해 검을휘둘렀다.

파아악─

"크윽!"

갈미란의 검에 다시 한 인영이 무너져 내렸다.

"이런 망할 계집이!"

기전강을 상대하던 건곤대 인원들이 원독 가득한 소리를 지르며 모두 갈미란을 향해 쇄도해 들었다.

쉬이익─

"크윽─"

다시 한 인영이 쓰러졌다.

“아악—”

그러나 측면에서 날아드는 검이 갈미란의 옆구리 어림을 쓸고 지나
갔다.

“미란아!”

우괴의 목소리가 허공을 가르며 울려 퍼졌다.

“이, 이놈들! 이 찢어 죽일 놈들!”

우괴가 미친 듯이 검을 휘두르며 두 사람이 있는 곳으로 접근하려
했지만 흑의인들은 집중적으로 우괴의 앞을 막으며 우괴의 발을 묶었
다. 건곤대 인원의 반 이상을 잃었지만 이젠 한 축이 무너지기 시작했
으니 균형 잃고 쓰러지는 것은 시간문제였다. 우스꽝스럽게 생긴 모습
과 달리 노인의 무공이 놀랄 만했지만 두 사람을 벤 인원들까지 가세
한다면 노인 역시 얼마 가지 못할 것이다.

득의에 찬 표정을 한 건곤대주의 검이 더욱 무겁게 우괴를 향해 날
아들었다.

—흐흐 무덤을 파는구나!

갈미란과 우괴의 비명에 신경이 분산된 설수범의 귓전으로 요승의
끈적한 전음이 흘러들었다.

‘우욱!’

전음과 함께 노도처럼 밀려드는 내력에 설수범이 비명을 삼켰다.

한시라도 빨리 이 괴상한 지팡이에서 손을 떼고 쓰러진 기전강과 갈
미란에게로 달려가고 싶었지만 교활한 요승은 그럴 기회를 주지 않았
다.

자신의 초조한 심중을 읽고 있는 요승은 더욱더 음산한 내력을 밀어

보냈다. 이 상태에서 바로 손을 놓는다면 괴승의 내력과 자신이 뿌린 내력이 합쳐져 자신에게로 쏟아지고, 신형이 휘청거리는 순간 여의장 끝이 심장을 파고들 것이다. 그렇다고 언제까지나 이렇게 지팡이 끝만 잡고 있을 수는 더 더욱 없었다. 갈미란과 우괴의 고함 소리가 아직 들리고 있었지만 그건 비명에 더 가까웠다. 진퇴양난에 처한 설수범의 내력이 흩어져 갔다.

"흐흐!"

요승이 음소를 흘리며 마지막 내력을 쏟아 부었다.

휘이잉—

내력이 밀려드는 여의장의 한가운데로 흙먼지가 실린 회오리바람이 쏟아져 왔다.

수풀 자락 한쪽에서 쏟아져 오는 회오리바람은 거대한 뱀처럼 꿈틀거리며 괴승과 설수범 두 사람 사이로 쏟아졌다.

엄청난 힘과 함께 흙먼지 가득한 회오리바람을 일으켜 풍차처럼 회전하며 날아온 검 한 자루가 요승과 설수범이 맞잡고 있는 여의장 중간을 가르며 지나갔다.

콰앙!

잘려진 여의장 중간에서 순간적인 공백이 생겼고, 뒤이어 커다란 폭음이 그 공백 속에서 터져 나왔다.

"크윽!"

"큭!"

설수범과 요승이 거의 동시에 선혈 한 모금씩을 토해내며 뒤로 물러섰다.

"크윽!"

“으윽!”

갈비뼈가 드러날 정도로 상처를 입고 바닥으로 주저앉은 갈미란의 검을 쳐내며 갈미란과 기전강의 심장을 향해 마지막 일격을 가하려던 두 명의 흑의인도 풍차처럼 날아온 검에 동시에 가슴과 허리가 갈라지며 저만치 뒤로 퉁겨졌다.

“어헉!”

무섭게 날아온 두 자루의 검에 거의 모든 상황이 정지되며 잠시 움직임을 멈추고 있던 한 흑의인은 코앞에서 불쑥 솟아오르며 손을 뻗어오는 괴인영을 보고 다급성과 함께 급히 뒤로 물러났다. 괴인의 움직임으로 보아서는 맨손이라도 검 이상으로 위험할 것 같았기 때문이다. 그러나 괴인의 팔목에서 쏟아져 나오는 은색 빛줄기를 본 흑의인은 자신의 그런 신속한 움직임도 아무런 소용이 없음을 깨달았다.

“끄르륵—”

자운엽의 팔목에서 뻗어져 나온 수운검에 목을 관통당한 흑의인이 가래 끓는 듯한 소리를 내뱉으며 뒤로 무너졌다.

차르르—

갈미란과 기전강 가장 가까이에 있던 세 사람을 거의 동시에 처치한 자운엽은 다시 한 번 수운검을 휘둘러 포위한 건곤대 인원들을 공격해 갔다.

물결치듯 하다가 순식간에 나비의 날개로 변하며 날아오는 수운검에 다시 두 사람의 심장과 목이 잘리며 바닥으로 무너졌다.

“모두 정신 차리고 저놈부터 죽여라!”

건곤대주가 고함을 치자 잠시 주춤하던 건곤대원들이 자운엽을 향해 모두 달려들었다.

파르르르—

기전강과 갈미란을 노리던 검들이 모두 자신을 향해 날아들자 자운엽은 수운검을 맹렬히 흔들었고, 수운검이 호접표처럼 사방팔방으로 날갯짓을 했다.

다시 몇 마디의 비명이 터져 나오며 흑의인들이 무너져 내렸다.

"이놈!"

갈미란과 기전강을 바닥에 눕힐 때까지만 해도 열 명이 넘게 서 있던 부하들이 반으로 줄어들자 우괴를 공격하던 건곤대주가 신형을 날려 자운엽에게로 달려들었다. 노인을 처치하는 것도 중요했지만 이러다간 자운엽 쪽에 있던 부하들이 모두 베어지고 자운엽으로부터 역공 받을 것 같았기 때문이다.

"미란아!"

자신의 발을 철저하게 묶어놓았던 건곤대주와 건곤대원들 몇 명이 자운엽에게로 달려가자 여유를 얻은 우괴가 유마칠검의 가장 무거운 초식인 유마번천의 초식을 전개하며 포위망을 뚫었다. 그리고 순식간에 갈미란과 기전강 옆에 날아내렸다.

"저보다도 대장님을……."

핏기를 잃고 창백한 얼굴이었지만 갈미란은 의식을 잃지 않고 있었다. 그러나 기전강은 내장이 드러나 보일 정도로 상처를 입고 사경을 헤매고 있었다.

"기전강, 이놈아!"

파팍—

우괴는 즉시 기전강의 혈도 몇 군데를 짚다가 다시 날아드는 흑의인들을 보고 펄쩍 뛰어오르며 검을 휘둘렀다. 그리고 흑의인들을 한쪽으로 몰아갔다.

"이왕 도와주는 것이니 이놈들도 좀 맡아주게!"

우괴는 자신에게로 달려드는 흑의인들을 자운엽 쪽으로 몰아붙이며 고함을 질렀다. 어서 이놈들을 떨치고 응급 처치를 좀 더 해놓지 않으면 기전강이 죽고 말 것이었다.

"노인장! 그렇다고 이리로 전부 몰고 오면 어쩌자는 것이오?"

혼자서 남은 건곤대 전원을 상대하게 된 자운엽이 어이없는 표정으로 소리를 질렀지만 우괴는 그 소리를 들을 겨를도 없이 급히 갈미란을 안고 저만치 안전한 곳으로 옮긴 후 다시 돌아와 기전강의 혈도 몇 군데를 더 짚어 지혈시켰다. 그리고 삶보다는 죽음의 문턱에 더 가까이 접근한 기전강의 몸에 진기를 불어넣었다.

"젠장!"

자신을 공격하는 적과 우괴에게 달려드려는 인원들까지 제지해야 할 처지가 된 자운엽이 한층 더 바쁘게 수운검을 휘둘렀다.

'저놈!'

진탕된 기혈을 잠시 다스린 설수범은 백척간두의 상황에서 갑자기 뛰어든 자운엽을 망연한 표정으로 쳐다보았다.

요승 역시 지금의 상황이 도저히 이해가 안 된다는 표정으로 자운엽을 향해 시선을 던졌다. 그리고 반 토막이 난 여의장을 어이없는 눈빛으로 쳐다보았다.

내력이 가득 실린 자신의 여의장이 다른 사람의 병기에 의해 싹둑 잘려지는 일이 일어나리라고는 상상도 하지 못한 요승은 반 토막난 여의장을 들고 있으면서도 도저히 현실감을 느끼지 못했다. 그러나 반으로 줄어든 여의장과 팔랑거리는 연검에 건곤대 인원들마저 다시 반으로 줄어들고 있는 상황은 엄연한 현실이었다.

그러는 사이에도 자운엽의 수운검은 건곤대원 한 명의 목을 더 꿰뚫고 있었다. 이 상태로 나간다면 앞으로 반각이 지나기 전에 건곤대는 전멸할 것 같았다.

요승은 불끈 공력을 돋우었다. 최대한 빨리 설수범을 해치우겠다는 심산이었다.

"아이야! 이제 저곳은 신경 쓸 일이 없을 테니 다시 시작해 보자꾸나!"

요승이 반 토막난 여의장을 설수범에게 겨누며 음산한 미소를 지었다.

"잠시 미뤄야겠다, 땡중!"

가슴 어림에 입은 상처인지라 제대로 치료를 받지 못하고 계속 선혈을 쏟고 있는 갈미란을 보며 설수범은 신형을 날렸다.

"껄껄! 그건 안 될 말이지!"

요승은 너털웃음과 함께 설수범을 향해 쏘아졌다.

설수범을 처치하는 것이 자신의 목적인 이상 상황이 더 나빠지기 전에 끝내야 할 일이다. 아직은 여력이 없을 것이지만 건곤대를 상대하고 있는 어린 놈이 합세한다면 도저히 설수범을 죽일 수 없을 거란 판단이 선 것이다.

"위험해요, 공자님!"

설수범의 등을 향해 비조처럼 날아오는 요승의 모습을 본 갈미란이 필사적으로 고함을 질렀다. 그와 함께 갈미란의 상처에서는 선혈이 폭포수처럼 흘러내렸다.

휘이익―

검 한 자루가 여의장을 자를 때와 똑같은 모습으로 설수범을 쫓는 요승을 향해 날아왔다. 베어넘기던 건곤대원의 검을 뺏은 자운엽이 다시 요승에게로 던진 것이다.

"고얀 놈!"

검 속에 실린 힘이 어떻다는 것을 절실히 느꼈던 요승이 설수범을 쫓는 걸 포기하고 얼른 몸을 뒤로 빼냈다. 엄청난 회오리와 함께 날아오는 검은 부딪치는 모든 것을 반으로 잘라 버릴 듯 무거운 진동음을 토해내며 요승이 섰던 자리를 휩쓸고 지나갔다.

"이젠 노인장이 여길 좀 맡으시오! 젊은 사람들은 살아야 하지 않겠소?"

건곤대의 포위망을 훌쩍 뛰어넘은 자운엽이 우괴를 보고 소리를 질렀다.

기전강에게 진기를 주입하던 우괴가 몇 남지 않은 건곤대원들을 보고 고개를 끄덕이다가 와락 표정을 구겼다. 살고 싶기는 젊은 사람이나 늙은 사람이나 차이가 없었다. 그러나 우괴의 표정이 변하기도 전에 자운엽의 신형은 이미 저만치서 솟아오르고 있었다.

잠시 허깨비 같은 자운엽의 움직임을 멍하니 쳐다보던 우괴가 남은 건곤대에게로 달려들며 유마칠검을 연속적으로 펼쳤다. 유마추혼에서 유마번천으로 이어지는 표홀한 검식이 대기마저 찢어발기며 건곤대원들을 향해 쇄도해 들었다.

"크윽!"

비명이 터져 나오며 건곤대원 한 명의 칼 든 팔이 허공으로 솟구쳤다.

"한 놈도 남기지 않고 모조리 찢어 죽이겠다!"

이제껏 당한 분풀이라도 하듯 우괴의 검이 사정없이 건곤대원들에게로 날아들었다. 온몸 곳곳에 상처를 입었지만 행동에 제약을 받을 만한 중상을 입지 않은 우괴의 검은 자운엽을 대신해서 남은 건곤대원들을 계속 밀어붙였다.

"빌어먹을!"

상황이 완전히 뒤바뀌다 못해 목숨이 위태로워진 것을 느낀 건곤대주가 이를 악물며 품속에서 신호탄을 꺼내 들었다.

"이것까지 사용하게 될 줄은 몰랐군……."

신호탄을 쳐다보며 낮게 중얼거린 건곤대주가 그것을 하늘로 쏘아 올렸다.

파잉—

쏘아져 오른 신호탄이 허공에서 폭발하며 하얀 연기를 뿜어냈다.

"크크! 발악을 하는구나, 이놈! 하지만 네놈들은 천마성을 너무 얕보았다. 수십 년을 잠만 잤다고 해서 호랑이가 개로 변하는 것은 아니다!"

스산한 웃음을 흘린 우괴가 건곤대주를 향해서 마지막 힘을 쏟아 부었다.

"잠시만 막아다오!"

결코 짧지 않은 거리를 격하며 불쑥 나타난 자운엽을 만감이 교차하는 눈빛으로 쳐다보던 설수범이 얼른 갈미란에게로 시선을 주며 말했다. 인사를 차릴 새도 없는 상황이라 대뜸 부탁한다는 말부터 먼저 하게 됐지만 수백 가지의 생각이 한꺼번에 어린 눈빛은 그만큼의 말을 하고 있었다.

"후후! 아무래도 제가 치료해 주었다간 큰일 날 것 같군요."

옆구리에서 가슴 어림까지 이어진 갈미란의 상처를 힐끔 쳐다본 자운엽이 고개를 끄덕였다. 자운엽의 눈빛에서도 짧은 순간 수백 가지의 생각들이 스쳐 지나갔다.

"웬 놈이더냐?"

다 된 밥에 계속해서 재를 뿌리고 있는 자운엽을 보며 요승이 차가운 목소리로 질문을 던졌다. 자신의 여의장을 자른 놈의 모습이 생각보다 훨씬 어리다는 것을 느낀 요승의 눈빛이 이채를 발하기 시작했다.

"안다고 해서 달라질 게 있소?"

"허허! 고얀지고."

요승의 입에서 헛웃음이 새어 나오며 눈빛이 더욱 이채를 발했다.

"그 법의는 혹시 훔친 것 아니오?"

요승의 눈빛을 대한 자운엽이 빙긋 웃으며 질문했다.

"무슨 소리냐, 이놈?"

요승이 특유의 너털웃음을 멈추며 차가운 음성으로 말했다.

"정말 현란한 눈빛이오. 도 닦는 일은 전혀 어울리지 않을 사람 같은데 어쩌다 그런 실수를 하게 됐소?"

"네놈부터 먼저 죽여야겠구나!"

미소를 지으며 속을 긁어대는 자운엽을 보며 요승은 서서히 살기를 끌어올리며 다가섰다. 반밖에 남지 않은 여의장이 요승이 끌어올리는 공력에 다시 길어졌다.

파르르—

다가오는 요승을 향해 수운검이 신속하게 날아올랐다.

파앗—

요승이 슬쩍 여의장을 휘두르자 시퍼렇게 변색되어 있던 수운검 끝이 여의장에 부딪쳐 결국 잘려져 나갔다.

"아이야, 나하고 싸우려면 제대로 된 검을 가지고 와야 할 것이다."

"망할 영감쟁이! 이게 어떤 검인데!"

한 뼘이나 잘려져 나간 수운검을 망연히 처다보던 자운엽이 한소리 욕지거리와 함께 수운검을 거둬들였다. 다시 길어지는 요승의 여의장을 상대하려면 수운검이 훨씬 유리하겠지만 비단 천처럼 얇은 검신으로 벽력의 힘을 몇 번이나 토해낸 수운검은 한계에 다다른 것 같았다.

"망할 영감쟁이……? 껄껄껄!"

자운엽의 말을 들은 요승이 잠시 어이없는 표정을 짓다가 오히려 잃어버린 웃음을 되찾았다.

"망할 영감쟁이라……! 그러고 보니 나도 많이 늙었구나. 껄껄껄……."

지나간 세월을 잊고 지냈던 요승이 다시 한 번 웃음을 터뜨렸다. 마옥 속에서 금제에 묶여 흘러간 수십여 년의 세월이 자운엽의 욕지거리와 함께 한꺼번에 의식된 듯했다.

한참을 웃던 요승이 자운엽을 향해 여의장을 들어 올렸다.

수운검을 품속에 말아 넣은 자운엽도 바닥에 뒹구는 검을 몇 자루 집어 올려 등 뒤에 꽂았다.

"정말 괴이한 놈이로고!"

연검을 품에 말아 넣고는 대신 몇 자루의 검을 등에 꽂는 자운엽을 보고 요승의 눈빛이 다시 흔들렸다. 어디서 이런 놈이 나타났는지도 괴이했고, 나타났을 때부터 지금까지 심기를 건드리는 모든 언행들을 미루어보아도 도무지 정체를 짐작할 수가 없는 놈이란 생각이 들었다.

"무공도 혓바닥만큼이나 날카로웠으면 좋겠구나."

가볍게 고개를 흔든 요승이 신속하게 여의장을 휘둘렀다.

쐐애액—

처음의 길이를 거의 회복한 여의장이 번개처럼 자운엽의 허리를 향해 날아들었다.

까앙—

자운엽도 빠르게 검을 휘둘러 여의장을 막았고, 여의장과 검이 마주친 곳에서 커다란 격타음이 울렸다.

검과 부딪친 여의장에서 밀려드는 반력이 만만치 않음을 느낀 요승이 눈을 가늘게 뜨며 한층 더 무서운 기세로 여의장을 휘둘렀다.

휘리릭—

일직선으로 휘둘러 오던 여의장 끝이 어느 순간 급격히 변화를 일으키며 자운엽의 목을 찔러들었다.

갑자기 변화하는 여의장을 본 자운엽이 혈접무한의 초식을 펼쳤다.

우우웅—

느릿하게 보이는 만검이 호선을 그리며 여의장의 궤적을 차단해 갔다.

"우웅—"

만검 속에 감추어져 있는 엄청난 변화와 내력을 간파한 요승이 불식간에 비명을 지르며 여의장을 거둬들였다.

휘이잉—

만검이 다시 호선을 그리며 요승의 가슴으로 떨어져 내렸다.

"이게 무슨……?"

자신의 여의장을 막아오는 만검은 오로지 수비식만 내포한 검초인 줄 알았는데 여의장을 거두자 어느새 공세로 바뀐 검이 가슴을 갈라오고 있었다. 언제 수세에서 공세로 바뀌었는지 도저히 구별이 가지 않았지만 가슴으로 날아드는 검날은 그 완만한 움직임과 달리 무시무시한 이빨을 감추고 있었다.

휘익!

요승은 풍차처럼 여의장을 휘둘러 만검을 막아갔다. 그러나 완만한 호선을 그린 만검은 흐르는 물처럼 여의장의 잔영 사이로 빠져나오며 이번에는 목을 잘라왔다.

까깡—

필사적으로 몸을 틀어 휘두른 여의장에 만검이 부딪쳤고 다시 커다란 음파가 퍼져 나갔다.

"어린 놈이 정말 무섭구나. 어찌 이런 검법을……?"

요승은 무겁게 가라앉은 눈빛으로 자운엽의 손에 들린 검을 바라보았다. 바닥에 뒹구는 것을 아무렇게나 주워 들었지만 그 속에 감춰진 내력과 변화는 결코 쉽게 상대할 수준이 아니었다. 어쩌면 생사를 넘나드는 혈전을 벌여야 할지도 몰랐다.

전혀 예상치 않게 마주친 또 다른 강적에 요승의 마음은 무거워져 갔다.

"그 나이에 그런 유연한 몸놀림이 가능하다니 정말 믿을 수가 없소!"

회심의 일격이 무위로 돌아간 자운엽도 아쉬운 표정으로 입맛을 다셨다.

요승의 무공이 절정고수의 수준임을 간파했기에 처음부터 혈접무한의 초식을 펼쳤지만 요승은 단번에 만검 속에 숨겨진 변화를 간파하고 대응해 온 것이다.

"젠장!"

요승을 쳐다보던 자운엽이 눈살을 찌푸리며 저 앞쪽으로 눈길을 돌렸다.

건곤대주의 신호탄 소리를 듣고 새까맣게 몰려오는 인영들이 눈에 들어왔다.

"생각보다 훨씬 많이 풀어놓았군. 어서 승부를 결정지읍시다, 땡중!"

온 산을 뒤덮으며 달려오는 인영들을 보며 자운엽이 서둘러 섬을 휘둘렀다.

"고얀 놈! 내 기필코 네놈부터 극락정토를 구경시켜 주마."

설수범과 자운엽 두 명의 합공을 받기라도 하면 낭패라는 생각으로 서두르던 요승은 다시 여유가 생긴 듯 느긋이 움직이며 자운엽을 상대했다. 반면 자운엽은 한시가 급하다는 표정으로 검을 휘둘렀다.

"하앗―"

이번에는 혈접난무의 초식을 펼친 자운엽의 검이 수많은 날개를 만들며 요승의 전신으로 날아들었다.

혈접무한의 초식에 대비하고 있던 요승이 대경한 표정으로 맹렬히 여의장을 휘둘렀다. 혈접무한과는 전혀 다른 위험성을 내포한 초식에 대응하는 요승의 이마에 땀방울이 흘러내렸다.

파파팟!

마침내 소맷자락에 몇 개의 날개 자국을 새긴 요승이 은은한 두려움
비치는 눈빛으로 자운엽을 쳐다보았다.

'결코 저놈의 아래가 아니구나. 어찌 이런 놈이 둘이나 된단 말인
가?'

너덜해진 소맷자락을 쳐다본 노승의 눈빛이 무겁게 가라앉았다.

"크윽!"

우괴의 검에 마지막으로 남아 검을 휘두르던 건곤대주의 목이 바닥
으로 떨어졌다.

개개인이 무서운 고수였던 건곤대원들을 모두 쓰러뜨린 우괴는 서
있을 힘조차 없는 듯 비틀거리며 잠시 자운엽과 요승의 대결장으로 눈
길을 주었다. 그러다 저 앞에서 새까맣게 몰려오는 인원들을 쳐다보며
번쩍 눈빛을 빛냈다.

"우선 저들부터 막아야 하겠습니다."

갈미란의 상처에서 흐르는 피를 지혈시키던 설수범이 검을 들고 앞
으로 나섰다.

"가만, 가만! 잠시만 기다려 보거라."

앞으로 쏘아져 나가려던 설수범을 향해 우괴가 손을 내저으며 만류
했다.

"어떻게 된 것이냐, 란아야?"

우괴가 고통스런 표정으로 앞을 쳐다보는 갈미란을 보고 물었다.

"분명히 용 장로님과 적유 숙부께서……."

갈미란이 하늘을 쳐다보며 빠르게 답했다. 백두신응(白頭神鷹)은 언
제나 까마득한 허공에서 자신이 나무 위에 만든 표식을 따라오고 있었

다. 그렇다면 천마성의 기마대도 지금쯤 모습을 드러내야 한다. 갈미란은 더없이 초조한 눈빛으로 사방을 둘러보았다.

"이렇게 되면 우리가 다시 저들도 막아야 할 일이다."

노안 가득 피곤의 빛이 역력한 우괴가 건곤일척의 승부를 벌이고 있는 자운엽을 안타까운 눈빛으로 쳐다보다 다시 검을 들어 올렸다.

두두두―

"옳거니!"

막 앞으로 쏘아져 나가려던 우괴는 새까맣게 몰려오는 인원들 양쪽 측면에서 울려오는 말발굽 소리를 듣고 탄성을 질렀다.

"용 장로님이에요! 그리고 저쪽은 적 숙부님!"

갈미란도 살았다는 표정으로 환호성을 질렀다.

"땡중! 이젠 진짜 한판 할 만하군."

온 얼굴에 땀 범벅이 된 자운엽이 잠시 뒤로 떨어지며 가쁜 숨을 몰아쉬었다.

몰려오는 인간들 때문에 서둘러 공격하느라 열세에 몰렸던 자운엽은 얼굴에 흐른 땀을 닦으며 느긋한 표정으로 요승을 쳐다보았다.

"교활한 놈!"

지금껏 죽자 사자 달려들다가 상황이 유리해지자 백팔십도로 행동이 변하는 자운엽을 보고 요승이 혀를 찼다.

신호탄을 보고 달려들던 수많은 인영들이 양 측면에서 나타난 기마대에게 추풍낙엽처럼 쓰러지며 흩어지고 있는 것을 본 요승의 눈빛이 다시 현란하게 흔들렸다.

"도망갈 생각은 마시오. 저 두 사람이 좀 지치긴 했어도 당신의 퇴로를 막을 힘은 남아 있을 테니.”

자운엽이 일부러 목청을 돋우어 소리를 지르자 얼른 고개를 돌린 설수범과 우괴가 신속히 요승의 퇴로를 차단하며 거리를 좁혀왔다.

“교활하기 짝이 없는 놈!”

요승이 어이없다는 표정으로 자운엽을 쳐다보며 살기를 피워 올렸다.

“네놈같이 어린 놈을 상대로 여래진언(如來眞言)을 펼치게 될 줄은 몰랐구나. 하지만 어린아이, 네놈을 살려두었다간 서천맹에 무슨 해가 될지 모르겠구나. 내 목을 내놓고 어린 네놈을 저승길의 동반자로 데려가마.”

그 말과 함께 요승의 눈동자가 핏빛으로 물이 들기 시작했다.

“진언여래(眞言如來) 밀성천세(密聖千歲) 마라요라(魔邏妖邏)…….”

온 얼굴마저 핏빛으로 물든 요승의 입에서 괴이한 주문이 흘러나왔다.

투툭—

여의장을 바닥에 던진 요승의 온몸이 불덩이처럼 달아올랐다.

“크크크! 애송이 놈. 여래의 불력으로 소멸시키리라!”

벌겋게 타오르는 요승의 손이 솥뚜껑만해지며 쭈욱 앞으로 뻗어 나왔다.

“하앗!”

벽력의 기운을 최대한 끌어올린 자운엽도 요승을 향해 검을 휘둘렀다.

퍼어엉—

콰아앙—

두 개의 기운이 충돌하여 땅거죽이 솟아오르며 폭풍우에 휩싸인 듯 사방으로 비산했다.

"이, 이놈!"

선혈을 입에 문 요승이 다시 손을 들어 올렸다.

툭!

자루만 남은 검을 버린 자운엽이 다시 한 개의 검을 뽑아 들었다.

"허약한 검이 땡중, 당신의 목숨을 살렸다. 하지만 아직 검은 남아 있다."

자운엽 역시 입에 가느다란 선혈을 물고 요승을 향해 다가갔다.

"죽어라, 이 요마 놈!"

요승이 다가오는 자운엽을 향해 다시 쌍장을 뿌렸다.

요승의 쌍장에서 핏빛 광채가 자운엽의 신형을 집어삼킬 듯 쏘아져 오자 자운엽의 검에서도 온 세상을 태울 듯한 기운이 폭발했다.

콰아앙—

"크아악—"

"크윽!"

폭음과 함께 두 가닥 신음이 자욱한 먼지 속에서 흘러나왔다.

"이… 이 기운은……?"

요승이 타 들어가는 가슴을 부여잡고 쥐어짜는 듯한 신음을 흘렸다.

"그리고 보니 네놈은… 네놈은… 사중……."

파앗—

다시 빼어 든 자운엽의 검이 빛살을 가르자 요승의 목이 허공을 날았다.

"이제껏 만난 괴물들 중 제일 무서운 상대로군……."

울컥하고 선혈을 몇 사발이나 더 토한 자운엽이 그 자리에서 가부좌를 틀었다.

◆ 제74장

해후(邂逅)

해후(邂逅)

두두두—

　수백의 기마대가 온 산을 까맣게 메우며 내려오던 무리들을 도륙하는 사이로 용화성, 적유 등이 설수범과 우괴가 있는 곳으로 질풍처럼 말을 달려왔다. 수백 장의 거리를 단번에 꿰뚫어 볼 수 있는 고수들이었기에 그들은 처음부터 사태의 심각성을 파악해 어느 정도 거리가 가까워지자 말잔등을 박차고 단번에 격전장으로 날아내렸다.

　"왜 이제야 오시는 거예요? 하마터면……."

　갈미란이 투정 섞인 목소리로 말하고는 긴장이 풀렸는지 스르르 바닥으로 무너졌다.

　"미란아!"

　넋이 나간 표정으로 자운엽과 요승의 대결 장면을 지켜보던 우괴가 소리를 지르며 달려갔고, 설수범도 운기조식에 들어간 자운엽을 쳐다보다가 얼른 갈미란에게로 달려갔다.

"괜찮은가?"

몸을 날려온 용화성이 전신에 피칠을 한 우괴를 보고 물었다. 뒤이어 날아 내린 적유와 몇몇 사내들도 근심스런 표정으로 설수범에게 안긴 갈미란을 쳐다보았다.

"보면 모르십니까? 이게 어디 괜찮은 몰골이오? 이왕 오실 것이면 조금만 더 빨리 오시지……."

우괴가 반쯤 우는소리로 용화성을 향해 고함쳤다.

기전강이나 갈미란에 비해서는 상처가 가벼웠지만 우괴 역시 온몸 곳곳에 상처를 입어 지금 즉시 다른 사람들의 도움과 치료를 받아야 할 상황이었다.

"뭘 그렇게 멀뚱멀뚱 쳐다만 보나? 죽고 나면 파묻어주려 기다리고 있는 것인가?"

이번에는 적유를 향해 우괴가 냅다 고함을 질렀다. 그러면서도 용화성에게 원망 가득한 눈빛 한줄기 더 던지는 것을 잊지 않았다.

"쯧쯧!"

마치 어린애처럼 투정 부리는 우괴를 보며 용화성이 혀를 찼고, 적유가 얼른 손을 흔들어 부하들을 불렀다.

"여기보다는 기전강 저놈과 미란이의 상처를 먼저 돌봐주게."

우괴가 자신의 상처를 돌보려는 천마성 무사들을 만류하며 소리 질렀다.

"미란이의 상처는 우리가 치료하기엔 무리가 있으니 너희들은 얼른 장로님과 수호대장을 치료하라."

적유가 소나무 아래에서 자신의 몸으로 갈미란의 모습을 가린 채 본

격적인 치료를 하고 있는 설수범의 모습을 보며 말했다.

그러는 사이 새까맣게 몰려오던 인영들은 양쪽에서 나타난 천마성의 기마대에 도륙되거나 쫓겨가기 시작했고, 먼저 달려와 경계를 하던 천마성의 무사들도 긴장의 끈을 풀고 우괴 등이 있는 곳으로 모여들었다.

"호법을 서주어라!"

흔들리는 눈빛으로 한곳을 응시하던 용화성이 손짓과 함께 지시를 내리자 분주하게 움직이던 천마성의 무사 몇 명이 용화성의 손끝이 가리킨 곳을 쳐다보고는 급히 신형을 날렸다.

"누군지 알겠나?"

용화성은 자신의 지시를 받은 무사들이 자운엽의 사방을 차단하며 위치 잡는 것을 보고는 적유를 향해 물었다.

"글쎄요… 도저히……."

적유 역시 운기조식하고 있는 자운엽을 뚫어질 듯 쳐다보고 있다가 천천히 고개를 가로저었다.

비록 짧은 순간이었지만 괴승과 싸우는 모습, 그리고 마지막 순간 대폭발을 일으키듯 한 자루의 칼에서 뿜어지던 그 엄청난 기운은 생전 처음 보는 것이었다.

적인지 친구인지 구별이 안 되는 상황에서 그런 장면을 보았을 때는 간담이 서늘해지며 목에 단내가 나도록 달려오게 했다. 그런 엄청난 기운을 내뿜는 자라면 자신들이 몸을 날려 도착하기 전에 설수범은 모르더라도 다른 사람에겐 충분히 해를 입힐 수 있을 것 같았다.

그러나 다행스럽게도 엄청난 기운을 내뿜는 검에 목을 잃은 괴승이 적이었고 저 청년은 최소한 적은 아닌 것 같았다.

그건 천만다행이지만 그 정체는 도무지 추측이 불가능했다.

"검에 베어져 죽었다고 보기보단 타 죽었다고 보는 게 맞겠군요."

자운엽의 검에 가슴이 타 들어간 요승의 시체를 유심히 쳐다보던 적유가 신중한 목소리로 말했다.

요승뿐만 아니라 자운엽의 검에 당한 다른 시신들의 상처는 모두 시커멓게 타 들어가 선혈마저 흐르지 않고 있었다. 가볍게 팔랑거리는 수운검에 당한 상처였지만 검을 잡은 자운엽의 손에서 뿜어져 나오는 기운이 그런 상흔을 만든 것이다.

"으음!"

적유의 말을 들은 용화성이 자신도 모르게 신음을 흘렸다.

검강에 의한 상처라도 저렇지는 않았다. 그런 공격에 의한 상처들도 타 들어가는 흔적이 남는 경우도 있었지만 저런 정도의 흔적은 아닌 것이다.

용화성의 눈이 점점 기광을 발했다.

그것은 적아를 가리기 이전에 한평생 무공을 수련하며 살아온 노고수의 자연스런, 어쩌면 본능적인 관심이었다.

구십 평생 검을 휘두르며 마도제이인자나 마찬가지인 무공을 지녔고, 그만한 식견을 가지고 있었지만 이런 경험은 처음인 것 같았다.

'뭘까, 그 기운의 근원은?'

용화성은 운기조식하고 있는 자운엽의 모습에 계속 시선을 고정시키며 조금 전 번쩍하고 쏟아내던 그 기운을 떠올려 보았다.

결코 가까운 거리가 아님에도 불구하고 순간적으로 눈이 감겨질 정도로 강하게 발출되던 기운은 이제껏 들은 적도 없는 극강한 기운이었다. 천마성주 갈문혁이 수라환경 속의 장력을 뿌릴 때 언뜻 그런 강력함을 느낄 수 있었지만 그것과는 또 다른 기운이었다.

"정체가 정말 궁금한 아이로다."

아무리 생각해 보아도 같은 류의 무공을 떠올릴 수 없던 용화성은 머리를 저으며 저 멀리 말을 달려 오는 몇 명의 사내에게 눈길을 돌렸다.

"놈들을 모두 물리쳤습니다. 명령만 내리신다면 끝까지 추적하여 뿌리를 뽑겠습니다."

천마성 흑영단주(黑影團主) 염항(鹽恒)이 피를 뒤집어쓴 모습으로 용화성과 적유를 향해 고개를 숙이고는 다음 명령을 기다렸다.

"그럴 필요까지는 없다. 우리의 목표는 비천용문이지 저런 조무래기들이 아니다. 그렇게 패주했으니 다시 올 리도 없을 것이다. 사방 이십 리 안에 아무도 접근하지 못하도록 경계망만 형성하라."

"존명!"

용화성의 명령을 받은 염항이 읍하고는 부하들과 함께 오던 길을 되돌아갔다.

우두두두—

염항이 부하들 속으로 사라질 즈음 저 오른쪽 벌판을 가로지르며 여덟 필의 말이 질풍처럼 달려왔다. 다섯 명씩 한 조가 되어 비천용문에 반기를 들고 일어난 세가 사람들을 지휘하던 정마수호대 무사들이었다. 각 조에서 한 명씩 달려온 모양이었다.

"저놈들은 어디 있다 이제야 달려오는 것인가?"

용화성이 노기 띤 눈빛으로 달려오는 여덟 명의 정마수호대 무사들을 바라보았다.

어떠한 일이 있어도 설수범의 안전을 최우선으로 지키라는 명령을 받고 천마성을 떠난 인간들이었는데, 이곳에는 정마수호대장 한 사람밖에 없고 모두들 코빼기도 보이지 않았다. 그 때문에 이런 위험을 초래했다는 생각이 노기를 불러일으켰다.

"네놈들은 대체 뭘 하는 놈들이기에 이런 일이 벌어지게 만들었느냐?"

말에서 내리는 정마수호대 무사들을 보고 용화성이 당장이라도 검을 빼 들 듯한 모습으로 고함을 쳤다.

"저, 저희들은……."

용화성과 적유에게 인사를 차리고 무슨 말을 하려던 정마수호대 무사들이 주변에 널브러진 시체들과 상처를 입은 기전강, 우괴, 갈미란 등을 보며 대경한 눈빛을 했다.

"이 사람들은 제 명령을 수행했습니다, 장로님."

갈미란의 상처에 금창약을 바르고 여러 겹의 붕대를 감아 그늘로 옮기게 한 설수범이 천천히 걸어나왔다. 그리고는 용화성과 적유에게 읍을 했다.

"자넨 괜찮은가? 그리고 미란이도……?"

적유가 걱정스런 표정으로 설수범과 저만치 그늘로 옮겨지는 갈미란을 번갈아 쳐다보았다.

"전 괜찮습니다. 그리고 미란 소저는 한동안은 자리보전을 해야 할 것 같습니다."

설수범이 가볍게 한숨을 내쉬며 답하고는 달려온 정마수호대 무사들에게 눈길을 돌렸다.

"어떻게 되었소?"

설수범이 달려온 정마수호대 부대장 고염각에게 질문을 던졌다.

"생각보다 숫자가 많아 고전을 하긴 했지만 모두 격퇴시켰습니다. 하지만 이곳은……."

고염각이 괴로운 표정을 지으며 답했다.

설수범의 명령에 따라 세가 사람들을 지휘하러 흩어졌지만 용화성의 호통대로 자신들은 설수범의 명령 이전에 천마성주에게서 직접 술잔까지 받으며 설수범의 방패가 되라는 명령을 받은 사람들이었다. 설수범의 명령은 완수했지만 대장 기전강이 의식 불명의 상태가 될 정도로 큰 상처를 입었고, 또 갈미란과 우괴도 온몸에 피칠한 모습을 보니 모두 자신들 책임인 것 같아 죄스러운 심정이 되었다.

"여러분들이 그렇게 흩어져서 활약을 해주었기에 이 정도로 그쳤소. 안 그랬다면 이곳에서 중과부적의 상황을 맞아 전원이 몰살했을 것이오."

설수범이 고염각의 심정을 헤아리고 담담하게 말했다. 그리고 세가 사람들의 피해 상황을 물었다.

"대원 셋을 잃었습니다. 그리고 세가의 피해는 삼 할 정도입니다."

고염각이 최대한 무심한 목소리로 피해 상황을 보고했다. 잃은 대원들의 숫자를 말할 때는 감정 섞이지 않은 무심한 어조로 보고하는 것이 상례였다. 그것이 보고를 하는 사람이나 보고를 받는 사람의 가슴을 조금이라도 덜 아프게 하기 때문이었다.

"잘 알겠소. 기전강 대장님이 부상 중이니 오늘부터는 부대장께서 대장 직을 맡으시오. 그리고 세가 사람들은 우리 쪽 사람들과 만나지 않게끔 진로를 잡게 하시오. 또한 당신들 신분이 세가의 젊은 사람들에게는 알려지지 않도록 가주들에게 다시 한 번 당부하시오."

설수범이 고염각에게 지시하자 고염각이 깊이 고개를 숙이고는 등을 돌려 다른 사람들에게 지시를 내렸다.

"이젠 틀이 잡혀가는군!"

정마수호대 무사들에게 신속하게 지시하는 설수범을 보며 적유가 빙그레 미소를 지었다.

처음 갈미란으로부터 받은 보고에서 사방 십 리 안으론 접근도 못하게 한다는 내용을 접하고 쓴웃음을 지었는데 많이 달라진 것 같단 생각이 들었다.

그렇게 한 발 한 발 천마성주의 제자가 되어가야 한단 생각을 하던 적유는 고개 돌리는 설수범을 보고 입꼬리에 묻어 있던 미소를 지웠다.

"여긴… 어떻게 오셨습니까?"

설수범이 가라앉은 눈빛으로 적유에게 물었다.

자주 사라지는 갈미란의 움직임에서 수시로 천마성에 연락을 한다는 것은 짐작했지만 이런 대규모의 병력을 동원할 줄은 몰랐다. 그 때문에 목숨을 구하긴 했어도 개운치 않은 심정이 설수범의 눈빛을 통해 적유에게 전해졌다.

"왜 그러나? 자네는 우리가 여기 나타난 것이 탐탁지 않은 모양이군!"

미소를 지운 적유도 정색을 하며 답했다.

"그런 건… 아닙니다. 사형이나 용 장로님이 아니었으면 이렇게 멀쩡히 살아 있을 수도 없겠지요."

설수범이 잠시 눈을 내렸다. 그리고는 다시 말을 이었다.

"하지만 이건 제 싸움입니다. 천마성의 제자가 아닌 감숙설가의 장남으로서의 싸움입니다.”

설수범의 목소리가 단호하게 흘러나왔다.

“그건 알고 있네. 그리고 우리 역시 자네를 도우러 온 것이 아니라 오히려 자네를 이용했네.”

용화성의 묵직한 목소리가 적유의 대답을 대신했다.

“자네는 물론이고 자네 사부가 천마성에 오기 전부터, 아니, 태어나기도 전부터 난 천마성의 일원이었네. 천마성은 내 잔뼈를 굵게 만든 곳이고, 내 피와 땀이 서린 곳이지…….”

용화성이 먼 과거를 회상하는 듯 잠시 말을 끊었다가 다시 입술을 움직였다.

“감히 그런 곳을 무너뜨리려 했던 놈들을 가만둔다면 내 죽어서도 소규광 그 친구를 볼 면목이 없지. 자네가 천마성을 떠나올 때 성주에게서 일 년 삼 개월의 말미를 얻었다고 알고 있네. 그러니 그동안은 천마성의 제자가 아니라 감숙설가의 장남으로서 자네 가문의 복수를 하게. 우린 우리대로 복수를 할 것이네. 우선은 비천용문부터 박살을 내야겠지. 그리고 기련산맥 조직을 찾아내어 하나하나 부수어 버릴 생각이네. 자네 덕분에 기련산맥 곳곳에 있는 놈들의 소굴을 적지 않게 파악했다네. 그곳은 명기해 장로와 패몽한(貝蒙翰) 장로가 천웅당(天雄堂)의 무사들을 이끌고 은밀히 움직이고 있지. 그 정도는 알고 있어야 하겠지?”

용화성이 다시 설수범의 표정을 살폈다.

“어쨌든 우린 우리의 복수를 하고 있으니 그런 표정은 짓지 말게. 그리고 이 참에 천마성과 감숙의 세가 연합이 잠시 손을 잡는 것도 괜찮지 않겠나? 어떤가, 설수범 공자?”

용화성이 진지한 표정으로 설수범의 의향을 물었다.

적유와 갈미란이 주고받는 보고에선 우괴의 성화에 발이 묶여 폭포 수련에 전념하고 있다 들었는데 이런 식으로 감숙의 세가들을 연합하여 비천용문의 세력들에게 커다란 피해를 준 것은 무척이나 고무적인 일이었다.

비천용문만을 상대한다면 자신과 적유가 이끌고 온 인원만으로도 크게 밀릴 건 없었다. 그만한 정예를 이끌고 왔으니까……

그러나 비천용문에 동조하는 감숙 전역의 세가들과 싸움을 벌이게 된다면 그건 양상이 달라진다. 상대가 무섭다는 것이 아니라 여러 가지 복잡한 역학 관계가 작용하기 때문이다. 그런 상황이 생기면 꼬리와 머리는 뚝 잘라 버리고 천마성의 감숙 진출이라는 몸통만 남은 소문이 온 중원으로 퍼져 나갈 것이다.

그건 두고두고 시끄러운 연쇄 반응을 일으킬 것이다.

그러나 감숙의 세가 연합이란 팻말은 그런 귀찮은 소문들을 차단하는 방패 역할을 할 것이다. 전면에는 감숙 세가 연합이란 팻말을 높이 들게 하고, 천마성의 기마대는 그 뒤에서 실질적으로 힘을 보탠다면 일이 훨씬 쉬워질 것이다.

용화성은 깊은 눈빛으로 설수범을 쳐다보았다.

"그건 저 혼자만으로 결정할 일이 아닙니다. 다른 가주들의 의견을 물어봐야 할 것 같습니다."

설수범이 잠시 생각을 하다 신중한 목소리로 답했다.

"잘 설득해 보게, 설수범 공자! 우리 힘만으로는 조금 벅차니까 말일세. 허허!"

용화성의 얼굴에 미소가 떠올랐다.

"그런데 저 청년은 누구인가?"

앞으로의 계획에 대한 간단한 대화를 마무리한 용화성이 아직도 운기조식하고 있는 자운엽을 쳐다보다가 고개를 돌려 유심히 설수범의 표정을 살폈다.

자신이 이곳의 상황을 목격하게 되었을 때는 괴승과 저 청년이 한참 싸우고 있을 때였지만 상황을 보아하니 절체절명의 순간에 저 청년이 나타나 위기를 모면하게 해 준 것 같았다. 우괴와 갈미란, 그리고 정마 수호대장이 아는 사람은 자신도 모르는 사람이 없으니 저 청년은 설수범과 인연이 있는 사람이란 생각이 든 것이다.

"이름과 어릴 때의 모습 정도는 기억이 납니다만… 지금의 정체가 무엇인지는 저도 전혀 짐작할 수가 없습니다."

설수범이 복잡한 표정을 하며 답했다. 그리고는 뚫어질 듯 자운엽의 모습을 응시했다.

"허허! 거참!"

설수범의 간단한 대답을 들은 용화성이 입맛을 다셨다.

비밀이 많은 청년이었고, 가슴속에 아픔이 많은 청년이라 이런 식으로 입을 다물면 더 이상은 절대로 무엇을 알아낼 수가 없었기에 용화성은 입맛만 다시고 설수범의 시선을 좇아 자운엽에게로 눈길을 돌렸다.

'이렇게 만나는군…….'

용화성의 물음에 간단히 답한 설수범은 깊은 눈빛으로 자운엽을 응시했다.

언젠가는 한 번쯤 만날 수 있으리라 생각하고 있었다. 아니, 필연적으로 만나게 될 인간이라 생각했었다. 사부이신 정마협을 뺀다면 이제껏 만난 인간들 중에 저놈은 가장 두려운 인간이었다. 철저하게 자신을 숨긴 채 존재조차 의식하지 못할 정도로 행동하면서 주변의 모든 움직임을 단 하나도 놓치지 않고 머리 속에 담아두고 있던 놈!

그리고……!

할머니마저 돌아가신 이 세상에서 유일하게 자신의 외로움을 이해하고, 집을 떠나던 날까지 정확히 짐작하며 대문 밖 정자나무 아래에서 기다리고 있던 놈!

"많이 컸군."

훌쩍 큰 키에 군살 하나 없이 단단한 모습으로 몸을 일으키는 자운엽을 보고 설수범은 나지막하게 중얼거렸다.

"후우—"

급한 대로 격탕된 진기를 다스린 자운엽은 낮은 한숨과 함께 가부좌를 풀고 몸을 일으켰다.

현란한 눈빛의 요승과 충돌하며 입은 내상을 완전히 회복하려면 좀더 운기를 해야겠지만 그렇게 여유있는 상황이 아니었기에 태음토납경 속의 호흡을 한 번만 끌어올려 최소한의 운기를 하는 데 만족했다. 이젠 벽력의 기운까지 하단전 깊숙이 쌓아가고 있는 자운엽은 그것만으로도 빠르게 내력을 회복했다.

"고맙소!"

몸을 일으킨 자운엽은 주위에 둘러서서 호법을 서고 있는 네 명의 사내들을 보고 짧게 인사하고는 몸과 목이 분리된 요승의 시신을 쳐다보았다.

정말 끔찍한 인간이라는 생각이 다시금 가슴을 서늘하게 만들었다.

야율사한이란 자의 철두철미함을 생각한다면 충분히 이런 정도의 준비는 했을 것이라 짐작했지만 정말 무서운 상대였다.

저런 인간들이 큰공자에게로 몰리지 않고 자신과 설수연 사이를 가로막았다면 어떻게 되었을까 생각하니 아찔한 기분이 들었다.

'젠장! 어디 원숭이라도 한 마리 나타났나?'

요승의 시체를 잠시 쳐다보다 등을 돌리던 자운엽은 자신에게로 집중된 시선들을 느끼고는 내심 투덜거렸다.

거의 모든 시선들이 자신을 향해 쏟아지고 있었다.

백염을 휘날리고 있는 신선 같은 풍채의 노인!

그리고 그 옆으로 차분하게 가라앉은 기운을 풍기는 중년인!

저 멀리 나무 밑에서 상체에 붕대를 감고 고통을 참고 있는 여인의 눈길도 모두 자신을 향해 고정되어 있었다.

또한 도와주자마자 모든 적을 자신에게 밀어붙이고는 상처 입은 여인과 동료에게만 신경을 쓰던 못생긴 노인과 주변의 여러 흑의무사들도 서서히 움직임을 멈추고 자신을 쳐다보고 있었다.

그러나 그 모든 시선을 합친 것보다 더 강렬한 눈빛 한줄기가 칼날처럼 쏟아져 오고 있었다.

언젠가 저잣거리에서 먹거리들을 수확하다 들켰을 때 자신의 폐부까지 헤집을 듯 쏘아보던 그 눈빛이었다.

오싹한 공포와 함께 난생처음으로 인간에 대한 두려움을 느끼게 해주었던 칼날 같은 눈빛이 단 한 순간도 놓치지 않고 자신을 쏘아보고 있었다.

"오랜만이군요!"

설수범 앞으로 걸음을 옮기던 자운엽이 빙긋 미소 지으며 뒤늦은 인사를 건넸다.

"그렇군! 정말 오랜만이군."

간단한 대답과 함께 자운엽을 쳐다보는 설수범의 눈동자에 만감이 교차했다.

대문 밖 정자나무 아래에서 빙글거리며 자신을 기다리던 그 요악스런 놈이 하나도 변하지 않은 미소를 지으며 아득히 먼 기억의 통로 속에서 걸어나왔다.

손을 호호 불던 그 꼬맹이의 모습은 온데간데없었지만 그 표정, 그 미소만큼은 하나도 변하지 않았다.

하긴 쉽게 변할 놈이 아니라고 생각했다.

아니, 평생을 가도 저 미소만은 변하지 않을 놈이었다.

아무도 믿지 않고, 아무에게도 자신을 드러내지 않을 놈!

그놈이 천천히 다가오고 있었다.

"아직도 훔친 음식으로 배를 채우고 다니는 건 아니겠지?"

여전히 빙글거리는 자운엽의 표정 속에서 귀신이 곡할 솜씨로 저잣거리에서 먹거리 훔치던 모습을 떠올린 설수범이 한참의 침묵 후에 불쑥 내뱉었다.

"타고난 천성이 어디 갑니까? 쿡쿡!"

조금도 변하지 않은 색조의 음성과 미소가 오랜 기억과 겹쳐지며 다가왔다.

"여전하구나, 네놈은……."

독백처럼 중얼거리는 설수범의 목소리에 도저히 어쩔 수 없는 놈이란 뜻이 섞여 있었다.

"그런가요? 예전보다는 훨씬 더 크지 않았습니까? 훔친 음식이 의외로 영양가가 높더군요."

빙글거리는 미소를 물고 다시 느물거리던 자운엽이 얼른 입을 다물었다.

"이크! 왜 그러십니까? 다시 한 번 아랫배를 걷어차실 눈빛 같군요."

싸늘하게 쏘아져 오는 설수범의 눈빛을 대한 자운엽이 슬쩍 신형을 비틀며 웃음을 지웠다.

"네놈 짓이겠지?"

잠시 찌를 듯 자운엽을 쳐다본 설수범이 품속으로 손을 넣어 설수연의 용모파기가 그려진 화선지를 끄집어냈다. 그리고 뒷면으로 돌려 상인들이 셈을 맞추기라도 한 듯 어지럽게 적어놓은 숫자와 글자들을 펼쳐 보았다.

"그 어려운 걸 어떻게 해석하셨습니까?"

자운엽이 감탄스럽다는 표정을 지었다.

"요악스러운 놈!"

설수범이 어이가 없다는 표정으로 내뱉었다.

자신의 이름이 감숙성 전역으로 퍼져 나가면서부터 일어나기 시작했던, 무언가 아귀가 맞지 않는 일들은 모두 이 녀석이 꾸민 것이었다. 이 녀석은 자신의 행적을 파악하고 있으면서 비천용문, 더 나아가서는 서천맹과 자신 사이에서 뭔가를 꾸민 것이다. 정마수호대장 기전강이 가져온 수연의 용모파기 뒷면에 낙서처럼 쓰여져 있던 어지러운 글씨들과 숫자 속에는 여러 각도로 재 맞추어야만 의미를 알 수 있는 복잡한 암호문이 숨겨져 있었다. 그것을 보는 순간 제일 먼저 이 녀석의 얼굴이 떠올랐다. 설마 하는 일말의 의심 속에서도 뇌리를 떠나지 않던 녀석의 얼굴이었는데… 이젠 짐작이 사실로 확인된 것이다.

“여전히 핵심을 잘 찌르시는군요.”

요악스런 놈이란 말에 감숙설가의 대문 앞에서 하던 대답이 자운엽의 입에서 흘러나왔다.

“…….”

“날 이리로 부른 이유는?”

잠시 침묵으로 수많은 말들을 대신하던 설수범이 설수연의 얼굴이 그려진 화선지를 품속에 집어넣으며 질문했다.

“잠시만 기다리십시오.”

자운엽 역시 찌르는 듯한 설수범의 눈빛을 담담히 받아내며 등 뒤로 손을 올렸다.

쨍!

등 뒤에 꽂힌 검이 금속성을 내며 뽑혀졌다.

탁!

휘익—

옆에서 미동도 않고 두 사람의 모습을 지켜보던 용화성과 적유가 움찔하며 검병에 손을 갖다 댔다. 그러나 자운엽이 뽑아 든 검은 이미 허공으로 날아올라 저만치 떨어진 숲을 향해 떨어지고 있었다.

“으음!”

용화성과 적유가 불식간에 신음을 흘렸다.

설수범이 무공을 모르는 사람이었고, 자운엽이 그런 설수범을 공격했다면 자신들은 속절없이 보고만 있을 수밖에 없는 상황이었다. 느릿하게 움직이는 것 같았지만 어느새 검은 뽑혀졌고, 저만치 숲을 향해 날아가고 있었다.

탁—

긴 창대처럼 꼬리를 그리며 날아가던 검이 어느 지점에 수직으로 내리꽂혔다.

휘이잉—

울창한 가시덤불이 한 겹 걷혀지며 세 마리의 말과 눈 아래로 면사를 가린 두 여인의 모습이 모든 사람의 눈에 들어왔다.

"우웃!"

"우—"

갑작스런 상황에 술렁거림이 일어났고, 두 여인도 잠시 주변을 두리번거리다 여러 개의 검 사이로 말을 몰고 나왔다.

"절진이로고!"

단 한 개의 검으로 울창한 가시덤불이 걷혀지고 두 여인이 나타난 것에 놀란 용화성이 두 눈 가득 기광을 발하며 기묘한 각도로 꽂혀 있는 몇 자루의 검들을 쳐다보다 나직한 신음을 흘렸다. 저런 간단한 검의 배치로 자신으로서도 전혀 눈치를 채지 못할 정도로 절묘한 진을 설치했다는 것에서 각각의 검 사이에 얼마나 교묘한 기의 흐름이 배합되어 있을지 짐작이 갔다.

사르르—

진 속을 완전히 빠져나온 두 여인 중 조금 앞서 나온 여인이 눈 아래를 가리고 있던 면사를 내렸다.

"수, 수연아!"

설수범이 얼어붙은 듯한 표정으로 설수연을 쳐다보았다.

"오빠……! 보고 싶었어!"

설수연이 망연한 눈으로 설수범을 쳐다보다 주르르 눈물을 흘렸다.

"저 여인은?"

숨을 쉴 때마다 수십 개의 바늘이 찌르는 듯한 고통 속에서도 설수범과 자운엽 등을 지켜보던 갈미란은 면사가 걷혀진 설수연의 얼굴을 보는 순간 비명처럼 소리를 질렀다. 덕분에 극심한 통증이 상처에서 전해져 이제껏 동그랗게 뜨고 있던 두 눈을 감으며 고통을 참기에 급급했다.

"왜 그러느냐, 란아야? 아는 처자더냐?"

고통을 참느라 괴로운 표정 짓는 갈미란을 보며 우괴가 걱정스러운 표정으로 물었다.

"할아버지! 나 좀… 나 좀 부축해 줘요!"

갈미란이 다가온 우괴를 향해 한 팔을 들어 올리며 재촉했다.

"무슨 당치 않은 말이냐? 소리만 크게 질러도 아픈 상처인데 어딜 움직이겠단 말이냐?"

우괴가 놀란 음성으로 갈미란을 나무랐다. 그러나 갈미란의 표정은 더욱더 간절해지며 팔을 뻗었다.

"어서, 어서 부축해서 저곳까지 데려다 주세요. 저 여인은 수범 공자님의 하나밖에 없는 동생이에요. 그리고 지금까지 어디 있는지도 몰라 수범 공자님께서 얼마나 자책하고 지냈는지 몰라요. 어서 데려다 주세요!"

갈미란의 목소리가 더없이 다급해지자 우괴도 할 수 없다는 표정으로 옆에 있던 천마성 무사들과 함께 조심스레 갈미란을 부축하고 걸음을 옮겼다.

"오빠! 정말 걱정했어."

"나야말로 너를 생각하면 가슴이 찢어질 듯했는데 정말 다행이구나."

흐느끼는 설수연의 어깨를 두드리며 설수범이 긴 한숨을 내쉬었다.

집을 떠나올 때는 상황을 그리 심각하게 생각하지 않았기에 크게 신경 쓰지 않고 수연을 두고 나왔지만 백호당주의 정체를 파악하고, 그자를 자신의 손으로 죽이고 나서부터는 단 하루도 마음이 편치 않았다. 단지 새어머니와 맞서지 않는다고 해서 수연에게 위험이 없을 상황은 결코 아니었다. 백호당주와 싸우다 입은 내상을 치료하느라 꼼짝 못하고 누워 있는 순간에도 언제나 마음은 초조했고, 감숙으로 온 후 수연 역시 집을 떠났단 사실을 알아내고는 자책으로 가슴이 찢어질 듯했었다.

그러나 이제는 그 모든 후회와 자책이 긴 한숨과 함께 대기 속으로 흩어지는 것을 느꼈다.

"그렇게 오래 있어야 합니까?"

한줄기 퉁명스런 목소리가 들리자 설수연은 눈물을 훔치며 설수범의 품에서 벗어났다.

"그동안 오빠 걱정 많이 했는데, 이젠 정말 안심이 돼."

설수연이 용화성과 적유 등을 쳐다보며 안도의 표정을 지었다. 그리고 두 사람을 향해 목례를 했다.

용화성과 적유도 만면 가득 미소 지으며 고개를 끄덕였다.

"조심들하거라, 이놈아! 네놈들 눈에는 내가 멀쩡한 사람으로 보이느냐?"

　절뚝거리는 걸음걸이로 갈미란을 부축하고 오던 우괴가 청년들의 무릎에 다리가 걸려 휘청거리며 고함을 질렀다. 아무리 상처를 입고 기력이 쇠진했다 해도 목소리만은 언제나 파릇파릇한 우괴였다.

　"푸훗!"

　귀에 익은 목소리에 고개를 돌리고 유심히 우괴를 쳐다보던 설수연이 실소를 터뜨렸다.

　버섯을 잘못 먹고 온 산이 떠나가라 야단법석을 떨던 노인이 뜻밖에도 여기 있었던 것이다. 쉴 새 없이 죽는다고 고함을 치면서도 흉포한 산적들 몇 명을 작대기 하나로 쫓아버린 후, 붕대를 감은 자신의 모습을 보고는 자리에 주저앉아 두 손을 싹싹 빌던 노인이 그때 그 모습으로 다가오고 있었다. 그리고 그 옆에서 상처를 입고 힘겹게 걸음을 옮기는 여인은 오빠와 동행하고 있다는 천마성주의 손녀일 것이다.

　상처 입는 갈미란의 모습을 보며 설수연은 안타까운 표정 속에서도 한없이 반가운 미소를 지었다.

　"수연 아가씨……? 수연 아가씨가 맞죠?"

　설수연 앞에 다가온 갈미란이 설수연 못지않게 반가운 표정으로 질문했다.

　"그래요. 설수연이에요, 갈 소저."

　설수연이 백목련 같은 미소와 함께 답했다.

　"절 알고 있군요?"

　갈미란이 약간은 의외란 표정과 함께 손을 뻗어왔다.

　"그럼요. 언젠가는 새언니라 부를지도 모르는 사람인데 알고 있어야죠."

　설수연이 갈미란의 손을 잡으며 꼬옥 쥐었다.

"정말 반가워요, 정말! 아가씨를 보니 상처가 다 나은 것처럼 가뿐해요!"

갈미란이 정말 상처가 하나도 아프지 않은 듯 환한 표정으로 목소리를 높였다.

그렇게 처음 본 두 여인은 마치 십년지기나 된 것처럼 순식간에 스무 가지도 넘는 질문과 대답을 교환하며 떨어질 줄을 몰랐다.

"가만, 가만?"

두 여인의 모습을 지켜보던 우괴는 쉴 새 없이 고개를 갸웃거렸다.

갈미란과 반가운 미소로 얘기를 나누고 있는 설수연의 모습이 결코 낯설지가 않았다.

정마수호대장이 가져온 화선지에 그려진 설수연의 모습을 자신도 본 적이 있기에 낯설지 않은 얼굴이었지만 우괴의 낯설지 않음은 얼굴이 아니었다.

"저 목소리!"

분명히 들은 적이 있는, 쟁반에 구슬이 굴러가는 듯한 목소리!

'그리고 보니 저 손도……!'

마침내 노쇠해진 우괴의 기억이 한 장면을 떠올리게 했다.

"처, 처자!"

우괴가 버럭 고함을 질렀다.

그 고함 소리에 영원히 끝나지 않을 것 같았던 두 여인의 대화가 멈춰지고 고개가 돌려졌다.

"안녕하세요, 할아버지?"

설수연이 깜박 잊고 있었다는 표정을 지으며 우괴에게 인사를 했다.

"처자는 그때 붕대를 감고 있던 그……."

"미안해요, 할아버지. 좀 전에 벌써 알아봤는데 갈 소저와 얘기를 나누다 깜박했군요."

설수연이 사과의 말과 함께 깊이 고개를 숙였다.

"그럼 그때 그 붕대처자가 정말 처자인가?"

엉거주춤 허리 숙이며 설수연의 인사를 받은 우괴가 뱁새눈을 최대한 크게 뜨며 설수연의 얼굴을 살폈다.

어릴 때 걸린 몹쓸 병 때문에 붕대를 감고 다닐 정도로 흉한 얼굴이라 했는데, 붕대를 푼 설수연의 얼굴 그 어느 곳을 살펴보아도 작은 점 하나 없고 백옥같이 깨끗하기만 했다.

언뜻 이해가 가지 않는 상황에 우괴의 얼굴은 점점 더 설수연의 얼굴을 향해 다가갔다.

"쯧쯧!"

"험험!"

왜소한 체격에 추괴하기 짝이 없는 몰골의 노인이 젊은 처녀의 용모에 정신을 잃고 바라보는 진풍경을 보고 용화성이 혀를 찼고, 적유도 얼굴을 붉히며 고개를 돌렸다.

설수범과의 상봉에서 흘렸던 눈물을 닦고 화사한 미소와 함께 갈미란과 얘기하는 설수연의 모습이 누구나 쉽게 시선을 떼지 못할 미모였지만 제자의 여동생에게 저렇게 노골적으로 티를 내는 우괴의 모습에 옆에 있는 어린 무사의 표정에도 짙은 경멸의 빛을 떠올리게 만들었다.

'이, 이놈들이 왜……?'

한동안 고개를 쳐들고 설수연의 얼굴을 요리조리 뜯어보며 어릴 때 얻은 병마의 흔적을 찾던 우괴는 문득 느껴지는 이상한 기운에 고개를 두리번거렸다.

"쯧쯧!"

용화성의 혀 차는 소리가 다시 들려오고, 적유의 민망한 표정을 본 우괴는 어렴풋이 자신의 처지를 깨닫고 얼른 손을 내저었다. 그러나 젊은 무사들의 표정 가득 떠올라 있는 거부감은 조금도 지워지지 않았다.

"그게 아니다, 이놈들아! 나는 이 처자의 얼굴이……."

우괴가 황급히 고함을 질렀지만 그것은 아니 지름만 못했다.

"푸후후─"

우괴의 처지를 인식한 설수연이 교소를 터뜨렸다. 일부러 그러는 것은 아니겠지만 그때나 지금이나 우괴의 모습은 끊임없는 실소를 자아내게 만들었다.

"크흐흠!"

우괴는 목이 찢어질 듯한 기침과 함께 오만상을 찌푸렸다.

"죄송합니다, 할아버지. 그때는 얼굴을 가리고 다녀야 할 피치 못할 사정이 있어 그랬답니다. 물론 어릴 때 얻은 병으로 흉측한 얼굴이 되었다는 말도 거짓이었답니다. 그 때문에 할아버지의 입장이 난처하게 되었군요."

설수연이 여전히 웃음을 참지 못하며 우괴에게 사과의 말을 건넸다.

"괘념치 말게나. 그보다 더한 실수도 수없이 저지르며 살아온 사람이니 한 가지 더 추가했다고 크게 달라질 것도 없다네. 그보다 처자가 내 제자 놈의 동생인 모양이구먼?"

우괴가 설수범을 한 번 쳐다보고는 불만 가득한 표정을 지었다.

해가 뜰 때부터 질 때까지 생과 사를 넘나드는 고통을 겪으며 폭포 수련을 하여 혈맥을 터뜨릴 듯 충만해 있던 살기를 지우긴 했지만 빙옥 같은 표정까지 달라지지는 않았다. 그런 설수범에 비해 동생이라는 설수연의 모습은 만개한 벚꽃처럼 화사하면서도 솜털처럼 부드러워 보였다. 설수연의 밝고 화사한 기질을 설수범이 반만, 아니, 반에 반만이라도 나눠 가졌다면 내가 지금 이 고생은 안 할 텐데 하는 생각과 함께 우괴가 볼을 씰룩거렸다.

"그렇군요, 할아버지. 할아버지의 속을 썩여 드린다는 제자가 제 오라버니였군요."

설수연은 붕대를 감고 만났을 때 도망친 제자에게 온갖 원망을 터뜨리던 우괴의 모습을 떠올리며 다시 미소를 지었다. 비록 원망 가득한 악담이었지만 그 말과 눈빛 속에는 온통 제자에 대한 걱정이 가득했었다. 그렇게 정이 깊은 사람이니 오빠의 성격과 행동에 섭섭함이 많을 것이란 생각에 설수연은 우괴의 심정을 충분히 납득한다는 표정으로 말했다.

"어렸을 적 기억으로 오라버니는 누구보다 다정하고 따뜻한 사람이었습니다. 그런데 아픔을 많이 겪으면서 저렇게 변했지요. 그러니 너무 섭섭해하지 마세요, 할아버지. 참! 그리고 그때 할아버지께서 주신 금덩이는 정말 요긴하게 썼습니다. 그것 때문에 위험한 순간을 모면할 수가 있었습니다. 정말 감사합니다."

설수연이 다시 한 번 고개를 숙이며 감사의 뜻을 전했다.

"세상이 참 좁구먼. 미리 알았으면 동행할 걸 그랬네. 어쨌든 이렇게 만나게 되었으니 다행일세. 저 무심한 놈이 그래도 처자 걱정을 태산같이 하더구먼……."

우괴가 다시 화사한 설수연의 얼굴을 쳐다보며 설수범의 냉막한 얼굴과 비교하고는 안타까운 한숨을 내쉬었다. 그러나 그 표정은 다른 모든 사람의 눈에 '몇 년만 더 젊었으면' 하고 아쉬워하는 모습으로 비춰졌다.

"못생긴 노인장! 웬만큼 했으면 상처나 좀 더 치료하는 게 어떻겠소?"

저만치서 우괴의 괴상망측한 행동을 지켜보던 자운엽이 마침내 고함 지르자 우괴가 얼른 고개를 돌렸다.

"모, 못생긴 노인장?"

건곤대주라는 찢어 죽일, 아니, 자신의 손으로 목을 날린 놈에게서 들은 소리를 자운엽에게서 다시 들을 줄 몰랐던 우괴는 콧김을 내뿜었다. 아무리 은인이라지만 노인에게 이런 식으로 말하는 놈이 어디 있단 말인가?

우괴는 오만상을 찌푸리곤 자운엽을 쳐다보며 파릇파릇한 악담 퍼부을 준비를 했다.

"어서 들어가서 치료부터 하게나. 흐르는 피가 옷을 다 적시지 않는가? 쯧쯧!"

용화성이 혀를 차며 타박을 주자 고함 지르려던 우괴가 가까스로 화를 억누르고 입을 다물었다. 그래도 자운엽이 아니었으면 자신의 목이 무사하지 못했을 것이란 생각이 가까스로 그것을 가능하게 했다.

볼을 씰룩거리던 우괴가 사라지자 설수연과 양예청이 갈미란을 부축하여 무사들이 급히 세운 천막 속으로 사라졌다.

"내가 떠난 얼마 후 수연이도 집을 떠났다는 것을 알았을 때 네 녀석인 줄 짐작하고 있었다. 고맙다는 말을 해야겠구나."

갈미란을 부축하여 천막 속으로 사라지는 설수연을 묵묵히 쳐다보던 설수범이 천천히 눈빛을 가라앉히며 자운엽을 쳐다보았다.

다시 그 낯익은 눈빛이었다.

그리고 절대로 잊을 수 없는 눈빛이기도 했다.

저잣거리에서 먹거리를 수확하다 들킨 후 뇌리 속에 있는 생각 부스러기 한 조각까지 모두 읽어낼 것 같은 그 눈빛이 다시 온몸을 조일 듯 쏘아져 왔다. 달라진 점이 있다면 훨씬 더 고독의 냄새가 짙어져 있었다. 그런 고독의 냄새는 강자의 냄새였다.

옛날에도 강한 사람이었지만 지금은 그때와는 비교할 수 없을 만큼 강한 냄새를 풍겼다.

천하제일인자 정마협!

아니, 천하제일인자는 사부이신 사중협이니 그 사람은 천하제이인자이다. 어쩌면 서천맹의 가마룹에 밀려 삼인자일 수도 있고…….

어쨌든 그런 사람의 제자이니 강하지 않다면 이상할 것이다.

그런 극강한 냄새가 낯설지 않은 눈빛과 함께 흘러나왔다.

"쿡쿡! 고맙기로 따지면 제가 더하지요!"

자운엽이 태연자약한 표정으로 답했다.

"무슨 소리냐?"

자신의 눈빛에 전혀 주눅 들지 않고 흘러나오는 웃음소리에 설수범의 눈빛이 더욱 날카롭게 자운엽의 망막을 찔러들었다.

눈빛으로 치졸한 내공 대결 같은 짓을 할 생각은 없었다. 그러나 끝 모를 듯이 빨려 들어가는 자운엽의 눈동자에 설수범은 더욱더 진기를 끌어올렸다.

그때도 그랬다.

거의 본능적인 움직임으로 아무도 눈치 채지 못하게 저잣거리에서 음식을 훔쳐 또래들에게 나누어 주고는 딱 잡아떼던 눈빛!

만약 자신이 그 현장을 목격하지 못했더라면 그 눈빛에서 도둑질의 흔적을 찾지 못했을 것이다.

무슨 생각을 하는지, 정체가 무엇인지 도저히 파악할 수 없는 눈빛!

그래도 그때는 자신의 눈빛에 움츠러드는 두려움 한 조각은 느낄 수 있었다.

그러나 지금은?

오히려 자신이 두려움을 느낄 정도였다.

"큰공자님께서 정반대쪽에서 이름을 퍼뜨리고, 동분서주하며 활약을 해주는 바람에 놈들의 이목이 그쪽으로 몰려 큰 어려움 없이 아가씨를 구해낼 수 있었죠. 그리고 이번에는 놈들을 이곳으로 왕창 몰고 오는 바람에 앞으로 행로가 쉬워질 것 같군요. 쿡쿡!"

자운엽이 특유의 웃음을 터뜨렸고 설수범의 고개가 보일 듯 말 듯 가로저어졌다.

"요악스런 놈!"

설수범은 끌어올렸던 진기를 다스리며 미간을 찌푸렸다.

"이젠 핵심은 그만 찌르십시오! 면역이 되고 단련이 되어 찔러도 피 한 방울 안 나거든요!"

느물거리는 말과 함께 빙긋 미소를 피워 올렸다.

습관처럼 입술 끝을 말아 올리며 무의식적으로 피워 올리던 미소였지만 그것이 이렇게 힘든 줄은 예전엔 미처 몰랐다.

폐부를 헤집다 못해 온통 얼려 버릴 듯한 기운에 태연함을 가장하며 피워 올리는 미소는 입술 끝에 만근 바위라도 달아놓은 듯 힘이 들었다.

'설마 울상을 지은 것은 아니겠지?'

자운엽은 슬쩍 설수범의 표정을 살폈다.

억지로 지은 미소가 실패하면 통곡보다 더 처절해 보이는 법이다.

그러나 다행히도 매력적인 미소를 지은 것 같았다.

"말로는 네놈을 못 당하겠구나."

"떠나던 날 정자나무 아래서 들었던 소리군요. 좀 더 참신한 칭찬은 없습니까?"

여전히 매력적인 미소와 함께 자운엽은 설수범의 시선을 받아냈다.

"망할 녀석! 그만 가서 쉬어라!"

설수범이 등을 돌려 석양 속으로 사라졌다.

갑자기 한기가 몰려왔다.

겨울 새벽 설가의 대문 앞에서 큰공자가 자신이 준 땅문서를 도로 던져 주며 성큼 등을 돌려 집을 떠나던 그때와 똑같은 한기였다.

얼음장보다 더 냉철한 기운을 풍기는 사내!

그런 사내가 멀어져 간다면 당연히 한기가 물러가고 온기가 몰려와야 한다.

그게 정상이다.

그러나 이상하게도 저 사내가 훌쩍 등을 돌리고 사라진 공간에서는 밀물처럼 한기가 밀려들었다.

갑자기 찾아오는 이런 한기는 약간의 정신 착란을 일으켜 불쑥 무엇인가를 걷어차고 싶은 충동을 일으킨다. 그때도 감숙설가의 육중한 대문을 걷어차고 발을 삐어 근 열흘을 절뚝거리고 다녔다.

다행히 오늘은 그런 증상이 일어나지 않았다.

"감숙의 겨울 날씨는 언제나 이 모양이군!"
자운엽도 석양을 등에 업고 걸음을 옮겼다.

"한참 찾았어."
작은 구릉 위, 바위 옆에 앉아 있는 자운엽에게로 설수연이 다가왔
다.
갈미란을 부축하여 천막 안으로 들어간 후 설수범에 의해 거친 솜씨
로 감겨 있던 붕대를 풀어내고 꼼꼼히 치료하느라 저녁 내내 바빴던
설수연은 조금 전에야 저녁을 들고 자운엽을 찾아 사방을 두리번거리
다 이곳으로 온 것이다.
아직 만월은 되지 않았지만 둥그렇게 떠오른 달이 온 누리를 비추고
있어 구릉 위에서 내려다본 벌판은 대낮의 치열했던 전투와는 전혀 다
른 모습의 정경을 펼쳐 냈다.
"앉으십시오, 아가씨."
구름을 밟듯 가벼운 걸음걸이로 다가오는 설수연을 보고 자운엽은
자신이 앉았던 자리를 내어주며 상의를 벗어 설수연의 어깨에 걸쳐 주
었다.
밤이 되며 급격하게 떨어진 기온은 한겨울의 추위와 다를 게 없었
다. 자운엽의 상의를 어깨에 걸치고도 추운지 설수연은 자운엽의 곁으
로 바짝 다가앉았다. 그리고 자신의 어깨를 덮은 자운엽의 상의를 반
쯤 당겨 자운엽의 한쪽 어깨 위로 덮었다.
"전 괜찮습니다."
"추위에는 여자가 더 강해."
몸을 움직여 다시 설수연에게 상의를 덮어주려는 자운엽의 팔을 잡

으며 설수연은 자운엽의 어깨에 자신의 어깨를 밀착시켰다.

따뜻한 체온과 함께 말로 표현할 수 없는 부드러운 느낌이 어깨로부터 전해져 왔다.

무수히 죽을 고비를 넘기며 온몸에 아로새긴 상처를 어루만지고 지친 영혼까지 포근하게 감싸주는 그런 느낌이었다.

"고마워."

그렇게 최대한 몸을 밀착시키고 움츠리며 한기를 몰아내던 설수연이 조용히 속삭였다.

"뭐가 말입니까?"

"오빠를 도와줘서……. 네가 아니었으면 어떻게 됐을지 모를 아찔한 상황이었어."

조금만 늦었어도 어찌 될지 몰랐을 위급한 상황을 떠올리는 듯 설수연의 어깨가 잠시 경직되었다.

"조금은 빚을 갚은 것 같은 느낌이 듭니다."

"무슨 빚?"

설수연이 고개를 돌리며 자운엽의 옆모습을 깊숙한 눈빛으로 쳐다보았다.

구릉 위에서 달을 쳐다보며 깊은 생각에 잠긴 자운엽의 모습에서 무슨 생각을 하는지 어렴풋이 짐작이 갈 듯도 했다.

"언젠가 큰공자님이 제게 도둑질하지 말고 착하게 살라며 한 방 건어찬 건 아시죠?"

일기 부분을 떠올리자 다시 발가벗기는 기분이 드는 듯 자운엽은 입맛을 다셨다.

"그래, 일기 속에 있는 내용은 한 자도 빠뜨리지 않고 그대로 쓸 수도 있으니까.”

일기 얘기가 나오자 설수연의 표정에 미소가 번졌다. 그리고 달빛에 비친 까만 눈동자가 보석처럼 반짝거렸다.

“그건 그동안 저에게 빚으로 남아 있었습니다.”

자운엽은 빨아들일 듯 깊은 눈빛으로 자신을 쳐다보는 설수연의 시선을 느끼며 괜스레 달을 올려다보며 말했다.

이 세상에서 설수범을 가장 잘 아는 사람이 자신이라면, 자신을 가장 잘 아는 사람은 설수연일 것이다. 설수범처럼 찌르는 듯한 날카로운 눈빛은 아니었지만 온통 빨아들일 듯 내면 세계까지 읽고 있는 것 같은 설수연의 눈동자가 그것을 말해 주고 있었다.

“그런 줄 알았어.”

그 짐작을 확인이라도 해주듯 설수연의 목소리가 들렸다.

“어떻게 말입니까?”

자운엽이 천천히 고개를 돌리며 설수연의 시선을 마주쳐 갔다.

두 개의 달이 깊은 호수 속에서 빛나고 있었다.

“말로는 그때의 원한을 못 잊는다 외치고 있었지만 그때부터 넌 오빠를 좋아했잖아?”

“이크! 그게 무슨 말입니까? 내가 큰공자님을 좋아하다니요? 세상에 좋아할 사람이 따로 있지…….”

설수연의 눈길을 마주쳐 가던 자운엽이 펄쩍 뛸 듯 고함을 질렀다.

“오빠가 어때서?”

“어떻긴요. 얼음장에다… 돌부처에다, 시퍼렇게 갈아놓은 칼에다, 도저히 좋아할 만한…….”

“그런데 왜 반각만 쉬어가자는 애원을 무시하고 그렇게 달려온 거야? 그때 말 위에서 쓰러지는 줄 알았잖아."

설수범의 멋없음을 한 가지 한 가지 들춰내는 자운엽을 살짝 흘겨본 설수연이 이제 더 이상 그 얘기는 그만두자는 표정으로 자운엽의 말허리를 잘랐다. 그리고는 자운엽의 어깨 위로 천천히 머리를 기대왔다.

아련히 느껴지던 설수연의 향기가 한층 진하게 뇌리 속으로 파고들었다.

성숙한 여인의 향기 같기도 했고, 어린 시절 들판에서 우연히 맡았던 이름 모를 꽃 향기 같기도 했다.

또한 그것은 아득한 기억 저 너머의 향기 같기도 했다.

문득 감숙설가에서 같이 지냈던 황씨 할아버지의 목소리가 귓전에 울렸다.

"노마님은 내 여동생이자, 누님이자, 어머니였다."

그때는 무슨 그런 복잡한 촌수가 다 있는지 얼른 이해가 되지 않았지만 이젠 이해가 갈 것 같았다. 그와 함께 평생을 외롭게 살다 간 바보 같은 노인네의 모습이 달빛 속에 비춰졌다.

그 노인은 해바라기처럼 노마님을 쳐다만 보며 살다가 끝내 놈들의 손에 횡사하고 말았다.

불쌍한 노인네!

자운엽은 길게 숨을 들이마셨다.

어깨에 머리를 기댄 설수연의 향기가 다시 폐부를 가득 채워왔다.

"무슨 생각을 하는 거야?"

자운엽의 어깨에 머리를 기댔던 설수연이 고개를 들고 자운엽을 쳐다보았다.

"황씨 할아버지가 갑자기 생각났습니다. 그리고 노마님도……."

깊게 빨아들였던 숨을 토해내며 자운엽이 나직하게 답했다. 그리고는 설수연의 눈을 쳐다보았다.

어린 시절 자신의 눈을 쳐다보며 감탄하시던 노마님의 눈빛이 설수연의 눈빛과 많이 닮았다는 생각이 들었다. 그러나 눈동자 깊은 곳에서 뿜어져 나오는 빛깔은 전혀 달랐다.

"난 할머니와는 달라!"

한동안 자운엽의 눈빛에서 여러 가지 생각들을 읽어내던 설수연이 고개를 저으며 말했다.

"할머니는 새어머니에게 내몰려 별채에서 쓸쓸히 생을 마감했지만 난 절대로 그렇게 당하기만 하지는 않아."

솜털처럼 부드럽게 느껴지던 설수연의 몸에서 한줄기 굳강한 기운이 흘러나왔다. 추산미와 야율사한의 마수를 뿌리치고 여기까지 헤치고 온 그 기운이었다.

"그리고 너 또한 황씨 할아버지가 아니잖아? 황씨 할아버지는 울타리 너머에서 할머니를 쳐다만 보며 사셨지만 넌 감숙설가를 무너뜨리고, 온 감숙에 불을 지르는 한이 있더라도 그렇게는 안 살 사람이잖아."

"그렇게는 못살죠. 절대로!"

자운엽이 빙그레 웃으며 답했다. 달빛 아래에서 하얀 치아가 장난스럽게 드러났다.

"푸후—"

자운엽의 미소를 바라보던 설수연이 낮은 웃음을 터뜨렸다.

“왜 웃으십니까?”

“그냥.”

“그냥은 아닌 것 같은데요.”

“웃는 모습이… 귀여운 것 같아서…….”

설수연이 손으로 입을 가리고 다시 웃음을 터뜨렸다.

“쩝!”

자운엽의 입맛을 다시는 소리가 허공으로 흩어졌다.

“저 청년이었습니다.”

기전강을 대신해서 정마수호대장 직을 수행하고 있는 고염각이 설수범을 향해 낮게 말했다.

“누구 말이오?”

구릉 위에 앉아 있는 두 사람을 쳐다보던 설수범이 고염각의 말에 천천히 고개를 돌렸다. 무슨 복잡한 생각을 하고 있었는지 고개를 돌려 고염각을 쳐다보는 설수범의 눈빛에는 아직 다 지우지 못한 복잡한 생각의 잔상들이 남아 있었다.

“그때 소주에 이름을 퍼뜨린 자들을 잡았을 때 갑자기 나타나 저희들에게 패배의 쓴잔을 안겨준 사람이 바로 저 청년입니다. 흑립을 쓰고 있었지만 확실합니다.”

고염각도 고개를 들어 바위에 가려져 반밖에 보이지 않는 자운엽의 모습에 시선을 고정시키며 말했다.

“그땐 그런 말 하지 않았잖소?”

그 모든 것이 자운엽의 짓이란 것을 알고 있는 설수범은 대수롭지 않은 표정을 하면서도 그때 자세하게 말하지 않은 고염각에게 질책의 눈빛을 한 번 주었다.

"정체를 파악할 수가 없었습니다. 패자무언이기도 했고……."

고염각이 말끝을 흐리며 고개를 들어 다시 구릉 위를 쳐다보았다.

그때 왠지 적의를 느낄 수 없었던 모습과 조만간 다시 보자는 말뜻이 이제는 이해가 되었다.

목소리와 기도로 봐서 그때 그 흑립인이었다는 것을 알았지만 생각보다 훨씬 젊은 청년이란 데 놀랐다. 그리고 설수범과 어떤 관계인지가 내내 궁금했기에 설수범의 표정을 살폈지만 설수범의 표정에도 자신 못지않은 궁금증이 어려 있는 것을 보곤 고개를 돌렸다.

"그런데 무척 잘 어울려 보이는군요."

고염각은 언제까지나 그곳에 떨어지지 않을 듯 앉아 있는 설수연과 자운엽의 모습을 한 번 더 쳐다보고 설수범의 눈치를 살피며 말했다.

"여우 같은 놈."

나직하게 중얼거리며 등을 돌리는 설수범의 입가에서 착각처럼 한 줄기 미소가 묻어 있는 것을 본 고염각은 멍하니 두 눈만 껌벅거렸다.

◆ 제75장

천적(天敵)

천적(天敵)

"들어가도 되겠느냐, 란아야?"

다음날 아침 일찍 우괴가 설수연과 갈미란이 있는 천막 밖에서 소리를 질렀다. 갈미란의 상처가 걱정이었지만 한시도 자리를 비우지 않고 간호해 주는 설수연과 양예청으로 인해 모두들 한시름 놨다는 표정으로 밤을 지새고 아침이 되어서야 문안을 왔다.

"들어오세요, 할아버지."

갈미란을 대신해서 설수연이 천막의 휘장을 걷자 우괴가 약사발을 들고 들어왔다. 특유의 시커먼 색깔과 함께 쓰디쓴 약 냄새가 온 천막 안을 진동했다.

"뭔가요, 할아버지?"

양예청과 설수연의 부축을 받으며 힘겹게 몸을 일으킨 갈미란이 살짝 미간을 찌푸렸다. 허리 어림에서 느껴지는 상처와 온 천막 안을 진동하는 약 냄새 때문이었다.

"이걸 마시도록 하거라. 저 처자가 네 상처에 잘 듣게끔 약을 지어 주어 아침부터 다리게 했단다. 솜씨는 내 이미 겪어봐서 알고 있으니 어서 쭈욱 마시도록 하거라."

시커먼 약탕 그릇을 보며 의아해하는 표정을 짓는 갈미란을 향해 우괴가 빠르게 설명했다.

"설 소저께서 이걸 만드셨단 말인가요?"

갈미란이 약그릇을 받아 들며 설수연을 쳐다보았다.

전투를 나가는 사람들의 필수품 중에 비상약이 있긴 했지만 그것은 주로 금창약 등의 응급 처치에 필요한 약품이었고 이런 탕약을 끓일 만한 것이 아니었다. 치열한 전투를 하는 중에 팔자 좋게 탕약을 끓일 시간적 여유가 없었기 때문이다. 그런데도 아침 일찍부터 코앞으로 내밀어지는 탕약은 뜻밖이었다.

"제 소지품 중에 좀 남아 있던 약재와 이곳 마차에 있던 약재를 몇 가지 모아 탕약을 만들었어요. 부족하긴 하지만 상처를 아물게 하는 데 효력이 있을 거예요."

설수연이 가볍게 고개를 끄덕거리며 말하자 갈미란이 고맙다는 말과 함께 약그릇을 입으로 가져갔다.

"처자! 앞으로도 계속 우리 란아를 좀 돌보아주게. 덕분에 내 맘이 한없이 가벼워지는구면."

갈미란이 약그릇 비우는 모습을 흐뭇하기 그지없는 표정으로 쳐다보던 우괴는 설수연을 향해서 신뢰감 넘치는 목소리로 말했다. 설수연이 준 가루약의 효능을 체험한 우괴였기에 갈미란의 상처를 설수연이 보살펴 준다는 사실을 누구보다도 믿음직스러워했다. 특히 무심한 제자 놈 설수범이 아닌, 다른 사람에게 갈미란을 맡긴다는 사실은 더 더욱 그랬다.

"글쎄요, 저도 그러고 싶은 마음이야 간절하지만……."

설수연이 안타까운 표정으로 갈미란의 상처를 쳐다보며 말끝을 흐렸다. 일단 여기까지 최대한 빨리 도착하는 것을 목적으로 숨이 턱에 차도록 말을 달려왔고, 다행히 늦지 않게 도착하여 큰 위험에서 갈미란을 구했지만 뒷일은 생각해 보지 않았다. 이들은 내일 다시 군장을 꾸려 이동할 것이고, 자운엽은 결코 이들을 따라 움직이지 않을 것이다. 아침을 들자마자 당장 떠나자는 말이나 하지 않으면 다행일 것이다.

"왜, 왜 그러나? 이젠 오빠를 만났으니 오빠와 함께 있으면 되지 않겠나? 잘은 몰라도 처자 역시 쫓기는 입장이라고 들었는데……?"

우괴는 그동안 갈미란과 설수범의 대화에서 몇 마디 흘려들은 말들을 떠올리며 눈동자를 이리저리 굴렸다. 처음 보았을 때 붕대로 온 얼굴을 감은 모습은 몸을 숨기기 위한 수단이었고, 그런 우여곡절 끝에 오빠를 만났으니 이제부터는 항상 같이 있으리라 생각했다. 그러나 설수연의 표정은 전혀 그렇지 않은 듯했고, 우괴의 눈동자는 한층 더 빠르게 갈미란과 설수연 사이를 왕복했다.

"설마 무례하기 짝이 없는 그놈을 따라가려고……?"

설수연의 표정을 살피던 우괴의 눈이 가늘어지며 거의 감겨질 지경까지 좁혀졌다.

이 처자가 설수범을 따라가지 못할 이유라면 지금 상황에서는 그것밖에 없을 것 같았다. 그렇다면 이 처자와 자신을 못생긴 노인네라고 불렀던 그놈이 그렇고 그런 사이란 말인데…….

이 무슨 부조화의 극치란 말인가?

이렇게 온화하고 화사한 미소가 언제나 얼굴에 머물러 있는 처자와 자신의 배은망덕한 제자 놈보다 몇 배는 더 배은망덕할 것 같고, 몇 배는 더 무례한 어린 놈이 그런 사이라니?

"허어… 이런……."

자신의 질문에 대답은 않고 살짝 볼을 붉히며 미소만 짓는 설수연을 보고 우괴는 장탄식과 함께 가슴을 두드렸다.

자신의 제자가 어떤 청년인가?

좀 무심하고 배은망덕하긴 하지만 누구나 천하제일인이라 부르는 정마협의 제자가 아닌가? 물론 자신의 제자이기도 하고……. 그런 사람의 여동생이라면 그만한 사내를 구해야 하건만, 어쩌다 그런 놈과 짝이 됐단 말인가? 물론 보통이 넘는 무공을 지녔고, 위급한 상황에서 자신들의 목숨을 구했지만 존장지례도 모르는 그런 놈과 이 처자는 도저히 어울리지 않는다는 생각에 우괴의 눈은 이제 정반대로 찢어질 듯 크게 뜨여졌다.

"처자! 혹시 그놈… 아니, 그 청년이 중독이라도 시켰는가? 그래서 해약을 받으려고……?"

"아닙니다, 할아버지!"

기상천외한 우괴의 질문에 설수연은 터져 나오려는 실소를 애써 참으며 답했다.

"그럼 그… 청년이 무슨 협박이라도 하던가?"

우괴는 여전히 어쩌다가 처자 같은 사람이 그런 무례한 놈에게 코가 꿰었느냐는 눈빛을 하며 질문을 던졌다. 아울러 무슨 약점을 잡힌 것이라면 이젠 아무 걱정 말라는 표정을 지었다.

“할어버지는… 알지도 못하면서 왜 자꾸 그러세요?”

밤새도록 같은 천막에서 지내며 어느 정도 분위기를 파악하고 있는 갈미란이 허리 쪽으로 힘이 가지 않게 조심하며 목소리를 높였다.

처음에는 자신 역시 두 사람의 관계가 어떤 것인지 궁금했지만 어제 저녁부터 지금까지 같이 지내며 보인 설수연의 행동에서 두 사람의 관계를 어렴풋이 짐작할 수 있었다.

자신을 치료하느라 늦은 저녁을 든 후 잠깐 시간이 나자 설수연은 온 사방을 두리번거리며 그 청년을 찾았고, 밤이 깊어져서도 잠깐잠깐씩 천막을 빠져나가 이것저것 세심하게 챙겨주는 눈치였다. 그건 우괴의 짐작대로 협박이나 강요에 의한 행동이 절대로 아니었다. 이 여인은 자신이 설수범에게 쏟는 것보다 훨씬 더 깊은 관심과 애정을 그 청년에게 쏟는 것 같았다. 그리고 그것은 자신이 설수범에게 쏟는 애정과는 전혀 다른 방식이었다.

자신은 언제나 설수범에게서 자신이 준 만큼 받기를 원했다. 아니, 어쩌면 조금은 더 받기를 원했다. 그래서 항상 갈증을 느꼈고, 설수범의 무심함을 섭섭해했다. 그것은 이제껏 설수범에게 큰 짐이 되었을 것이다. 가슴속에 아픔이 많고, 그래서 아직까지는 자신을 받아들일 만한 여유가 없는 사람이란 걸 짐작하면서도 항상 안달한 것 같다.

갈미란은 가슴 밑바닥에서 안타까움과 회한이 밀려왔다.

‘미안해요, 공자님!’

갈미란이 나직하게 한숨을 내쉬었다.

그러나 갈미란과 달리 우괴는 여전히 자신의 짐작을 확신했다. 그 무례한 놈이 무슨 수작을 부리지 않고서야 이런 처자가 따라갈 리 없다고 생각했다.

“정말 무슨 협박을 한 것인가, 처자? 그렇다면 이제부터 아무 걱정 말게. 내 기꺼이⋯⋯.”

“아닙니다, 할아버지.”

설수연이 얼른 우괴의 말꼬리를 잘랐다.

더 듣고 있다가는 무슨 엉뚱한 말이 튀어나올지 몰랐기 때문이다.

“그, 그럼⋯⋯?”

“할아버지께 조금 무례를 저질렀던 그 사람은 큰 위험에서 저를 구해준 사람입니다. 그 사람이 아니었다면 지금쯤 제가 어떻게 되었을지 모른답니다. 그리고 그 사람은⋯ 저를 만나기 위해 까마득히 멀고 험한 길을 헤치며 여기까지 왔답니다. 그래서⋯ 이제부터는 그 사람과 같이 있으려 합니다.”

설수연이 발갛게 옥용을 물들이며 우괴의 확신에 찬물을 끼얹었다.

‘크음!’

우괴는 내심 신음을 흘렸다.

자신을 큰 위험에서 구해준 그 청년과 같이 있으려 한다는 완곡한 표현이었지만 그것은 어떤 표현보다 명백했다.

남의 말을 귀담아듣기보다 자신의 말을 남들이 귀담아들어 주는 것을 훨씬 더 좋아하는 우괴도 이번만큼은 전적으로 남의 의견을 귀담아 들어 주는 자세를 취하며 눈만 껌벅거렸다.

갈미란 역시 짐작만 하고 있던 자운엽과 설수연의 관계를 설수연의 말을 통해 확연히 알게 되었다.

갈미란은 문득 어떤 녀석이 동생을 한 번 도와주어 최악의 상황까지는 가지 않았을 것이라던 설수범의 말이 떠올랐다. 아울러 그 말을 하며 뭔가 이질적인 색조를 띠던 설수범의 눈빛도 같이 떠올랐다.

그때 설수범의 눈빛에 제일 먼저 떠오른 색조는 신뢰였다. 언제나 모든 것을 회의하는 듯한 눈빛 속에서 그런 신뢰감 가득한 색조가 비쳐진다는 것은 무척이나 이질적이었다. 갈미란은 그때 그렇게 느꼈다.

그리고 뒤이어지는 또 하나의 색조는 앞에서 느낀 그런 이질감을 완전히 지워 버리고도 남음이 있었다.

아주 짧은 순간이었지만 그때 설수범의 눈빛에서는 신뢰감과 함께 두려움의 기운 한 조각도 같이 스쳐 지나갔다.

마도의 주인이라는 할아버지 앞에서도 전혀 주눅 들지 않고 바둑돌을 놓으며 피 튀기는 대결을 벌이던 사내였다. 그런 사내에게도 두려움이란 감정이 있으리라고는 생각지 못했다.

찰나적인 짧은 순간이었지만 그건 분명 두려움의 빛깔이었다. 너무나 이질적인 빛깔이었기에 더 더욱 확연했다.

'대체 정체가 뭘까?

설수범에게 짧은 순간이나마 두려움을 느끼게 할 사람이라면……?

쉽게 짐작이 가지 않았다.

무공은 엄청난 것 같았지만 우괴를 대뜸 못생긴 노인네라고 부를 만큼 거친 언행에서는 명문대가에서 오랜 세월 동안 엄격한 교육을 받은 사람 같지 않았다.

그러나 더 이상은 짐작할 수도, 그럴 필요도 없을 것 같았다. 설수연과 같이 있을 테니 언젠가는 알게 될 것이고, 또 설수연과 같이 있는 사람이라면 설수범과 적이 되지는 않을 것이다.

갈미란은 안도의 한숨을 내쉬었다.

"요지경 속이로고……."

한참 동안 눈만 껌벅이던 우괴도 마침내 한숨을 내쉬었다.

자신의 짐작과 달리 설수연 스스로 그 무례한 놈과 같이 있겠다는 데야 할 말이 없었다. 그렇다면 앞으로 이 처자의 행보는 오로지 그 무례한 놈에게 달렸단 말인데…….

며칠 동안만이라도 설수연이 갈미란을 간호하고 치료해 줄 것을 간절히 바라는 우괴가 다시 눈을 가늘게 떴다. 여름이 아닌지라 쉽게 덧나지는 않겠지만 설수연의 의술이라면 갈미란의 상처는 몇 배나 더 빠른 회복을 보일 것이다.

"처자! 그놈… 아니, 그 청년에게 부탁해서 단 며칠 만이라도 우리하고 같이 행동하면 안 되겠나? 내 부탁함세."

아무리 봐도 자운엽은 자신의 말을 들을 것 같지 않았지만 이 처자가 부탁한다면 들어줄 수도 있을 것이라 생각하며 한참 동안 궁리를 거듭하던 우괴는 설수연에게 부탁을 했다.

"부탁은 해보겠습니다만… 큰 기대는 하지 마십시오, 할아버지."

잠시 생각에 잠겼던 설수연이 자신없다는 목소리로 답했다. 자신 역시 우괴 못지않게 갈미란의 상처를 돌보아주고 싶었지만 자운엽의 성격으로 봐서 며칠씩이나 남을 따라다니며 시간을 축낼 사람이 아니었다.

"왜 기대를 하지 말라는 것인가, 처자? 남자는 여자 하기 나름 아니겠나?"

우괴가 의아스런 눈빛으로 설수연을 바라보았다.

"할아버지의 배은망덕한 제자 때문에 더 안 될 것 같아요."

우괴의 눈빛을 받은 설수연이 살짝 미소를 지으며 답했다.

"내 배은망덕한 제자 놈이라면… 처자의 오라버니가 아닌가?"

우괴가 점점 더 모르겠다는 표정을 했다.

"그래요. 제 오라버니와 할아버지께서 말씀하신 그 무례한 청년은
무의식 중에 서로를 천적으로 의식하고 있을 것 같습니다. 그러니 하
루라도 빨리 서로에게서 멀어지려 할 겁니다."

"천적?"

설수연의 말을 들은 우괴가 뭘 잘못 듣지 않았나 하는 표정으로 수
없이 눈을 깜박거렸지만 더 이상 설수연의 말은 이어지지 않았다.

설수연의 예상대로 간단한 아침 요기가 끝나자마자 자운엽은 흑룡
과 다른 두 마리의 말에다 짐을 실으며 떠날 준비를 했다.

자운엽뿐만 아니라 천마성의 모든 무사들도 분주히 짐을 꾸리며 다
음 목적지로 이동할 준비를 하고 있었으므로 자운엽의 행동이 특별해
보일 것은 없었다. 그래서 그들 중 누구도 자운엽에게 눈길을 주지 않
았다. 그럴 여유도 없었고, 자운엽과 요승의 대결을 본 사람들만 빼면
자운엽을 알지도 못했기에 그냥 낯선 얼굴 하나로 여기고 있을 뿐이었
다.

그러나 좀 더 떨어진 곳에서는 몇 쌍의 눈이 제각기 빛을 발하며 자
운엽의 행동을 주시하고 있었다.

"떠날 모양이구먼."

용화성과 적유, 그리고 정마수호대 부대장 고염각은 천마성 무사들
이 다음 행선지로 가기 위해 준비하는 것을 주시하면서 자운엽의 움직
임을 놓치지 않고 있었다. 특히 용화성의 눈빛은 단 한시도 떨어지지
않고 자운엽에 고정되어 있었다.

구십 성상을 칼을 휘두르며 오로지 무의 세계에 심취해 온 사람이기
에 웬만한 사람들은 눈빛 한 번만 보고, 스쳐 지나가며 숨소리 한 번만

들어도 그 사람이 갈무리한 내력의 깊이와 무공의 정도를 짐작할 수가 있었다. 그런 자신의 능력을 비켜나는 사람이라면 천마성주와 그 제자인 설수범 정도일 것이다.

그런데 이젠 한 사람이 더 늘었다.

세 마리의 말에다 부지런히 짐을 싣고 있는 저 청년 역시 자신의 감각이 미칠 수 있는 범위를 넘어서고 있었다. 호흡에서나 눈빛에서나 도저히 그 깊이를 파악할 수가 없었다.

특히 그 눈빛!

일대 효웅의 눈빛이었다.

철저히 자신을 감추면서도 언뜻언뜻 날카롭게 빛나던 눈빛은 설수범 못지않았다. 그리고 더 나아가 설수범의 눈빛에서는 느낄 수 없는 색다른 기운이 엿보였다.

그것은 길들일 수도, 예측할 수도 없는 야성의 기질이었다.

"거듭거듭 정체가 궁금한 청년이로고!"

용화성은 내심 중얼거리며 갈미란의 천막에서 나오는 두 여인에게로 눈길을 돌렸다.

"같이 떠날 모양인가 봅니다."

간단한 소지품 보따리를 말에 올리는 설수연과 양예청을 보며 적유가 약간 의외라는 목소리로 말했다. 적유 역시 우괴처럼 설수연이 이젠 오빠를 따라가지 않을까 생각하고 있었던 것이다.

"정말 이렇게 서둘러 떠나야 해?"

설수연은 못내 갈미란이 걱정되는 듯 조심스런 표정으로 천막 쪽을 쳐다보며 말했다.

결코 여기서 길게 머무를 사람이 아니란 것은 예상했지만 너무나 오 랜만에 만난 설수범과 상처 때문에 실컷 얘기를 나누지 못한 갈미란과 이렇게 헤어진다는 것이 정말 아쉬웠다.

"이 사람들과는 방향이 정반대군요. 같은 방향이라면 며칠 정도는 더 같이 행동할 수도 있겠지만……."

자운엽은 짐 꾸리는 손을 멈추지 않으며 답했다. 말은 그렇게 했지 만 사실 같은 방향이라 할지라도 동행하지는 않았을 것이다.

지금도 느끼고 있지만 저 멀리서 뚫어질 듯 자신을 쳐다보는 여러 쌍의 눈빛들…….

그리고 천천히 다가오는 또 한 쌍의 눈빛!

그런 건 천성적으로 질색이다.

"어디로 가려는 것이냐?"

다가온 설수범이 자운엽을 향해 질문을 던졌다.

여전히 갈아놓은 칼 같은 분위기에 폐부를 찌르는 듯한 눈빛이 고개 를 돌리지 않아도 확연하게 느껴졌다.

'후후!'

자운엽은 내심 한줄기 웃음을 흘렸다.

한 여인과 한 사내를 만나기 위해 머나먼 가시밭길을 헤치며 여기까 지 왔다.

쥐새끼처럼 초라한 모습으로 쓰러져 있던 자신에게 더없이 안타까 운 눈빛과 함께 따뜻한 손길로 상처를 어루만져 주던 여인!

아랫배를 걷어차고 난 후 '배가 고파서 한 번쯤 음식을 훔치는 것은 나쁜 일이 아니다. 하지만 매번 그런 짓을 하며 살다가는 자손 대대로 도둑놈밖에 될 수 없다. 그건 정말 더러운 일이다' 라는 말과 함께 정자

나무 아래에 있는 구덩이에 몇 년 동안 잊지 않고 전낭을 넣어주던 사
내!

너무나 먼 곳에 있어 도저히 만날 수 없는 사람들 같았는데 이렇게
만나고 보니 어제저녁에도, 그리고 오늘 아침에도 너무 쉽게 만나고 있
었다.

"네 녀석을 보고 물은 것이다."

자운엽의 대답이 들리지 않자 설수범이 다시 질문했다.

"중원으로 갑니다. 그곳은 여기보다 훨씬 훔칠 것이 많거든요."

고개를 돌린 자운엽이 빙글거리며 답했다. 그새 단련이 되었는지 어
제저녁처럼 그렇게 힘들이지 않고도 자연스럽게 미소가 지어졌다.

"이 녀석이!"

느물거리는 미소로 답하는 자운엽을 보고 도저히 어쩔 수 없다는 표
정을 한 설수범이 설수연에게로 눈길을 돌렸다.

"함께 가자. 그동안도 오빠 노릇을 못했지만 더 이상은 너를 위험
속에 놓아둘 수가 없구나."

설수연을 바라보는 설수범의 눈빛에 짙은 회한이 어렸다.

온화한 모습 속에 강철 같은 강함을 숨기고 있는 동생이란 걸 알고
있지만 여자의 몸으로 그동안 겪은 고초가 어떠했을지 짐작이 가고도
남았다. 천만다행으로 이렇게 무사히 만났지만 추산미의 광적인 집착
에 의한 위험은 고스란히 남아 있었다. 어쩌면 시간이 갈수록 그 위험
은 더해질지도 몰랐다. 부상당한 갈미란과 함께 천마성으로 보낸다면
그 모든 위험에서 벗어날 수 있을 것이라 생각한 설수범의 표정이 단
호해졌다.

"이제 오빠하고 나하고는 갈 길이 달라. 그동안 어떻게 지내는지 항

상 걱정이었는데… 이젠 안심이 돼. 그리고 이젠 더 이상 내 걱정 안
해도 돼. 그러니 오빠는 아무 걱정 말고 하고 싶은 일을 해.”

설수연이 예의 그 부드럽고 온화한 미소로 답했다.

“수연아!”

단 한 점의 두려움도 없이 자신의 제안을 거절하는 설수연을 보고
설수범은 망연한 표정을 지었다. 그동안 숱한 걱정을 했는데 동생은
오히려 자신을 더 걱정하며 스스로의 안위에 대해선 털끝만큼의 의심
도 없었다. 그런 설수연의 눈빛에서 설수범은 절대로 그녀를 천마성으
로 데려갈 수 없다는 것을 느꼈다.

잠시 더 설수연을 쳐다보던 설수범의 눈빛이 강렬해졌다. 그리고 그
눈빛은 서서히 자운엽에게로 향했다.

“수연이가 이렇게 신뢰할 만큼 컸는지 정말 궁금하군.”

설수범의 눈빛이 찌르듯 자운엽의 망막을 향해 쏘아져 왔다.

“묘비를 내 손으로 세워주지 않아도 될 만한 정도인지 저야말로 궁
금하기 짝이 없군요.”

자운엽의 입술 끝이 묘하게 비틀어졌다.

챙―

챙―

분주히 움직이던 천마성의 무사들과 용화성 등이 의아한 눈으로 쳐
다보는 가운데 설수범과 자운엽이 검을 빼 들고 마주섰다.

몇 마디 대화를 나누는 것 같지도 않았는데 누가 먼저랄 것도 없이
천막이 걷혀진 들판 한가운데로 뚜벅뚜벅 걸어나온 두 사람은 또 그렇
게 누가 먼저랄 것도 없이 검을 빼 들었으니, 무심코 두 사람을 쳐다보

던 사람들은 아직도 제대로 상황 판단이 안 된 듯 눈만 끔벅거렸다.

"무슨 일인가?"

뜻밖의 상황에 용화성은 적유를 쳐다보며 의아스런 표정을 지었다. 그러나 적유 역시 똑같은 표정으로 용화성을 쳐다볼 뿐이었다.

싸움이 일어나기 전에는 전조(前兆)가 있는 법이다.

놀이터 코흘리개들의 싸움에서부터 빨래터 아낙네들의 싸움, 뒷거리 건달패들의 싸움, 더 나아가서는 무공을 익힌 무림인들의 싸움에서도 제일 먼저 경직된 분위기가 연출되고, 차츰 흥분된 분위기로 진전되며, 고성방가와 삿대질이 몇 번 오간 후에 머리채를 잡든지 주먹이 오가는 법이다. 싸움이 아니라 비무를 하더라도 삿대질이나 고성방가 등의 행위들은 생략되겠지만 최소한 서로를 노려보는 정도의 절차가 있는 법이다.

그러나 지금 마주 선 두 사람에게는 그런 전조가 전혀 없었다. 그리고 저렇게 검을 뽑을 이유가 없는 사람이란 생각이 들었다. 저 청년은 설수범의 위기에 홀연히 나타나 괴승을 처치하고 모두를 구해준 것 같았다. 그리고 설수범이 보살펴 주지 못해 항상 자책하던 동생까지 데려와서 눈물의 상봉을 하게 해주었다. 그런 청년이기에 짧은 만남이 끝나고 이별의 인사라도 나누는가 싶은 순간, 느닷없이 들판 한가운데로 걸어나와 검을 빼 든 모습은 적유 역시 도저히 이해가 가지 않았다.

"이별을 아쉬워하며 서로 검이라도 바꾸려는 걸까요?"

적유는 고개를 갸웃거리며 용화성의 질문에 답했다. 그러나 그 대답은 자신이 생각해도 말이 되지 않았다. 서로의 손에 익은 검을 바꾸면 그건 검이 아니라 장식품으로 전락하고, 자신의 손에 맞는 검을 다시 구해야 한다. 무인들에 있어서 그건 백해무익한 짓이다.

‘쩝!’

머쓱한 적유는 내심 입맛을 다시며 검을 뽑아 든 두 청년에게로 시선을 고정시켰다.

“많이 컸구나!”

자신 앞에 우뚝 선 자운엽을 바라보며 설수범이 무심한 목소리로 말했다. 밝은 태양 아래서 상체를 쭉 펴고 마주 서보니 훌쩍 큰 키가 자신보다 작아 보이지 않았다. 또한 아무렇게나 검을 아래로 늘어뜨리고 서 있는 모습이 빈틈투성이인 듯하면서도 뭔지 모를 엄중함이 스며 있었다.

결코 엄중한 기수식을 요구하는 정종 무학에서는 볼 수 없는 자세였지만 그 자세에서 풍기는 기운은 어떤 정종 무학에서 뿜어져 나오는 것보다 무거워 보였다.

“손가락 한마디 정도는 제가 더 클 것 같군요. 그러고 보니 훔친 음식이 영양가가 높은 건 확실한 것 같습니다. 쿡쿡!”

자운엽은 아무렇게나 늘어뜨린 검처럼 어깨를 흔들며 툴툴 웃었다.

“망할 놈! 먼저 공격해 보거라!”

설수범은 말론 도저히 이길 수 없는 놈이란 표정으로 눈살을 찌푸리며 미세하게 검첨을 움직였다.

우우웅—

보일 듯 말 듯 미세하게 움직이는 검첨에서 태산이라도 쓸어버릴 듯한 기운이 흘러나왔다.

저렇듯 미세하게 움직이는 검첨에서 저만한 기운이 뿜어져 나오는데 제대로 휘둘러지면 어떨지 짐작이 갔다.

우우웅—

자운엽도 늘어뜨린 검을 슬쩍 움직였다.

단전에 모여 있던 기운이 검첨으로 흘러나와 대기를 요동시켰다.

요동 치는 대기와 함께 온몸의 피가 끓어오르기 시작했다.

정마협 갈문혁의 제자!

감숙설가의 큰공자!

그리고…

난생처음으로 인간에 대한 두려움을 뼈저리게 느끼게 해주었던 사내!

이 세상에서 누구보다 보고 싶은 사내였고, 누구보다 뛰어넘고 싶은 사내였다.

또한 누구보다 검을 나누어보고 싶은 사내였다.

그 사내와 검을 마주하고 섰다.

끓어오르던 피가 터져 나갈 듯 온 혈맥 속에서 요동 쳤다.

이 순간 검을 휘두르지 못한다면 주화입마에라도 걸릴 것 같았다.

"하앗!"

자신의 의지였는지, 아니면 검의 의지였는지, 그도 저도 아니면 혈맥 속에서 요동 치던 피가 주체할 바를 몰라 폭주하며 팔을 움직였는지 그렇게 검이 휘둘러졌다.

까강—

폭음 같은 쇳소리가 울리며 두 개의 검이 마주친 곳에서 불꽃이 튀었다.

인사는 끝났다.

인사 같은 건 체질에 맞지 않지만 그렇게 한 번 검을 휘두름으로 해서 격렬하게 끓어오르던 혈기가 시원하게 분출되었다.

이젠 혼신의 힘을 다해 싸울 것이다.

누구를 증오해서도 아니고, 누구를 죽이기 위해서도 아니다.

누구에게 나 자신을 증명해 보이기 위해서는 더 더욱 아니다.

나 자신을 알기 위해서이다.

어디서 와서 누군지 모르는 나 자신이 당신과 검을 섞고 나면 조금은 더 선명하게 알 수 있을 것 같다.

"오시오, 큰공자! 날 이겨서 내 손으로 당신의 묘비를 세워주지 않아도 될 만한 정도라는 것을 증명하면 형이라 불러 드리겠소. 쿡쿡!"

꽉 다문 이빨 사이로 억눌린 웃음이 터져 나왔다.

앙천대소는 아니었지만 그 어떤 웃음보다 통쾌했다.

'음!'

얼얼한 손목의 느낌을 음미하며 설수범은 검을 다잡았다.

단순하게 한 번 휘두른 검이었지만 그 검에는 만 근의 무게가 실려 있었다.

허술한 듯 보이는 자세 속에서 엄중하게 흘러나오던 그 기운이었다. 녀석은 그 한 번의 검격으로 어떻게 싸울 것이라는 뜻을 전한 것이다.

결코 얕보진 않았다.

언젠가는 무섭게 자랄 놈이란 것을 짐작했고, 이 세상에서 사부 다음으로 무서운 인간이라고도 생각했다.

그러나 손목에 전해지는 충격은 예상을 한참 더 뛰어넘었다.

검을 마주치는 순간 이게 아니다란 생각과 함께 진기를 한층 더 강하게 끌어올렸기에 가까스로 검이 퉁겨나는 꼴은 면했다.

'사력을 다해야 할 것 같다.'

설수범은 온몸 구석구석에서 긴장감이 몰려오는 것을 느꼈다.

실로 오랜만에 느껴보는 긴장감이었다.

몇 년 전, 천마성에 단신으로 뛰어들어 사부인 정마협과 마주 앉았을 때 느껴지던 그런 긴장감이 전신을 감쌌다. 그건 의지에 의한 것이 아니라 마주한 상대를 보며 본능적으로 느껴지는 긴장감이었다. 천적을 만난 짐승이 온몸의 털을 곤두세우듯 온몸 구석구석에서 잔털 하나하나까지 모조리 일어섰다.

"좋군!"

하얀 치아가 드러나며 빙옥 같은 설수범의 얼굴에 미소가 번져 나갔다. 그 미소에 양광(陽光)마저도 잠시 빛이 바랠 듯 주춤거리며 사방으로 흩어졌다.

"마(魔) 속에 있는 극강무쌍한 힘과 사(邪) 속에 있는 신비막측한 힘을 동경한다고 했었지? 그 힘들을 얼마나 얻었는지 한번 볼까?"

설수범의 얼굴에 피어오른 미소가 서서히 사라지며 손에 들린 검이 무거운 검풍을 일으켰다.

쐐애액—

유마칠검의 제일초식 유마추혼의 어지러운 검식이 자운엽의 가슴을 향해 쇄도해 들었다. 혼백이라도 놓치지 않고 따라붙을 듯 쾌속하면서도 강맹하기 짝이 없는 공격이었다.

파르르—

나비의 날갯짓 소리가 울려 퍼지며 유마추혼의 빛 무리 속으로 수많은 나비가 한꺼번에 날아들었다. 혈접검법 제일초식 혈접난무였다. 수운검으로 펼칠 때보다 현란함은 떨어졌지만 각각의 날갯짓 속에 스며 있는 힘은 훨씬 웅혼했다. 그 무수한 날개들이 유마추혼의 초식 사이로 스며들기 시작했다.

'우웃!'

유마추혼의 초식을 간단하게 무력화시키며 그 사이로 무수한 떨림을 일으키는 나비의 날갯짓 같은 검날이 쏟아져 들어오자 설수범은 얼른 초식을 변화시켰다. 눈을 현혹시키듯이 떨리며 쇄도해 드는 검날은 단번에 전신을 난자할 듯 영활하고 위력적이었다. 그러면서도 그 날개 하나하나에 결코 무시 못할 내력이 담겨 있었다.

째째째째째쨍—

유마잔백(幽魔殘魄)의 초식으로 바꾼 설수범의 검이 무수한 날갯짓을 차단하며 부딪치자 고막을 째는 듯한 금속성이 울려 퍼졌다.

휘이잉—

순간 무수한 떨림을 일으키던 자운엽의 검이 혈접쇄풍의 초식을 펼치며 나비의 날개를 쳐내느라 벌어진 유마잔백의 빈틈을 향해 쾌속하게 찔러들었다. 보통 사람이라면 도저히 빈틈이라고 느낄 수 없을 만큼 미세하게 드러난 빈틈 속으로 엄청난 진동을 일으키며 자운엽의 검이 무섭게 파고들었다.

스스스!

혈접쇄풍의 검첨이 설수범의 허리 어림을 건드렸다고 느낀 순간 설수범의 신형이 흐릿하게 사라지며 한 자루의 검이 자운엽의 목을 노리고 날아들었다. 검을 든 사람은 보이지도 않고, 그 자리에 한 자루의 검만 커다랗게 확대되어 날아들었다.

'어엇!'

자운엽도 내심 비명을 지르며 급급히 신형을 뒤로 젖혔다.

공격이 성공하는가 싶은 순간 수라분영으로 신형을 두어 자 정도 왼

쪽으로 이동시키며 검을 휘둘러 오는 설수범의 움직임은 흡사 유령을 상대하는 듯 가공스러웠다. 털끝만큼이라도 실수한다면 가차없이 목이 달아날 만큼 무서운 움직임이었다.

'마도제일인자인 천마성주의 무공인가?'

상상을 초월하는 수법에 자운엽은 경악한 눈빛으로 설수범의 검날이 목줄기 바로 앞까지 날아드는 순간 환사삼결 중 제이결 전이심공을 펼쳐 가까스로 신형을 튼 후 제삼결 환영심공을 극성으로 펼쳤다.

파앗—

결코 수라분영에 못지않은 움직임과 함께 자운엽의 신형이 그 자리에서 사라지며 저만치 옆 쪽에서 나타났다. 극한 상황이 아니면 되도록 꼭꼭 숨겨놓고 싶은 환영심공의 움직임이었지만 엄청난 상대 앞에서 그것은 불가능했다.

옆으로 물러선 자운엽의 눈빛이 서늘하게 가라앉았다.

만약 자신이 환영심공을 익히고 있지 못했으면 방금 설수범의 수법에 꼼짝없이 당해 목이 달아났거나, 못해도 어깨 어림에 큰 상처를 입었을 것이다.

'이건?'

설수범 역시 자운엽과 비슷한 낭패감을 느끼며 안광을 빛냈다.

처음부터 유마칠검의 초식으로 상대해 나갔고, 수라환경의 무공은 펼치지 않고 끝까지 그렇게 상대하려고 했다. 그러나 자신마저도 제대로 의식하지 못한 빈틈을 신속하게 파고들어 오는 자운엽의 검은 유마칠검의 무공만으로 상대하기엔 도저히 불가능했다. 자신도 모르게 수라분영을 펼쳐 유리한 고지를 점했지만, 아니, 점했다고 생각한 순간 자운엽 또한 거의 비슷한 신법으로 자신의 공격을 무산시키며 저만치 물러섰다.

설수범은 자신도 모르게 마른침을 삼켰다.

정사의 모든 무공을 통틀어 수라분영만한 신법은 없을 것이라 확신했다. 내력 소모가 좀 심하긴 했지만 잔영이 사라지기도 전에 또 하나의 신형이 나타나며 움직이는 수라분영은 아무도 따를 수 없는 천하제일의 신법임에 틀림없었다.

그러나 그 확신은 조금 전 목격한 자운엽의 움직임에 의해 와르르 무너져 버렸다. 수라분영처럼 잔상을 남기며 옆에서 솟아나지는 않았지만 활시위에서 쏘아져 나가듯 순식간에 거리를 벌리는 움직임은 갑자기 앞에서 사라졌다가 다른 곳에 나타났다는 착각을 일으킬 정도였다.

'예상보다 훨씬 많이 큰 것 같군.'

설수범의 눈빛도 서늘하게 가라앉았다.

"저, 저놈들이 왜 저러느냐?"

설수연과 양예청이 소지품 보따리를 챙겨 나가자 겨우 몸을 일으킨 갈미란을 부축하며 천막의 휘장을 걷고 밖으로 나오던 우괴는 순식간에 한 번씩 검을 나누고 대치하고 있는 설수범과 자운엽을 보며 고함을 질렀다.

마음 같아서야 당장 달려가 영문이라도 묻고 싶었지만 자신의 몸에 의지해 겨우겨우 걸음을 옮기는 갈미란을 대동하고 있어 두 눈을 크게 뜬 채 고함만 질렀다.

갈미란 역시 우괴 못지않게 놀라며 고통스런 표정으로 펴지지 않는 상체를 억지로 펴며 장내 상황을 살폈다.

검을 들고 마주한 두 사람 사이에는 그 어떤 것도 끼어들 수 없는 팽팽한 긴장감이 흐르고 있었다. 눈을 동그랗게 뜬 갈미란은 두 사람이 저렇게 싸울 이유를 생각했지만 아무리 생각해도 저 두 사람은 싸울 이유가 없는 사람들이었다.

밤새 쑤셔오는 상처의 고통과 함께 밀려오는 잠 때문에 설수연과 몇 마디 대화를 나누어보지 못했지만 설수연이 저 청년을 어떻게 생각하고 있다는 것을 알았고, 설수범 또한 저 청년을 무의식 중으로 믿고 있다는 것을 느꼈기에 도저히 이런 상황은 이해가 되지 않았다.

초조한 표정이 된 갈미란이 저만치 서 있는 설수연을 향해 걸음을 옮기는 순간 잠시 대치하고 있던 두 사람이 다시 검을 휘두르기 시작했다.

쐐애액—

설수범의 검이 다시 맹렬하게 날아들었다. 좀 전과 마찬가지로 '네 녀석이 얼마나 컸는지 충분히 알아보겠다' 라는 뜻이 고스란히 담긴 검이었지만 훨씬 더 강한 기운이 서려 있었고, 훨씬 더 날카로워져 있었다.

"하앗—"

자운엽 역시 내력을 강하게 끌어올리며 검을 마주쳐 갔다.

'그런 정도의 공격으로는 결코 내게서 당신을 형이라 부르는 소리를 듣지 못할 것이오' 라는 말을 내뱉듯 혈접낙화의 초식이 무수한 진공을 만들며 설수범의 온몸을 찔러들었다.

위이잉!

무수한 나비의 날갯짓과 함께 자운엽의 검이 말을 하고 있었다.

─그동안 무수히 죽을 고비를 넘기고, 많은 싸움을 치렀지만 내 상대는 이 세상에서 유일하게 큰공자, 당신이오. 야율사한도 정마협도, 가마릅도 아니오. 큰공자, 당신만이 유일하게 내 상대일 뿐이오! 당신에게 아랫배를 걷어차였을 때부터 그것을 느꼈고, 숱한 고초를 겪으며 이 날을 기다렸소.

"그걸로는 부족하오, 큰공자! 숨겨놓은 절기들을 모조리 꺼내시오!"

깡!

까강!

자운엽의 검이 점점 더 무거워지며 설수범의 머리 위로 떨어졌다.

"광오한 놈! 어디 이것도 받아보아라."

한마디 외침과 함께 설수범의 검이 쭈욱 늘어나는 듯하며 시퍼런 검기가 뻗어 나왔다. 감숙섭가의 뒷산에 있는 폭포를 자르던 유마칠검 제사초식 유마단폭(幽魔斷瀑)이 펼쳐졌다.

우우웅─

시퍼런 검기와 함께 날아드는 설수범의 공격에 자운엽의 검이 무서운 진동음을 내며 부딪쳐 갔다.

콰앙─

화석심공의 기운을 극성으로 끌어올린 자운엽의 검이 설수범의 검과 부딪치며 폭음을 토해냈다.

우두두두─

두 개의 검기가 충돌한 곳에서 깊이 한 자가량의 구덩이가 파여지며 작은 돌멩이와 흙무더기가 허공으로 떠올랐다가 우박처럼 쏟아져 내렸다.

"큰소리칠 만하구나. 하지만 아직은 멀었다."

유마단폭의 공격에 조금도 밀리지 않고 자신의 검기를 똑같이 쳐내며 땅바닥에 커다란 웅덩이를 만든 자운엽을 보며 설수범이 희미한 미소와 함께 다시 검을 휘둘렀다.

―귀신같은 솜씨로 저잣거리에서 먹거리들을 훔치고, 감숙설가와 자신의 주변에서 일어나던 모든 일들을 꿰뚫어 보고 있던 놈! 장롱 속에 숨겨진 땅문서까지 바꿔치기하여 속절없이 빠질 뻔했던 구렁텅이를 비켜가게 만들어준 요마 같은 놈! 복수를 해주기 싫고, 묘비를 만들어주기 싫어서 형이라 부르기 싫다고? 네놈 눈엔 내가 그렇게 허약해 보이더냐?

까깡―

깡―

설수범은 이제 혼신의 힘을 다해 자운엽을 향해 쇄도해 들었다.

"진작 그렇게 나왔어야지요. 그래야 큰공자답지요."

자운엽도 입가에 희미한 미소를 물고 설수범의 공격에 대항해 혼신의 힘으로 검을 휘둘렀다.

퍼엉―

콰앙―

초식과 초식으로 겨루던 대결의 양상이 이젠 완전히 달라졌다.

군장을 꾸리다 동그랗게 뜬 눈으로 모여든 모든 천마성 무사들의 눈에 제대로 보이지도 않을 정도로 섬전처럼 움직이며 두 사람은 혼신의 힘을 다해 대결을 벌이고 있었다.

용쟁호투!

한 마리의 용과 한 마리의 대호가 싸움을 벌이듯 두 사람은 신들린 듯 싸우고 있었다.

퍼엉—

콰앙—

다시 한 번 대격돌이 이루어지며 폭음이 울렸고 흙먼지가 구름처럼 허공으로 치솟았다. 그리고는 잠시 정적이 찾아왔다.

흙먼지가 걷히자 두 사람의 얼굴은 온통 땀으로 젖었지만 눈빛은 오히려 차분히 가라앉은 채 서로를 쳐다보고 서 있었다.

"수연이가 네 녀석을 믿는 이유가 이것이었군. 하지만 난 아직 네 녀석을 완전히 믿을 수 없다."

설수범이 천천히 검을 검갑에 꽂아 넣었다. 그리곤 근처에 있는 천마성 무사 한 사람에게 던져 주었다.

이젠 수라환경의 무공으로 상대할 생각이었다. 유마칠검으로 대결하며 느낀 자운엽의 무공은 깊이를 알 수 없었다. 다시 말해 유마칠검으로는 도저히 한계를 드러내게 할 수 없었다.

놀랍기도 했고, 안도감이 들기도 했다.

뒤이어 가슴 저 밑바닥에서 끓어오르는 주체할 수 없는 한 가닥 열기를 느꼈다.

그것은 강한 상대를 만났을 때 끓어오르는 무인의 본능적인 승부욕이었다. 구미호 열 마리가 와도 못 당할 것 같은 이놈이 적당히 자신을 드러내고, 또 적당히 감추며 그걸 부채질하고 있단 것을 눈치 챘지만 주체할 수 없기는 마찬가지였다.

"안심이 안 되기는 저 역시 마찬가지군요. 솔직히 아직은 내 손으로 공자님의 묘비를 안 세워줘도 되겠구나 하는 확신이 안 서거든요!"

여전히 설수범을 격발시키며 자운엽은 이마에 흘러내리는 땀을 닦았다. 그리고 근처에서 쳐다보고 있는 천마성 무사 하나에게 설수범과 똑같은 모습으로 검을 던진 후 저만치 떨어져 있는 정마수호대 부대장 고염각에게 눈을 돌렸다.

"검을 좀 빌립시다. 저번에 보니까 보기 드문 보검 같던데."

자운엽의 느닷없는 행동에 고염각이 움찔하며 우괴의 눈치를 보다가 벌레 씹은 표정으로 검을 뽑았다. 그리고는 옆에 있던 부하를 시켜 자운엽에게 갖다 주게 했다. 이제껏 누구에게도 빌려줘 본 적이 없는 곤오철(昆吾鐵)로 만든 보검이었지만 상황이 상황이었다.

"무, 무슨 말이냐? 네놈은 저 무례한 놈과 벌써 알고 있는 사이더냐?"

잠시 용호상박의 대결이 멈춰지자 안절부절못하며 제자 걱정만 하고 있던 우괴의 눈이 뱁새눈이 되어 고염각을 쳐다보았다. 이미 알고 있던 놈이면 귀띔이라도 해주어야 할 것이거늘 이제껏 입 꾹 다물고 이런 싸움이 일어나게 만들었냐는 눈빛이었다.

"일전에 소주의 지시를 받고 헛소문 내는 놈들을 잡으러 갔다가 깨끗하게 당하고……."

"그럼 그놈이……? 저런 망할 놈."

"좀 가만히 있게나."

우괴가 다시 고함을 치다가 다가온 용화성의 질책을 듣고는 입을 다물었다.

"소저 생각은 어떤가? 내 보기엔 두 사람이 적은 아닌 것 같은데 저렇게 싸우는 것이 이해도 안 가거니와, 이쯤 했으면 되지 않았나 싶은데?"

용화성이 걱정스런 눈빛으로 설수연을 쳐다보았다.

이미 놀랄 만한 무위를 선보인 두 사람이었다. 보통 청년이 아니라는 생각은 거듭거듭 하고 있었지만 천마성주의 제자를 상대로 한 치도 밀리지 않고 싸울 줄은 몰랐다. 정말 천외천, 천상천이란 말을 실감나게 했다.

그러나 정작 대결은 지금부터일 것 같았다.

설수범이 검을 던졌다는 것은 성주의 무공인 수라환경을 펼치겠다는 뜻이고, 저 청년 역시 검을 바꾸어 새로운 자세로 대결하겠다는 뜻이었다. 이젠 두 사람 모두 조금만 어긋나면 목숨을 잃거나 큰 상처를 입을 수도 있다. 불구대천지 원수가 아닌 바에야 굳이 그런 대결을 벌일 이유가 없었다.

"처자가 어서 좀 말리게. 누가 다치더라도 처자는 큰일이 아닌가?"

우괴도 연신 고개를 끄덕이며 설수연을 쳐다보았다.

"지금은 누가 말린다 하더라도 들을 사람들이 아닙니다."

설수연도 이제는 걱정 가득한 표정이었지만 천천히 고개를 저으며 답했다.

"왜 그런가?"

용화성이 깊은 눈빛으로 다시 질문했다.

"저 두 사람은 이번 기회에 한껏 싸우지 못한다면 언젠가 다시 싸우게 될 사람들입니다. 그럴 바에야 여러 어르신들이 계신 이 자리에서 실컷 싸우게 내버려 두는 게 훨씬 안전할 것 같습니다. 서로 지칠 때까지 싸우고 나면 아무 일 없다는 듯 제 갈 길로 떠날 것입니다."

설수연은 여전히 걱정스런 눈빛이면서도 차분함을 잃지 않았다. 그런 설수연의 태도에 용화성도, 적유도 더 이상 질문을 하지 못했다. 무슨 뜻인지는 알아듣지 못했지만 여기 있는 누구도 설수연만큼 저 두 사람과 오래 생활하지 못했다. 그러니 저 두 사람 사이에 자신들이 알지 못하는 대결의 이유가 얼마든지 있을 수 있는 것이다.

자신들은 단지 어제 자운엽을 처음 본 순간부터 오늘까지의 행동만을 미루어 도저히 싸울 이유가 없다고 짐작했을 뿐이다. 그러나 검을 든 사람들은 종종 서로를 존경하고, 서로의 상처를 안타까워하면서도 상대방의 심장에 그 칼을 쑤셔 박을 경우도 있는 것이다.

설수연의 말을 들은 사람들은 어쩌면 저 두 사람도 그런 이유로 싸우고 있단 생각이 들었다. 우괴만 빼놓는다면 거의가 그런 것을 느끼고 있었다.

결국 그런 것을 못 느낀 우괴가 고함을 질렀다.

"뭐가 그리 복잡한가? 저렇게 죽자 사자 싸울 것이면 어제는 왜 악을 쓰고 구해주었나?"

그러나 우괴의 투정은 긴장으로 물드는 용화성 등의 눈빛을 보며 막을 내렸다.

"천마성주의 무공을 쓰실 모양이군요?"

천마성 무사 하나가 가져온 고염각의 검을 이리저리 살펴보며 그런대로 흡족하단 표정을 짓던 자운엽이 빈손으로 우뚝 선 설수범을 쳐다보며 물었다.

"네 녀석이 본색을 다 드러내지 않으니 내 스스로 파헤칠 수밖에 없지 않겠느냐?"

설수범의 눈빛이 다시 강렬해지며 자운엽을 쏘아보았다.

"여간해서 본색을 드러내지 않는 게 제 특기죠. 그동안 갈고닦은 공이 지대해서 천마성주의 무공이라 해도 쉽게 안 될 겁니다. 큭큭!"

자운엽의 입가에 의미심장한 미소가 번져 나갔다.

말로만 듣던 천마성주의 무공!

아마 수라환경이라 했던 것 같았다.

천고의 기재가 아니면 익힐 수 없기에 근 이백여 년 동안 비급으로만 전해져 오던 것을 천마성주 갈문혁이 익혔고, 그 역시 육십이 넘도록 전해줄 후인을 찾지 못하다가 설수범에게 전했다고 들었다.

세상 모두들 천마성주 갈문혁을 천하제일인자라고 말했고, 수라환경을 천하제일무공이라 말했다.

그러나 정작 정마협 자신은 스스로를 제이인자밖에 안 된다고 말했다.

그건 맞는 말이다.

누가 뭐래도 내 사부님이 천하제일인자니까. 쿡쿡!

같이 있으면서도 내내 골탕먹일 생각만 했지 절 한번 하지 않고 떠나온 사부였다. 그러나 그 사부는 천하제일인자이다. 그건 의심할 여지 없는 사실이다.

큰공자, 당신은 상상도 못할 것이다.

천하제이인자의 제자인 당신이 지금 상대하려는 사람은 명실상부한 천하제일인자의 제자란 사실을……. 후후!

구당협으로 돌아가 사부를 다시 만나면 구배지례를 올려야겠다는 마음이 물밀듯 밀려온다. 쿡쿡!

"이번에는 먼저 공격해 보십시오. 한 수 양보해 드리겠습니다."

자운엽이 더욱 진한 미소를 머금으며 말했다.

"네놈에겐 천마성주의 무공도 우습게 느껴지는 모양이구나."

설수범의 눈빛이 차가워졌다,

"그런 것은 아닙니다. 천하제일, 제이… 나 혼자 매긴 것이긴 하지만 어쨌든 제가 서열이 한 단계 높으니까요. 후후!"

“무슨 소리냐?”

“그냥 해본 소리입니다. 시작해 보죠.”

자운엽은 손에 익숙하게 하려는 듯 손잡이를 만지작거리며 빙글빙글 돌리던 고염각의 검을 비스듬히 옆으로 내렸다.

기수식이니 뭐니 필요없이 언제든지 나비의 날개를 뿌릴 수 있는 자세였다.

우우웅—

사선으로 내린 검에서 대기를 진동시키는 소리가 퍼져 나왔다.

그러나 절대로 먼저 공격하지 않겠다는 듯 내려진 그 상태에서 꼼짝하지 않았다.

“망할 녀석!”

설수범의 손이 쭈욱 앞으로 뻗어 나왔다.

빈손으로 상대의 검을 낚아채기도 하고 쳐내기도 하는 수라탄검의 초식이었다.

끝까지 자신이 먼저 공격하기를 기다리며 움직이지 않는 자운엽의 검을 부러뜨릴 듯 설수범의 손은 유령의 손인 듯 자운엽의 검을 향해 뻗어왔다.

파르르—

여전히 그 자리에 내려져 있던 자운엽의 검이 진동을 일으키며 슬쩍 방향을 틀었다. 나비의 날개 아래에 진공의 구멍을 뚫어 나비를 떨어뜨리는 혈접쇄풍이 유령처럼 다가오는 설수범의 손바닥을 향해 맹렬하게 찔러 나갔다.

“타아!”

잡아채기는 불가능하다고 느낀 설수범이 손을 활짝 펴며 자운엽의 검신을 때렸다.

휘이잉—

수백 마리의 나비를 떨어뜨리는 혈접낙화의 초식으로 바뀐 자운엽의 검이 수백 개로 늘어나며 검을 쳐오는 설수범의 팔뚝을 찔러들었다.

퍼어엉—

수라탄검의 수법이 무위로 돌아가자 설수범의 손이 검신을 쳐내던 여세를 몰아 수라삼첩장의 장력을 자운엽의 어깨를 향해 뿜어냈다.

휘이잉—

설수범의 손에서 경시하지 못할 경력이 뿜어져 나오는 것을 느낀 자운엽은 급히 검을 회수하며 혈접검법 제사초식 혈접장신을 펼쳤다.

한 자루의 검 속에 신형을 완전히 감추고 바늘 하나, 물 한 방울도 스며들지 못할 정도로 엄중한 막을 치는 혈접장신이 사부로부터 얻은 내공과 어우러져 완벽한 방어막을 펼쳤다.

퍼엉—

퍼엉—

혈접장신에 의해 세 개의 첩장이 단 한 개도 자운엽을 건드리지 못하자 설수범의 손바닥이 붉게 물들며 수라염해(修羅炎海)의 화염이 쏟아져 나왔다.

우우웅—

혈접장신의 엄중한 검막(劍幕) 속에서 느릿느릿한 만검이 화염을 흩뜨리며 아래에서 위로 치고 올라왔다. 그와 함께 온 세상을 불바다로 만들 것처럼 뻗어 나오던 불길이 강한 바람에 구름 흩어지듯 사라졌고 일필휘지의 만검이 호선을 그리며 설수범의 가슴으로 날아들었다.

파파파팡—

　요승의 괴장 공격을 무력화시키던 저 만검 속에 얼마나 무서운 변화와 내력이 숨어 있는지 알고 있는 설수범은 감히 경시하지 못하고 수라붕산(修羅崩山)의 무거운 장력을 연속 네 번이나 쏟아 부으며 만검의 공세에서 벗어났다.

　수라환경의 네 초식마저 무위로 돌아가는 것을 본 설수범의 눈에 이질적인 색감이 떠올랐다. 서천맹의 백호당주를 상대하면서도 이 정도는 아니었다. 그때는 광기에 젖고 살기에 젖어 지금보다 흉포했을지는 몰라도 활검을 익히며 한 단계 높아진 지금과 비견할 순 없었다. 그런데도 자운엽은 조금도 굴하지 않고 자신의 공격을 무산시키며 역공을 취하고 있었다.

　설수범의 입가에 다시 옅은 미소가 어렸다. 그리고 그 미소는 더욱 강맹한 장력으로 변해 자운엽을 향해 휘몰아쳐 갔다.

　─정말 놀랄 정도가 되었구나. 네놈 때문에 세상이 조금은 덜 외로웠다! 사고무친의 고아가 된 심정으로 집을 떠나던 날, 대문 밖 정자나무 아래에서 네 녀석이 날 배웅해 주었기에 추위를 느끼지 못했었다. 언제나 걱정이 되던 수연이도 네 녀석을 믿는 한 가닥 신뢰가 있었기에 조금은 걱정을 덜 수 있었다. 오너라! 모든 것을 보여주겠다. 이 세상에서 날 가장 잘 알고 있는 네놈은 내 모든 것을 볼 자격이 있다.

　파아앙!

　우우웅─

　한층 더 표홀해진 설수범의 신형이 유령처럼 움직이며 막강한 장력을 뿌리자 자운엽의 만검 또한 더욱 굵은 호선을 그리며 설수범의 공격을 차단하고 흐르는 물처럼 설수범의 초식 사이로 스며들었다.

　─자신이 외롭다고 생각하시오? 그래서 그렇게 얼음장 같은 얼굴로

살아가는 것이오? 정말로 외로우면 웃음이 나오는 법이오! 스스로 자신을 위로할 수밖에 없는 그런 웃음 말이오. 울음보다 더 처절한 미소이긴 하지만 억지로라도 그렇게 웃고 살면 얼마나 편한지 아시오? 좀처럼 남에게는 들키지 않으면서 남을 많이 훔쳐 볼 수 있소. 좀 웃고 사시오! 얼음 인간은 쉽게 부서지기 마련이오. 내 손으로 당신의 묘비를 세워주긴 싫소.

쾌앙—

휘우웅—

수라붕산에 대응해 자운엽의 만검에서 시퍼런 기운이 쏟아져 나오자 수라흡멸의 초식이 자운엽의 공력을 빨아들여 갔다.

—도대체 네 녀석이 누군지 모르겠구나. 왜 우리 집에 버려졌고, 왜 그때 저잣거리에서 내 눈에 뜨였는지 모르겠구나. 그때 네 녀석이 내 눈에 뜨이지 않았다면 지금 이렇게 만나는 일도 없었겠지? 아닐 것이다. 네 녀석과는 결국 이렇게 만났을 것이다. 그게 네 녀석과 나 사이에 얽힌 운명일 것이다. 오래전부터 웃음을 잊어버리고 살았지만 네 녀석 때문에 아주 가끔씩은 웃을 수 있었다. 형이라 불러달라던 내 부탁을 딱 잘라 거절하던 소악마 같던 네 녀석의 모습을 떠올리면 나도 모르게 웃음이 나왔다. 그런 네놈이기에… 수연이를 주어도 아깝지 않을 것 같다.

쾌앙—

쾌아앙—

어디가 하늘이고, 어디가 땅인지 구별이 안 될 정도로 건곤일척의 대결은 계속되었다. 서로 단 한 치도 밀리지 않는 용호상박의 대결에 모두들 처음의 장소에서 수십 장 이상씩 물러나 숨소리조차 죽이고 있었다.

천하제일의 무공이라는 수라환경의 무위는 경천동지할 만한 수준이었다. 그러나 그 무공을 맞아 시퍼런 섬전을 내뿜으며 마주치는 자운엽의 무위도 결코 그 아래가 아니었다.

설수범이 용이 되어 하늘에서 날아 떨어지면 자운엽은 대호가 되어 땅을 박차고 도약했다. 그렇게 도약한 자운엽이 용이 되어 날아 내리면 이번에는 설수범이 대호가 되어 사방을 휩쓸어갔다.

"아악―"

어느 순간 설수연과 갈미란이 동시에 비명을 질렀다.

자운엽의 시뻘건 검과 설수범의 붉게 물든 손바닥이 최후의 승부를 가리려는 듯 서로를 향해 쇄도해 들었다. 누구 한 사람 완전히 부서져야 끝이 날 공격들이었다.

"크윽!"

"큭―"

서로를 향해 쇄도해 들던 두 사람이 선혈을 토하며 동시에 우뚝 신형을 멈추었다.

자운엽의 검이 설수범의 목덜미 한 치 앞에서 멈추어 있었고, 설수범의 손바닥이 자운엽의 심장 한 치 앞에서 멈추어 있었다.

"젠장!"

"망할!"

마지막 순간에 뻗어 나가던 진기를 거의 동시에 거두어들인 두 사람이 선혈을 토하며 비틀거렸다. 응축된 기운이 컸기에 역류하는 기운

역시 그만큼 서로에게 큰 타격을 주었다.

"왜 공격을… 멈추었느냐?"

다시 한 모금 선혈을 토한 설수범이 백지장 같은 표정으로 물었다.

"내가 그대로 공격했으면… 큰공자님은 죽었을 것이오. 그러는 공자님은 왜 멈추었소?"

자운엽도 역류하는 선혈을 억지로 억누르며 말했다.

"네놈이야말로… 내가 멈추지 않았으면 죽었을 것이다."

"그렇다고 갑자기 멈추면… 자살이라도 하겠다는… 것이오?"

"그러는… 네놈은?"

"나야 큰공자 당신이… 멈출 줄… 알았으니까… 멈춘 것…….

"요악…….

그 말을 끝으로 두 사람은 다시 폭포처럼 선혈을 토하며 나란히 바닥에 쓰러졌다.

"이, 이게 무슨……? 어서! 어서 기혈을 다스려 주어라!"

용화성과 적유, 우괴, 고염각이 경악한 표정으로 두 사람에게로 날아갔다. 그대로 놔두면 둘 다 주화입마에 이르고도 남을 상황이었다.

네 명의 고수들이 달라붙어 혼신의 힘을 다해 기혈을 다스리자 설수범과 자운엽은 겨우 위험한 고비를 넘기고 운기하기 시작했다.

언젠가 한 번은 싸워야 할 사람들이라면 여러 어르신들이 있는 곳에서 싸우게 놔두는 게 안전하다는 설수연의 예상이 정확히 들어맞는 순간이었다.

사중협의 후인

사중협의 후인

천막으로 자리를 옮겨 다시 운기에 들어간 설수범과 자운엽은 하루 종일을 기다려도 내상을 모두 다스리지 못한 듯 천막 밖으로 나오지 않았다. 때문에 예정된 출발이 각각 하루씩 늦추어졌다.

군장을 꾸리고 하루 종일 노심초사하던 천마성의 무사들은 오후가 되자 다시 야영 준비 하라는 명령을 받고 천막을 치기 시작했다.

기다림에 지치긴 했지만 모두들 싫은 표정은 아니었다. 긴장을 풀지 못하고 억지로 쉬는 격이었지만 하루 종일 말을 달리는 것관 비교할 바가 아니었기 때문이다.

설수연도 이제나저제나 두 사람이 멀쩡한 모습으로 천막의 휘장을 걷고 나오기를 기다리면서 양예청과 함께 갈미란의 상처를 돌보았다. 부족한 약재였지만 돌팔이 의원 피계익을 며칠 만에 명의 소리 듣게 만든 설수연의 의술은 갈미란의 상처를 놀랄 만치 호전시켰다. 그리고 하룻밤 더 머물러야 할 상황이 되자 설수연도 적잖이 마음 놓이는 표정이었다.

내상이란 것은 충분한 여유를 가지고 다스릴수록 바람직한 일이다. 화급한 상황에서 들끓는 진기만 겨우 가라앉히는 것으로 그치는 수도 있지만 그건 불씨를 짚단으로 우선 감싸두는 것과 마찬가지다. 잠시 동안은 불씨가 가려지겠지만 차후에 적절한 조치를 취하지 않으면 더 큰 불로 번지고 만다.

저녁이 되었으니 어쨌든 내일 아침까지는 두 사람 모두 느긋하게 운기할 수 있을 것이다. 그리고 아무 걱정 없이 내상을 다스리기에 수많은 천마성의 무사들이 지키는 이곳은 더없이 안전해 보였다. 또한 하룻밤 더 갈미란을 보살필 수 있게 된 것도 안심이 되었다.

오빠 설수범의 걱정에 목이 다 늘어날 지경인 이 아가씨를 조만간 새언니로 불러야 될 것 같았지만 천마성주의 손녀로 아무 걱정 없이 자라서 그런지 언니란 생각보다 한참 동생 같다는 느낌이 들었다. 어제보단 상태가 훨씬 호전되었으니 오늘 밤은 못다 한 얘기도 더 나누고, 오후 나절 구해온 약초로 좀 더 세심하게 치료를 해주어야겠다는 생각과 함께 실로 오랜만에 느긋한 평온함을 맛보았다.

잠시나마 모두들 그런 휴식을 취하고 있는 중에 여전히 바쁜 사람이 있었다. 설수범의 천막 밖을 서성이며 호법 서느라 주변을 둘러싼 천마성 무사들에게 수시로 주의를 주고, 용화성과 적유가 있는 곳으로 와 걱정을 늘어놓고, 갈미란과 설수연이 있는 천막으로 와 갈미란의 상세와 설수연의 눈치를 살피던 우괴는 도저히 쉴 틈이 없어 보였다.

그중에서도 우괴를 가장 바쁘게 하는 것은 설수연의 눈치를 살피는 일이었다. 어제는 설수연이 조금 더 같이 동행하며 갈미란을 보살펴

주었으면 하는 바람으로 설수연의 눈치를 살폈지만 오늘은 다른 이유에서였다. 그것은 바로 자운엽 때문이었다.

늘그막에 얻은, 눈에 넣어도 아프지 않을 제자는 자신의 제자이기에 앞서 천마성주의 제자로, 언젠가는 그 뒤를 이어 다시 천하제일인자가 될 것을 믿어 의심치 않았다.

충분히 그만한 자질이 있는 놈이었고, 오히려 자질이 넘쳐 나서 걱정이 되는 놈이었다. 그러나 그런 확신은 눈에 넣어도 아프지 않을 제자에게 맹렬하게 검을 휘두르는 자운엽의 모습을 보고 뿌리째 흔들리게 되었다. 요사스런 기운을 풀풀 풍기는 괴승을 퇴치시킬 때부터 적잖이 놀라고 있었지만 그래도 자신의 제자만큼은 아닐 것이라 생각했다.

그런 제자를 공격하던 나비의 날갯짓 같은 검법!

그 검법은 자신의 유마칠검을 번번이 파훼시키며 몇 번씩이나 제자의 목줄기에 혀를 날름거렸다.

그 날갯짓은 어느덧 부드럽고 굵은 호선을 그리며 성주의 무공인 수라환경까지 막아냈다.

결코 무례한 놈만은 아니었다.

이젠 무섭기 짝이 없는 놈이란 생각이 들었다.

그런 무례하고, 무섭기 짝이 없는 놈의 정체를 조금이라도 캐낼 수 있는 곳이라곤 설수연뿐이었으므로 우괴는 계속해서 설수연의 눈치만 살폈다.

"제 얼굴에 뭐라도 묻었나요, 할아버지?"

계속해서 힐끔거리는 우괴를 보고도 한동안 모른 체하던 설수연이 마침내 질문을 했다.

짧은 만남의 기간이었지만 결코 신중하거나, 누구의 눈치 살피는 모습을 보여주지 않던 우괴가 왜 그러는지 충분히 짐작했기에 설수연은 모른 척하며 갈미란의 상세를 살피고, 약초를 손질하다가 안됐다는 마음이 들어 먼저 대화의 물꼬를 터주었다.

"아, 아닐세. 처자의 얼굴이야 백옥처럼 깨끗하지. 암, 그렇고말고! 그래서 어제도 내가 넋을 잃고 한동안 눈을 떼지 못하다가 주책바가지로 전락하지 않았는가. 험험!"

"호호호!"

"푸후후!"

어제 뭇 사람들이 지켜보는 기운데서 넋을 잃고 설수연의 얼굴을 쳐다보다 민망한 꼴을 당한 우괴의 모습을 떠올리며 두 여인은 교소를 터뜨렸다. 옆에서 두 사람의 대화를 들은 갈미란만큼은 뜻밖에 다시 만난 설수연을 보고 무심결에 한 행동이란 걸 눈치 챘지만 다른 사람들은 아직도 그렇게 여기지 않을 것이라 생각하니 갈미란은 상처를 입은 옆구리가 결려오는 것을 느끼면서도 좀처럼 웃음을 멈출 수가 없었다.

"그만들 웃게나. 험험!"

우괴의 볼멘소리를 듣고서야 두 여인은 겨우 웃음을 멈추었다.

"그 청년의 사문과 사부가 누구인지 아는 게 있는가?"

우괴는 웃음을 멈춘 설수연을 보고 이제껏 눈치를 보게 된 이유를 털어놓았다.

설수연은 잠시 난처한 눈빛을 했다. 자신 역시 그것에 대해서는 아는 것이 별로 없었다. 그냥 외롭고 쓸쓸한 노인에게서 무공을 익혔다고 들었다. 조금 더 덧붙이면 그 노인은 어린 시절부터 몹쓸 병을 앓아 외모가 보통 사람들과 많이 다르게 변했고, 그래서 아무와도 접촉하지 않고 절진을 쳐 은거해 계신다고 했다. 그리고 천하에 다시없는 천재란 말도 언뜻 들은 것 같다. 그 이상은 아는 게 없었다.

"같이 살겠다고 하는 사람에 대해서 아는 게 그것밖에 없다니 말이 되는가?"

설수연의 설명을 들은 우괴가 말도 안 된다는 표정을 지었다.

"할아버진… 언제 그렇게 말했어요? 같이 있고 싶다고 했죠."

불쑥 튀어나온 우괴의 말에 갈미란이 얼굴을 붉히며 핀잔을 주었다. 뭐, 결국 같은 뜻이긴 했지만 '아' 다르고 '어' 다른 게 말이 아닌가? 그렇게 노골적으로 표현하면 듣는 처녀의 입장이 뭐가 되겠는가?

갈미란의 눈빛이 그렇게 핀잔 주며 쏘아보자 우괴가 헛기침을 했다.

"험험! 내가 또 실례를 했구먼. 항상 요놈의 입이 방정이지."

우괴는 무안한 표정을 짓다가 다시 설수연을 쳐다보며 조금 전에 한 자신의 질문을 이번에는 눈빛으로 대신했다.

"정말이랍니다, 할아버지. 그것 이외에는 아는 것이 없습니다. 그런 걸 잘 안 가르쳐 주는 사람이거든요."

설수연이 재차 고개를 흔들며 답을 하자 우괴도 설수연의 말을 믿을 수밖에 없었다. 미안하다며 답을 거절했으면 거절했지 거짓말을 할 처자는 아니라고 생각했다. 물론 처음 만났을 때는 몹쓸 병에 걸려 흉측한 얼굴이 되었다고 거짓말했지만 이번에는 아닌 것 같았다.

바쁘다는 것은 우괴처럼 팔다리가 부지런히 움직여서 그렇게 되기도 하지만 정반대로 행동하면서 그렇게 되는 경우도 있다.

가만히 의자에 앉아 있지만 누구보다 바쁜 사람들도 있는 것이다.

‘수라환경과 막상막하로 대결이 가능한 무공이라면 어떤 것일까?

적유는 우괴보다 더 바쁘게 복잡한 생각에 잠겨 있었다.

이제껏 그런 무공은 없을 것이라 확신하고 있었다.

그걸 제대로 못 익힌 자신이야 구파일방의 장문인들 정도의 고수들을 만난다면 수라환경을 펼치고도 밀릴 수 있겠지만 사제 설수범은 이제 십성 이상의 성취를 이룬 것 같았다. 그런 사제에 대항해서 조금도 밀리지 않는 청년을 두 눈 시퍼렇게 뜨고 목격했으니 전신에 식은땀이 흐를 정도였다.

언젠가 천마성을 위협할 수도 있을 인물이 나타났다는 생각이 들었지만 그건 나중 일이었다. 우선은 자신이 익힌 수라환경, 자질이 비천한 탓에 겨우 맛만 본 수준에 그쳤지만… 천하제일이라 생각했던 그 무공이 정체 모를 청년의 검법에 비해 크게 우위를 차지한 것 같지 않다는 사실은 자존심의 문제였고, 천적을 만난 듯 털끝을 곤두서게 하는 일이었다.

“용 장로님의 식견으로도 알아볼 수가 없었다는 말씀이십니까?”

바쁘게 염두를 굴리던 적유는 용화성을 보며 재차 질문을 했다.

우괴가 설수연에게 질문을 했다가 들은 대답과 마찬가지로 적유도 좀 전에 용화성에게 질문했다가 ‘모르겠네!’ 라는 간단한 대답을 들었지만 똑같은 질문을 다시 하고야 말았다.

천하에 모르는 무공이 없을 정도로 무공에 대해서 해박한 용화성이 모르겠다면 자신 역시 아무리 노력을 기울여도 알 수 없을 것이다. 그러나 자신이 그토록 믿고 있던 수라환경에 상극인 무공이 나타나지 않았나 하는 긴장감에 적유는 추측의 실마리라도 잡겠다는 눈빛으로 용화성을 쳐다보았다.

“초식으로 봐서 결코 정종의 무학은 아니었네. 그러나 그 청년의 검에서 뿜어져 나오는 기운은 어떤 정종 무학보다 무겁고 광오했네.”

용화성이 깊은 생각에 잠긴 표정으로 답했다.

엄격한 기수식과 오랜 세월 동안 갈고닦아진 정형의 틀이 느껴지지 않는 자운엽의 검법에선 구파일방이나 다른 어떤 정파 무공과도 연관을 지을 수가 없었다. 그렇다면 사파의 검법에서 그 뿌리를 추측해야 하는데 그것도 아니었다. 쉴 새 없이 팔랑거리면서도 뇌전의 기운이 뻗어져 나오는 검법은 사파의 그 어떤 검법과도 닮은 구석이 없어 보였다.

기재가 나타나고, 청출어람으로 기존의 무공보다 한층 더 발전된 무공을 재창안할 수도 있겠지만 그 뿌리는 변하지 않기에 몇 초식 펼치는 것을 보면 원류를 짐작할 수가 있다. 그러나 성주의 제자와 대결한 청년의 검법은 그 원류조차 짐작이 가지 않았다.

“정파에서도, 사파에서도 그 뿌리를 찾지 못하는 무공을 익힌 청년이라면……?”

심유하게 가라앉아 있던 적유의 눈빛이 흔들렸다.

“세상에는 모래알만큼 많은 기인이사가 있다고들 하지 않던가? 눈빛을 보니 여간해서 자신을 드러낼 청년은 아니었네만, 천마성주의 진전을 십성 이상 이어받은 제자와 동수를 이룰 만한 사람이라면 조만간 그 이름이 들려올 것이네. 그때를 기다리는 재미도 괜찮을 걸세.”

용화성이 더 이상은 괜한 심력을 낭비하기 싫다는 듯 온화한 미소를 지으며 의자에서 몸을 일으켰다. 주화입마에 빠질 위험까지 무릅쓰면서 마지막 순간에는 서로에게 향하던 공격을 멈추는 청년들이라면 더 이상은 걱정 안 해도 될 것 같았다. 그 생각은 용화성의 노안에 떠오른 미소를 더욱 온화하게 만들었다.

들판에 다시 해가 떠오르자 천마성의 무사들이 분주하게 움직이며 천막들이 걷혀지고 군장이 꾸려졌다. 자운엽도 흑룡과 다른 두 마리의 말에 다시 짐을 실었다.

어제 아침과 거의 비슷한 일이 반복되고 있었다. 굳이 다른 점을 찾는다면 어제 아침에는 자운엽을 알지 못하던 천마성 무사들이 신경도 쓰지 않고 자기 할 일들만 하던 반면 오늘은 모두들 힐끔거리며 눈치를 본다는 정도였다.

"우리도 다 챙겼어."

설수연과 양예청도 자신들의 소지품을 챙긴 보따리를 어제처럼 안장 위에 올렸다.

"이렇게 헤어져야 하다니… 너무 아쉬워요."

조심스럽게 따라나온 갈미란이 눈물이라도 흘릴 듯한 표정으로 설수연을 쳐다보았다. 이틀 동안 정성스런 간호로 옆구리의 상처가 훨씬 나아지게 해준 고마움 때문이기도 했지만 설수범에게 있어서 이젠 하나뿐인 동생이란 생각이 더욱 이별을 가슴 아프게 했다. 비록 그녀는 그걸 모르고 있겠지만…….

또한 여전히 그녀에 대한 위험이 사라지지 않은 상태이니 앞으로도 어떤 위험이 닥칠지 몰랐다. 단지 그녀의 곁에서 동행하는 사내가 설수범 못지않은 무공을 지니고 있다는 사실이 위안이 되었다.

"조만간 다시 만나게 되겠지요. 그땐 며칠 밤을 새우면서 이야기꽃을 피워요."

설수연도 온화한 미소 속에 아쉬운 표정을 담고 갈미란의 손을 잡왔다.

"우리 오빠 잘 부탁해요. 강하긴 하지만 너무 외로운 사람이거든
요."

갈미란의 손을 꼭 쥔 설수연이 부탁하자 갈미란이 미소와 함께 고개
를 끄덕이며 대답을 대신했다.

"허허! 기어코 이렇게 헤어지는구먼."

우괴도 절뚝거리며 다가왔다.

그냥 걸어도 우스꽝스러운 모습이 절뚝거리기까지 하니 몇 배는 더
우스꽝스러웠다. 그러나 그 표정에는 섭섭함이 진하게 배어 있었다.

"건강하세요, 할아버지. 그때 주신 고마움은 평생 못 잊을 겁니다."

설수연이 미소 지으며 인사를 했다.

"고맙기야 내가 더하지. 그놈의 버섯은 어찌 그리 독한지. 그때 생
각만 하면 아직도 아랫배가 뻐근하다네."

우괴가 아랫배를 쓰다듬으며 인상을 찌푸렸다. 우괴의 등 뒤로 용화
성과 적유의 모습이 나타났다.

"제 오라버니의 사형이 되신다고 갈 소저로부터 들었습니다. 정말
마음이 놓이는군요."

설수연이 적유를 향해 고개를 숙였다.

"못난 사형일 뿐이지요. 평생 짐이 되지나 않을지……."

은 쟁반에 옥구슬이 구르는 듯한 설수연의 목소리에 적유가 편안한
미소를 지으며 답했다.

"오라버니는 사형이 계시는 것만으로도 태산 같은 안도감을 느낄 겁
니다. 언제나 그렇게 태산이 되어주십시오."

몸짓 하나, 언행 하나 한순간도 흐트러짐없는 설수연의 태도에 용화

성과 적유의 얼굴엔 감탄의 표정이 떠올랐다.

"암, 암! 태산이지! 태산이고말고. 비록 내 제자 놈이 잘나긴 했지만 이런 사형은 없을 걸세. 성주의 첫째 제자이면서도 명리를 탐하지 않고 언제나 제 사제를 앞세우는 이런 사형이 또 어디 있겠나?"

그동안 반도로 위장해 있던 적유의 정체를 모르고 적유라면 언제나 죽일 놈! 살릴 놈! 하며 갖은 악담을 퍼부어왔던 우괴는 이 기회에 그 보상을 하려는 심산으로 침을 튀기며 적유를 칭찬했다.

"그리고 또 이 사람은……."

"해 떨어지겠군!"

적유에 대한 우괴의 찬사가 대미를 장식하려는 순간 묵묵히 짐을 꾸리던 자운엽의 입에서 나직한, 그러나 모두에게 들릴 만큼 충분한 힘이 실린 한마디가 우괴의 얼굴을 대번에 우거지처럼 구겨지게 만들었다.

"푸후!"

"킥킥—"

갈미란과 양예청이 우괴의 표정을 보며 웃음을 참으려 애썼지만 결국 입 밖으로 튀어나오는 몇 조각은 다 추스르지 못했다.

"저, 저런 무례하기 짝이 없는 놈! 은인이라 내 어제는 참았지만 오늘은 사생결단을 내야겠다. 어서 검을 다오!"

우괴가 콧김을 내뿜으며 길길이 날뛰다 용화성의 엄한 눈빛을 받고는 겨우 입을 다물었다.

세 마리의 말에 모든 짐을 다 실었고 이젠 떠날 일만 남았다.

홀가분한 기분이 들었다.

오랜 세월 동안 가슴 밑바닥에 쌓아두었던 찌꺼기들을 모두 다 쏟아낸 것 같은 기분도 들었다.

잔뼈가 굵기도 전부터 천적으로 느껴왔던 사내와 목에서 단내가 날 때까지 검을 섞어보았으니 더 이상 미련도 없다. 그리고 다시는 어제 같은 끔찍한 싸움을 하고 싶지도 않다.

천하제일 무공이라 일컬어지고 있는 수라환경의 위력은 정말 명불허전이었다.

인간의 한계를 뛰어넘는 기운과 기상천외한 수법들은 안계를 넓히기 이전에, 이러다 어느 순간 자신도 모르게 황천에 도착해 있지 않을까 하는 두려움을 느끼게 해주었다.

만년한철 같은 사내에게서 쏟아져 나오던 수라환경의 무공은 그래서 더 더욱 공포스러웠다.

사부가 전해준 벽력의 내력과 혈접무한의 검결이 아니었으면, 그리고 술병 속에 넣어 마시게 했던 그 영약 아닌 영약이 아니었으면 아차 하는 순간에 가슴이 타 들어가 지금쯤 차가운 들판에 드러누웠을 것이다.

그러나 천하제일인자의 힘은 역시 조금 더 무서웠다.

정마협은 그래서 뛰어난 사람인 것 같다.

자신의 주제를 잘 알고 스스로 절대 일인자가 될 수 없다고 온 천하에 선포하고 다녔으니까……

그로 인해 서천맹의 마수를 힘들이지 않고 막기도 했다니 존경스럽기까지 한 사람이다.

큰공자, 당신은 사부로부터 그런 것들을 좀 더 배워야 할 것 같다. 자신 스스로 극강한 힘을 기르고 싸우는 것도 중요하지만 남들끼리 싸우게 만들고 느긋이 구경하는 재미! 그것이야말로 강 건너 불 구경 이상으로 재미있는 일이다.

이제 당신과는 다시 싸울 일은 없을 것이다. 누군가와 싸움을 붙이는 일은 있을지 몰라도……. 쿡쿡!

"무슨 생각을 하며 그런 표정을 짓는 거야?"

설수연이 자운엽의 얼굴을 유심히 쳐다보며 물었다.

'이크!'

내심 다급성을 지른 자운엽이 얼른 여러 가지 생각이 떠오른 표정을 지웠다.

자신의 눈빛만 보고도 무슨 생각을 하는지 훤히 읽는 여인이기에 조금 더 이렇게 웃고 있다가는 무슨 생각을 하고 있는지 모조리 들통나 버릴 것 같았다.

"그만 말에 오르십시오, 아가씨."

자운엽은 얼른 말고삐를 끌어당겨 설수연이 말안장 위로 편하게 올라갈 수 있도록 준비를 했다.

"잠시만 기다려 줘."

설수연이 잠시 아랫입술을 깨물다가 천천히 다가오는 설수범을 향해 고개를 돌렸다.

언제나 온화한 미소가 가시지 않던 설수연의 표정이 전에 없이 무겁고 긴장돼 보였다.

이제껏 전혀 본 적 없던 이질적인 설수연의 표정을 본 설수범의 눈빛이 이채를 띠었다.

"엄마의 복수는… 잊어줘."

설수연의 입에서 어렵게, 어렵게 한마디의 말이 흘러나왔다.

설수연의 말을 들은 설수범의 어깨가 급격하게 흔들렸다.

“네가, 네가 그걸 알고 있었더냐?”

어떤 일이 있어도 동생 수연은 아무것도 모르고 밝게 살아가길 원했다. 모든 추악한 것들은 자신이 다 짊어지고 동생에겐 단 한 방울의 오물도 튀지 않게끔 세심하게 배려했었다.

그런데 동생 수연은 이미 그것을 알고 있었다.

자신은 가슴속으로 미치도록 절규하면서 수연만은 모든 것과 무관하게 살길 바랬는데…….

설수범이 눈을 질끈 감았다.

“오빠가 한 번만 날 도와주라고 부탁한 사람의 일기 속에 그런 짐작이 있었어. 그리고 지금까지 오빠의 행동과 표정을 보니 이젠 확신할 수 있었고…….”

설수연의 눈에서 눈물이 흘러내렸다.

“그걸 잊는 게 얼마나 힘들지 짐작이 가지만… 한없이 다정스럽던 어린 시절의 오빠가 난 그리워…….”

“수연아…….”

설수범이 이를 악물었다. 그리고 두 주먹을 불끈 쥐었다.

갈미란과 적유가 극도로 긴장한 눈빛을 하며 선혈을 삼키고 있는 설수범의 표정을 살폈다.

“절대로… 절대로 잊을 수 없는 일이다…….”

설수범의 입술에서 선혈이 흘렀다.

“오빠…….”

설수연의 목소리가 애절하게 흘렀다.

“네 말대로… 어머니의 복수는 하지 않겠다. 하지만 내 가문의 복수는 기필코 하고 말겠다.”

한동안 두 눈을 질끈 감은 채 입술을 깨물고 있던 설수범이 깊게 숨을 들이켰다 내쉰 후 잔잔한 눈빛으로 답했다.

"다행이야, 오빠. 나도 가문의 복수는 할 거야."

설수범의 잔잔하게 가라앉은 눈빛을 바라보며 설수연은 하염없이 눈물을 흘렸다.

처절한 복수심과 골육상잔의 비극은 언젠간 오빠 자신마저도 파멸의 구렁텅이 속으로 빠져들게 할 것이라 걱정했었다. 오빠는 강하면서도 또한 그렇게 약한 사람이었다. 그러나 이젠 걱정 않아도 될 것 같았다. 오빠는 이제 그것들을 뛰어넘고 있었다.

설수연은 천천히 눈물을 거두었다.

"만나서 정말 반가웠어요, 갈 소저. 언제까지나 오라버니 곁에서 태산이 되어주세요, 적유 대협. 그리고 두 분 할아버지들……."

여러 사람들에게 인사를 한 설수연이 자운엽의 부축을 받으며 말에 올랐다.

"보고 싶을 거예요, 아가씨."

설 소저에서 아가씨로 호칭을 바꾼 갈미란이 눈물 흘리며 설수연을 쳐다보았다.

"조만간 다시 만나게 될 거예요. 그때는 새언니라 부를게요. 오빠를 잘 부탁해요."

설수연이 눈물을 닦고 갈미란을 향해 환하게 웃었다.

온 들판에 백목련이 활짝 핀 듯 퍼져 나가는 웃음에 천마성의 젊은 무사들이 한숨을 내쉬었다.

"수연이가 잘못되면 가만두지 않겠다."

묵묵히 지켜보던 설수범이 자운엽을 향해 불쑥 한마디 던졌다.

‘빌어먹을! 이왕이면 잘 부탁한다든지, 조심하거라라고 말하면 어디가 덧나나? 그랬다면 곱게 떠날 텐데.’

슬쩍 미간을 좁힌 자운엽이 희미하게 미소를 지으며 설수범을 쳐다보았다.

“거듭거듭 말하지만 공자님이나 조심하십시오. 대단하긴 했지만 제 입에서 형이란 소리가 나올 정도는 아니더군요. 그리고 전 제 것을 노리는 인간들은 절대로 가만두지 않습니다. 그게 남자든 여자든… 설사 안면있는 아줌마라 할지라도 말입니다.”

“안면있는 아줌마……?”

자운엽의 말을 되뇌던 설수범이 번쩍 안광을 빛내며 검병에 손을 가져갔다. 그러나 화들짝 놀란 갈미란과 우괴, 적유 등에 의해서 검이 뽑혀지지는 못했다.

“네놈이 상관할 일이 아니다.”

설수범이 싸늘한 목소리로 말했다.

“쿡쿡! 좀 웃고 사십시오. 그런 단순한 격장지계도 못 물리치면서 어떻게 가문의 복수를 할 수 있겠습니까? 쿡쿡!”

자운엽이 입술을 비틀며 웃었다. 그리고는 안장에 걸려 있는 고삐를 잡으며 등을 돌렸다.

어이없는 표정이 된 설수범이 흔들리는 눈빛으로 자운엽의 등을 쳐다보았다. 녀석은 자신의 가장 큰 약점을 마지막으로 정확하게 지적하고 떠나는 것이란 생각이 들었다.

“또 봅시다, 예쁘게 생긴 노인장! 살아 계시기나 할지 모르겠지만…….”

자운엽이 흑룡의 고삐를 흔들어 저만치 멀어지며 소리를 질렀다.

“예쁘게 생긴 노인장……?”

우괴가 일순 말뜻을 못 알아듣고 고개를 두리번거리다가 모든 시선들이 자신에게로 향하고 있단 것을 느끼고는 이제껏 뛰던 높이보다 최소한 두 배는 더 뛰어오르며 고래고래 소리를 질렀다.

“마른하늘에 벼락 맞아 죽을 놈! 벼락 맞아 죽어도 주둥이는 썩지도 않을 놈……!”

우괴의 악담이 그렇게 한참 더 추가되다가 고요가 찾아왔다. 그리고 그 고요 속에서 설수범의 전음이 들려왔다.

―네놈 사부님께 전해라. 내 첫째 사부님께서 한번 만나보는 것이 평생 소원이라고…….

귓전에서 울려오는 설수범의 전음에 자운엽의 상체가 흠칫 굳어졌다.

천마성주 갈문혁이 가장 만나고 싶어하는 사람이라면……?

‘젠장!’

갑자기 한 꺼풀 벗겨지는 듯한 느낌에 자운엽이 와락 인상을 찌푸렸다.

“역시 천적이야!”

설레설레 고개를 흔든 자운엽이 고삐를 흔들어 흑룡의 걸음을 재촉했다.

자운엽과 설수연이 시야에서 사라지고 난 후에도 설수범은 한참 동안이나 두 사람이 떠난 들판을 쳐다보며 석상처럼 그 자리에 서 있었다.

그 모습은 마치 포구에서 정인을 떠나보낸 여인이 차마 떨어지지 않는 발길에 하염없이 강 건너를 바라보는 그런 모습이었다.

코앞에서 태산이 무너져 내린다 해도 눈 하나 깜짝하지 않을 것 같은 사내의 그런 모습에 용화성과 적유 등은 물론이고 바쁘게 군장을 꾸리던 천마성의 무사들마저도 모두 움직임을 멈추고 우두커니 설수범이 쳐다보는 방향을 같이 쳐다보고 서 있었다.

'지금껏 네 녀석이 있어서 이 세상이 조금은 덜 외로웠는데… 이젠 태산보다도 더 튼튼한 울타리가 되어주는구나.'

설수범의 시선이 먼 과거를 좇는 듯했다.

"부디 몸조심하거라… 내 동생아……!"

혼잣소리처럼 중얼거린 설수범이 마침내 등을 돌렸다.

우두커니 서 있던 사내들도 그 순간부터 다시 부지런히 움직이며 행군의 준비를 했다.

"이제는 저 청년의 정체를 말해 주지 않겠나?"

적유는 용화성과 설수범만 옆에 있게 되자 어느 정도 짐작이 간다는 눈빛으로 설수범에게 질문을 던졌다.

"수라환경을 극성으로 펼치고도 이기지 못할 힘은 세상에 단 한 가지뿐입니다."

설수범이 적유의 짐작을 확인해 주며 다시 한 번 자운엽이 사라진 방향을 쳐다보았다.

"그렇다면 저 청년이… 저 청년이 사중협의 후인이란 말인가?"

용화성도 이제야 깨달았다는 표정으로 설수범을 쳐다보았다.

"허허! 아니라고 해도 아닐 수가 없겠구먼. 어제는 왜 그 생각을 못 했을까? 그랬다면 이렇게 허무하지는 않았을 것을……."

용화성이 탄식을 했다.

성주 갈문혁뿐만 아니라 용화성도 자신의 얼마 남지 않은 생의 마지막 소원이라면 사중협이란 고인을 한번 만나보는 것이었다. 그 고인을 못 만난다면 그 후인이라도 만나서 그 사람의 체취를 느끼고 싶었다.

그런데 그 후인을 버젓이 보고도 말 한번 제대로 건네지 못하고 보내다니? 물론 쉽게 말 붙일 성격의 청년이 아니긴 했지만 너무 아쉬웠다.

자운엽이 우괴에게 하는 행동을 보고는 도저히 사중협이란 고인을 떠올릴 수 없었고, 말을 붙이는 것도 꺼려졌다. 그 청년은 자신이라고 해서, 그리고 우괴보다 나이가 많다고 해서 각듯한 대접을 해줄 청년이 아니었다. 까닥 잘못하다가는 우괴 이상의 대접을 받고 얼굴을 붉힐 것 같아 꺼려진 것이 이런 허망한 결과를 낳은 것이다.

용화성의 노안에 아쉬움이 가득했다.

구십이 넘은 나이로 언제 또 만날 수 있을지 기약할 수 없는 일이기에 더 더욱 그랬다.

"십성이 넘는 수라환경의 무공을 펼치고도 동수를 이룬 기운이라면… 역시 사중협의 기운밖에 없겠지? 허허!"

용화성이 들판 먼 곳을 바라보며 중얼거렸다.

"동수를 이룬 것이 아니라… 어쩐지 제가 진 것 같은 기분이 듭니다."

용화성의 말을 들은 설수범이 무심한 목소리로 답하자 먼 곳을 쳐다보던 적유와 용화성이 얼른 고개를 돌렸다.

"무슨 소린가, 그게? 자네가 지다니?"

적유의 목소리가 엄하게 흘러나왔다.

　　마지막 순간에 서로 공격을 멈추고, 비슷한 내상을 입어 승부를 결
론짓기 어려웠지만 어디로 보아도 설수범이 진 대결은 아니었다. 오히
려 대결 중간중간의 상황을 봐서는 설수범의 무위에 그 청년이 밀리는
듯한 모습을 몇 번이나 보았다. 귀신같은 임기응변으로 용케도 빠져나
가고 점점 대등해졌지만 수라환경이 밀린 것은 절대로 아니었다. 적유
는 그렇게 믿으며 설수범을 쳐다보았다.
　　“전 죽을힘을 다했지만 그놈은 목이 달아나기 직전까지 절대로 자신
을 다 드러낼 놈이 아닙니다.”
　　적유와 용화성의 믿음에 찬물을 끼얹은 설수범이 고개를 저으며 걸
음을 옮겼다.
　　“둘째 사부님께는 비밀로 해주십시오. 온 세상이 시끄러울 테니까
요.”
　　대답을 잃은 용화성과 적유가 멀어져 가는 설수범의 뒷모습만 쳐다
보며 움직일 줄 몰랐다.

〈제9권 끝〉

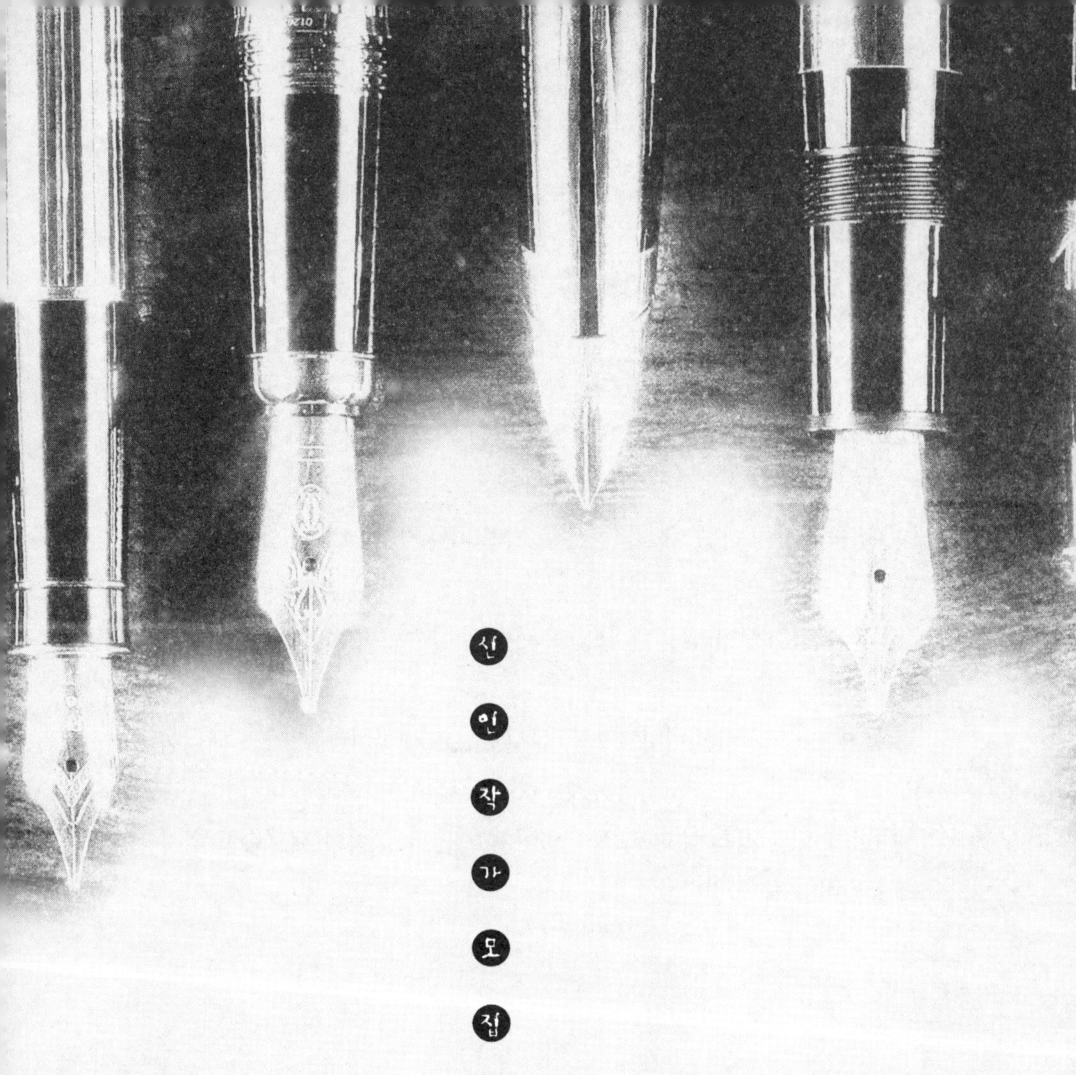
신

인

작

가

모

집

시작이 반이라고 했습니다.
작가의 길에 대한 보이지 않는 벽을 과감히 깨뜨리십시오!
청어람은 작가 지망생 여러분들의
멋진 방향타가 되어드리겠습니다.

저희 도서출판 청어람에서는
소설 신인 작가분들을 모집합니다.
판타지와 무협을 사랑하시는 분들의 많은 참여를 바랍니다.
소정의 원고(A4용지 150매)를 메일이나 우편으로 보내주시면
검토 후 출판 여부를 알려드리겠습니다.

주소:경기도 부천시 원미구 심곡1동 350-1 남성B/D 3F 우편번호420-011
TEL:032-656-4452 · FAX:032-656-4453
http://www.chungeoram.com
e-mail:chungeoram@chungeoram.com